龍華記

澤田瞳子

角川文庫
22836

目次

第一章

小雪まじりの北風が、火照った肌を心地よく撫でてゆく。間近に仰ぐ春日山の稜線は薄い雪雲に霞んでいるが、それでも空は青みを留めて明るかった。

もうじき、雪は止むだろう。黒々とした影を天に伸び上がらせる五重塔に目を移し、範長は黒染め麻の裳付衣から両腕を引き抜いた。じんじんと音を立てそうなほど手首がしびれているのは、つい今しがた終わった薙刀の稽古の際、したたかに柄で打たれたからだ。

とはいえこれしきで膏薬だの貼り薬だのと騒ぐ軟弱者は、興福寺には一人もいない。むしろ激しい痛みを快く感じながら、範長は同じく稽古を終えた仲間の悪僧（僧兵）とともに、手早く胴丸を脱ぎ捨てた。

「やれやれ。やはり薙刀を持たせれば、玄実さまにかなうお人は御寺（興福寺）におらぬのう」

「まったくじゃ。年が明ければめでたく六十になられるというに、まったくお元気なお方じゃ」

ぜえぜえと荒い息をつきながらのやりとりは、みな恬淡としている。だが、中には苦しげに腹を押さえ、七転八倒している若い悪僧もいるのは、油断して胴丸を着込まず、まともに玄実の薙刀を受けたゆえであった。

「おい、大丈夫か。栄照」

「は、はい」

苦しみながら応じるその背を軽く叩き、範長は広場の隅の井戸へと近づいた。汲み上げた釣瓶に手巾を放り込み、汗まみれの身体を手早く拭う。汲み直した水を栄照のもとに運んでやる範長の姿に、傍らの石に腰かけていた玄実が「まったく、何をしておる」と肩を揺らして笑った。

「皆そろいもそろって、わしに手こずってどうする。都の平氏は各家ごとに大勢の家人(武士)を抱え、その数は三万とも五万とも聞くぞ。名にしおう興福寺の衆徒であれば、この老いぼれ如き、軽く倒してみよ」

玄実の四角い顔には深い皺が刻まれ、眉にも白いものが交じっているが、その腕や肩は太い松の幹を思わせるほど逞しい。続けざまに十数人を相手にしても息一つ切らさぬ膂力に、範長たちはやれやれと顔を見合わせた。

「確かにお言葉通りですが、幾ら平家のもののふでも玄実さまほどのお人はおりますまい」

「戦とはさように簡単なものではないぞ、乙法師。こちらが一人、相手が百人の戦となれば、いくらわしが強くとも勝てるはずがない。ましてや我ら興福寺衆は今、飛ぶ鳥落とす勢いの平氏に歯向かおうとしておるのじゃ。わしの如き老いぼれ一人に苦しんでおるようでは、どんな戦も負けてしまうぞよ」

久々に幼名で叱りつけられ、範長は首をすくめた。その剽げた姿に、周りの僧たちがどっと声を上げて笑った。

大和源氏の出身である玄実は僧位僧官こそ持たぬが、若い頃は父親の信実と並んで、「一天第一の武勇の精兵」と称された男。二十四年前の保元元年（一一五六）、後白河天皇とその兄・崇徳上皇が、関白・藤原忠通と範長の父である内覧・藤原頼長という藤原氏の兄弟をそれぞれ味方にして争った折には、千余騎を率いて上皇の御所に駆け付けんとした血気盛んな悪僧である。

ただ玄実たちの到着より先に、天皇方が上皇御所を急襲したせいで、戦はわずか一日で落着。信実・玄実は虚しく南都に引き返す羽目となった。玄実にはそれが無念でならぬらしく、二十余年が経った今でも事あるごとに、「あのとき、わしらがもう半日早く南都を発っておればのう」と歯噛みする。

今日、仲間とともに薙刀の稽古をしている範長を見かけ、わざわざ師範を買って出たのも、少しでもかつての詫びをとの思いゆえに違いなかった。

時に、治承四年（一一八〇）、十二月二日。

二十余年前に相次いで起きた保元の乱・平治の乱によって、長らく国政を動かしてきた摂関家は弱体化。一方で、二つの内乱を勝ち抜き、軍事貴族として勃興した平家は、わずかな間に諸国に多数の荘園・知行国を獲得した末、朝堂の高官の地位を専有するに至っていた。

ただあまりにめざましいその栄達は、当然、公卿たちの反発を呼び、今から三年前には後白河法皇の近臣が京都東山の鹿ケ谷で平家打倒を密議。いち早くそれを嗅ぎ付けた平家の棟梁・清盛によって、反平家派の公卿が一掃される騒動となった。

しかも清盛はそればかりでは飽き足らず、後白河院を幽閉に追い込み、娘婿である憲仁帝（高倉天皇）の親政を実現。臣下の分を越えたその専横から、かの一族を憎む声は日を追うにつれて高まり、この夏にはとうとう後白河院の皇子である以仁王が、平家打倒を命ずる令旨を下した。

王自身は平家に追われて落命したが、八月には伊豆で源頼朝が、また九月には信濃で頼朝の従兄である源義仲（木曾義仲）が、令旨に呼応して挙兵。多くの悪僧を抱え、天皇家・摂関家から累代、厚い帰依を受けてきた興福寺でも、後白河院が幽閉されて以降、範長を含む衆徒は、園城寺・比叡山延暦寺と共に、打倒平家を叫んで幾度となく都に攻め寄せ続けていたのであった。

「それにしても、乙法師。おぬしは仮にも学侶であろう。荒事もたまにはいいが、学問に精を出すことも忘れてはならぬぞ」

玄実の言葉には聞こえぬふりで、範長は桶に残った水を頭からかぶった。火照った身体から一瞬、湯気が立ち上る。ぶるっと肩を震わせ、濡れた肌に直に裳付衣をまとった。

「よろしいではありませぬか。範長さまは誦経や勉学より、打ち物の方がお得意じゃ」

「そうそう。せっかく一乗院にご自室を与えられているにもかかわらず、我ら堂衆に交じって、東金堂の小子房（僧侶の宿舎）で寝起きなさるようなお方じゃでなあ」

悪僧たちが範長をかばって、口々に言い立てる。それがありがたいと同時にいささか疎ましく、範長は井戸の底に乱暴に釣瓶を叩き込んだ。

興福寺の僧侶は、仏事祭礼を事とする学侶と、寺内の雑役及び自衛に当たる衆徒に大別される。学侶となるには公家の出身であることが必須で、中でも寺内の二大院家である一乗院・大乗院には、歴代、摂関家の子弟が院主となるべく、入室を続けていた。

範長が一乗院に入ったのは、今から二十七年前の冬。太政大臣、関白、摂政を歴任した祖父忠実に伴われて南都に来た九歳の範長は、そのとき間違いなく興福寺の全大衆（僧）から、いずれはこの寺を担って立つ院主となれと期待されていたはずだ。

しかしそれからわずか三年後、保元の乱によって父と祖父が失脚すると、範長を取り巻く世間は大きく変化した。

連座による配流こそ免れたが、範長の師僧である当時の一乗院主は「ほとぼりが冷めるまで、南都にはおらぬ方がよかろう」と言って、範長を約十年にわたって山辺郡の内山永久寺に派遣。その間に保元の乱の勝者である関白・藤原忠通の四男を寺に迎え、さっさと彼に院主の座を譲り渡してしまったのである。

師を恨んではいない。興福寺が藤原家の氏寺である以上、都の動静をうかがい、今をときめく者に寄り添うのは当然だ。むしろ、三人の兄がそれぞれ都を離れた遠国に配流となった事実を思えば、畿内に留まることが出来ただけでも幸運と思わねばなるまい。

とはいえ内山永久寺から戻されたあの日、範長を迎えた衆徒の哀れみの表情は、それから十数年経った今でも忘れはしない。そして、その時になって初めて存在を知らされた範長の姿に、大きな目をきょとんとしばたたいていた若き一乗院主の姿も——。

「範長さま、範長さまはこちらにおいででございますか」

不意に、甲高い声が冬枯れの野に響き渡った。濃紫の水干の袖を翻した小柄な稚児が、かたかたと足駄を鳴らして駆けてくるのが遠目に望まれた。

「おお、なよ竹ではないか。院主さま付きのおぬしが、こんなむさい所にわざわざやってくるとはなあ」

悪僧の一人のからかいに、なよ竹は足を止め、紅を差した唇をきっと引き結んだ。

興福寺内には院主や三綱（寺内の管理・統制を行なう三役の僧）に仕える上稚児と、衆徒の夜の相手をする下稚児の二種の稚児が暮らしている。

今年十四歳になるなよ竹は、元は下稚児としてこの寺に売られてきた童。寺内の噂では、なよ竹の親は都のある公卿に仕えていた家令であり、主の落魄に従って職を失った末、困窮の果てに息子を手放したとやら囁かれている。実際、そんな風評も得心できるほど、なよ竹は子柄がよく聡明で、入寺から間もなくして、一乗院・大乗院両院を預かる信円付きに取り立てられた稚児の出世頭であった。

周りの声を無視し、なよ竹は細い首を伸ばして、四囲を見回した。井戸端に範長を見つけるや、まっすぐそちらに駆け寄った。

「範長さま、信円さまがお呼びでございます」

「院主さまがだと」

驚いたのは、範長ばかりではない。なよ竹ににやにや笑いを向けていた悪僧や玄実までが、そろってほうと声を漏らした。

「はい。何でも折り入って、お話がおありとか。範長さまのお住まいは今も昔も一乗院に整えてございますのに、どれだけ申し上げても一向にお戻り下さらぬゆえ、こうしてなよ竹が使いに参りました」

「ふん。それは手間をかけたな」

背で一つに結わえられたなよ竹の髪に冬陽が差し、艶やかな絹糸に似た光を放っている。範長は不機嫌に鼻を鳴らし、なよ竹の頭を片手で荒っぽく撫でた。

その途端、なよ竹が不快そうに身を引く。しかし範長が足元に置いていた胴丸と薙刀を引っ提げて、東金堂裏の小子房に向かって歩き出そうとするや、「お待ちくださいと叫んで、その前に立ちふさがった。

「今日ばかりはなんとしても範長さまをお連れするよう、仰せつかっているのです。さあ、そんな恐ろしげなものは置いて、共にお越しください」

「院主どのがわたしなぞに、いったい何の御用だ」

「それはなよ竹には分かりません。さあさあ、早く早く」

面差しには似合わぬ頑固な口ぶりに、範長は内心溜め息をついた。

これが筋骨隆々たる悪僧であれば、力ずくで振り切って立ち去りもしよう。だが優しげな顔貌の稚児を手荒に扱うのは、後々、寝覚めが悪い。

(まったく、信円め。こちらの考えをよくよく承知していると見える)

一乗院主・大乗院主を兼任する従弟の信円が範長を呼び寄せようとしたのは、これまで一度や二度ではない。しかし今回、範長の気性を見越した上で、わざわざなよ竹を遣わしたのは、よほど重要な用があるのだろう。

「やむをえん。たまには顔を出すか」

誰にともなく吐き捨てた途端、なよ竹の顔がぱっと輝いた。

「ありがとうございます。信円さまもさぞお喜びでございましょう」

悪僧の一人が近づいてきて、範長の手から胴丸と薙刀を受け取る。「わしの房に放り込んでおいてくれ」と頼んで、範長は仲間に背を向けた。

「それにしても、早う戻ってくだされよ。今日はこれから、諸寺の衆徒と寄合じゃでな」

「分かっておる、分かっておる。清盛入道が、己の家人を大和国検非違使別当に任じた件だろう。後から必ず参るゆえ、諸寺の皆にもよろしく伝えてくれ」

　大和国には国司が置かれぬのが古来の慣例で、その支配はかねてより、一乗院の院主に一任され続けてきた。だが近年、平家は南都諸寺の権力を削ぐべく様々な策を巡らしており、昨年には長らく廃止されていた大和国検非違所を再興。国内の治安維持にあたる検非違所を通じて南都の寺々を見張るため、己の配下を大和に送り込もうとしている。このため範長たちは他寺の悪僧と頻繁に談合を行ない、それに如何に対抗するか話し合っていたのであった。

　早足で歩き出した範長の後を追いながら、

「ところで、範長さま。昼日中から打ち物取っての稽古とは、また危ない真似をなさるおつもりですか」

　と、なよ竹が細い眉をひそめた。

「危ない真似とはなんだ。悪しきを挫き、皇統を擁し奉るは、御仏に仕える我ら大衆の務め。だいたい、すべてが都の平家の思うがままになってみろ。興福寺の荘園も寺領も、あっという間に奪われてしまうぞ」

「それはよく分かっております。ですが――」

　なよ竹は一瞬、ためらうように目を伏せた。しかしすぐにきっと眦を決して、「かようなことは、衆徒や各堂におる堂衆どもに任せておけばよろしいではありませぬか」と一息に言い放った。

「仮にも範長さまは、信円さまの従兄ぎみ。藤氏長者と内覧を兼ねられた悪左府・頼長さまのご子息ではありませぬか。かような貴きお方が、自ら胴丸薙刀に身を固めて悪僧となられるなぞ、ふさわしくありませぬ」

「それは、信円の言葉か」

範長の低い声に、なよ竹は「い、いいえ、そういうわけでは」と狼狽した様子で目を泳がせた。

「ただ、わたしは範長さまに万一のことがあってはならぬと、ご案じ申しているのです。衆徒どもと都に攻め寄せられ、間違って流れ矢に当たりでもなさったら、どうなさるのです」

「流れ矢なあ。さような目に遭うのなら、それはそれで御仏のおぼしめしだろうよ」

それも悪くはない。もはや顔も忘れた父は従一位左大臣という高官にありながら、保元の乱の混乱の中、流れ矢に当たったのが原因で命を落とした。

この定めなき世においては、どんな権勢も栄華もいずれ必ず色あせる。そして己の体内を流れる摂関家の血とて、その赤さや熱さは仲間の悪僧のそれと何ら変わるものではないのだ。とはいえそんなことは、摂関の子息として生まれ、山内の期待を一身に受けて二院の主となった信円には、到底理解できぬだろう。

とりあえず話だけは神妙に聞いてやるが、同じ藤原の出とはいえ、所詮、自分は一族のはぐれ者。これまで一度の挫折も味わっていない信円と、分かり合える道理がない。面倒なことはさっさと片付けて仲間の許に戻ろうとの念が、範長の足を自ずと速くした。

興福寺の伽藍は、松林に囲まれ、冬の寒さの中でもなお青々と茂る緑樹越しに、東大寺大仏殿の鴟尾が輝いている。長い築地塀を左右に見ながら、まっすぐ道を西に取れば、開け放たれた中門の向こうに行立しているのは、藤原淡海公（不比等）によって創建された中金堂。薄暗い堂宇の奥、御前に捧げられた灯火を映じて淡い金色の光を放つ丈六の釈迦如来座像に、範長は鋭い目を向けた。

ここからでは定かに見えないが、中金堂の本尊の眉間には銀製の釈迦小像が安置されており、寺伝ではそれは藤原大織冠公（鎌足）の念持仏と語られている。

いや、銀小仏だけではない。中金堂の右に建つ西金堂の諸仏は藤原光明子（光明皇后）の発願に成り、その向かいにそびえる東金堂の諸像は藤原氏の女を母とする聖武天皇の造立。この寺において、藤原氏に連ならぬ御像は一軀とてなく、いわば興福寺の全ては藤原氏と関わっている。そう思うと金堂の奥の本尊までもが、我が身とひどく近しく——そしてよそよそしく感じられる。

「あ、範長さま、お待ちください。院主さまにお目にかかるのに、さすがにそのままのお姿では」

背後でなよ竹が叫んでいる。それを振り切るように道を急ぎ、範長は北円堂の北、寺域の北西角に建つ一乗院の門に飛び込んだ。

「これは範長さま、お久しゅうございます」

戸惑い顔の従僧たちには目もくれず、乱暴に足駄を脱ぎ捨てる。泥だらけの足裏をざっと掌で払い、そのまま奥の間に進んだ。

なにせかつては、この院家の跡継ぎとして育てられていた身だ。もう何年も出入りを避けていても、いまだ一角には自室があるし、院主の御座所ぐらい教えられずとも知っている。

摂関家の子息を代々迎え入れているだけに、対の屋を渡廊でつないだその設えは、寺というより貴族の邸宅に近い。香が焚かれているのか、几帳で仕切られた屋内のそこここには薫煙がたなびき、気の早い梅が池の端で小さな蕾をほころばせていた。

その様は範長が普段寝起きしている幅の狭い小子房とは、雲泥の差だ。広縁だけでも、いったい何人の衆徒が手足を伸ばして寝られるだろう。

殿舎の奥に進むにつれて、香の香りはますます強くなる。範長さま、と呼ばう声を背に、範長は両の手で妻戸を押し開いた。

錦の褥に坐って写経をしていた僧が、大きな目をしばたたいて振り返る。ぱっと笑みを浮かべた顔を睨み据え、範長は音を立ててその場に尻を下ろした。

「範長どの、お久しゅうございます。早速、来てくださったのですね」

滅多に外に出ぬせいか、指貫に五条袈裟を着したその肌は、女のように白い。それに比べ、冬でも真っ黒に日焼けした我が身に自嘲の笑みを浮かべ、「久しいな、信円」と範長は軽く頭を下げた。

「おぬしがわたしを呼んでいると、なよ竹から聞いた。いったい何の用だ」

その切り口上に、信円は一瞬、虚を突かれた顔になった。

範長同様、九歳で興福寺に入り、それからの二十年近くを何の悶着もなく過ごしてきたせいだろう。その表情は今年二十八歳という年の割に、いささかあどけなくすら映る。

ようやく追いついてきたなよ竹が、当然とばかり信円の傍らに坐り込み、険しい目で範長を睨めつけた。

「特に話がないのであれば、これにて失礼するぞ。院主どのと異なり、わたしは忙しいのでな」

言いざま立ち上がろうとするのを驚き顔で仰ぎ、「お待ちください」と信円は制した。

「かように慌ただしく去られては、すべき話も申し上げられぬではありませんか。実は範長どのに、ご相談があるのです。とはいえこれは拙僧一人が考えていることで、まだ寺の三綱がたには計らっていないのですが」

「相談だと」

信円の父である摂政関白太政大臣・藤原忠通は、保元の乱で弟を追い落とし、藤原氏の筆頭である氏長者の座を奪った人物。そんな彼の意を受けて興福寺に入り、若くして一乗院・大乗院両院を譲り受けた信円が、自分に相談とは。不審の声を上げた範長を見つめ、「はい」と信円は真剣な眼差しでうなずいた。

「範長どのは確か十年ほど前に、法華会竪義を終えておられましたな。わたくしの記憶に間違いがなければ、その後、講師の任にも当たっておられたかと存じますが」

「ああ、おぬしがどうしても受けろと勧めたからだろう。それが今更、どうした」

竪義とは法会の際に行なわれる、僧侶の試験である。受験者である竪者が、探題や問者などの出した問題に答えて判定を受けるもので、興福寺では法華会竪義の他、慈恩会や維摩会などでも竪義が行なわれている。

僧階昇進および補任の要件であるこれは、学侶であれば入寺から数年で必ず通らねばならぬ関門。ただ摂関家の出でありながら院主の座から遠ざけられた範長には、長らく、竪義を受けろと言う者などいなかった。ならばそれでよいと開き直っていたところ、信円がはたと思い出したように竪義を勧め、そればかりか翌々年には出題者である講師職まで務めさせられる羽目となった。

「来春の修二会を、範長どのにお手伝いいただけぬかと考えているのです。法華会竪義さえ終えておられれば、特に問題はないはずでございます」

範長は「なんだと」と呟いて、顔をしかめた。

毎年二月一日から七日まで東西両金堂で行なわれる修二会は、興福寺創建当時から連綿と伝えられる悔過法要。都から藤氏長者を招いて執行される寺内屈指の行事にして、学衆の中から特に選抜された高僧のみが列席できる格式ある法会である。

「冗談はよせ。わたしのようなあぶれ者が、修二会に加われるものか。仮におぬしが許したとて、三綱衆や別当がたが文句を仰ろう」

「大丈夫です。あの方々には、拙僧が何も言わせませぬ」

急に声を低め、信円は範長にひと膝詰め寄った。

「よろしいですか、範長どの。あなたは拙僧の叔父・悪左府公のご子息。世が世であればこの興福寺を担い、導いていたはずのお方なのですよ」

そんなことは教えられずとも分かっている。だいたいそんな自分に成り代わり、二院の主となったのはいったい誰だと言いたいのを、範長は苦い思いで飲み込んだ。

「出自の賤しい衆徒堂衆であれば、武功によって名を上げるのも悪くありますまい。されどあなたさまは、わが従兄。都の清盛入道が諸寺悪僧の鎮圧に躍起になっている最中、いつまでも危うい真似はおやめください」

なよ竹にも言われたその言葉に、全身の血が音を立てて下がってゆく。目の前の信円の姿が、不意に遠くなったように感じられた。

当節の朝堂では、少しでも気骨のある公卿はすでに取り除かれ、かろうじて官位官職を保つ者はみな、平家に媚びることでそれぞれの立場を守っていると聞く。それだけに興福寺でも公家の出身である学侶は平家への反発を口にせず、反平家を標榜する衆徒を冷ややかに眺めているきらいがあった。

南都諸寺の悪僧の中には、平家による後白河院幽閉に激怒し、京都六波羅まで放火を働きに行く硬骨漢もいるが、範長は残念ながら天皇や院にそこまで忠誠を誓うつもりはない。範長が反平家を自負しているのはひとえに、世情に逆らわず、強き者には寄り添えばいいとばかり、都の顔色をうかがう学侶が腹立たしいからだ。

範長は興福寺入寺の際、父から備前国の複数の荘園を与えられており、なにも寺に留まらずとも生きてはゆける。それをあえて僧であり続けているのは、この寺の悪僧として暮らすことで、もはや誰からも必要とされぬ我が身にかろうじて意味を見出しているためであった。

いわば寄る辺のない範長にとって、生きることと悪僧であることは同義。だが信円には、そんな範長の胸裡なぞ皆目理解できぬのだろう。安易に範長を学侶として取り立てようとするのが、その何よりの証左であった。

「この信円、範長どののご憂憤はよくよく承知しておるつもりでございます。ですから何卒これ以上、危ない真似をなさいますな」

信円が自分を心底案じているのは、頭では理解している。だがそもそも範長が一乗院を出て、衆徒と共に寝起きしているのは、憐憫と嘲りをはらんだ学侶の眼差しに耐えかねたため。そして範長をそんな立場に追い込んだのは、他ならぬ信円の父親ではないか。

そう思うと、いらぬおせっかいを焼く信円はもちろん、情けをかけられる我が身までもが、腹立たしい。打ち物を仲間に預けてきてよかった。もし薙刀や太刀が手許にあれば、怒りのあまりその刃先を信円に突き付けていたかもしれない。

信円の高い声を振り払うように、範長はその場に跳ね立った。ぎょっと息を呑んだ信円に背を向け、無言で簀子に出た。

「お待ちください、範長さま。まだ院主さまのお話は終わっておりません」

走り出てきたなよ竹が、後ろから袖を摑む。今度こそ遠慮せずにそれを振り払い、範長は裸足のまま庭へ飛び降りた。

「は、範長どの」

振り返れば、信円が狼狽しきった顔でこちらを見下ろしている。それに軽く一礼すると、美しい苔の敷き詰められた庭を突っ切って駆け出した。

表門に回り、誰かに捕まっても厄介だ。庭を奥へ奥へと進めば、寺には似合わぬ立蔀が目の前を塞ぐ。両手にぺっと唾を吐き、範長は手近な木に足をかけてそれをよじ登った。立蔀を越え、そのままもっとも近い西御門から寺外に出るや、東六坊大路を経て猿沢池に向かった。

師走を迎えた門前郷（門前の商家街）は人波で満ち、そこここで張り上げられる売り声が高い空にこだましている。範長が入寺したばかりの頃は、この界隈の店といえば興福寺や元興寺の用を便じる店ばかりであった。しかし昨今は諸寺に参詣する人々を相手にした商家が軒を連ね、旅装の男女の姿も目立つ。

池の端ではすでに興福寺ばかりか、東大寺や新薬師寺、元興寺といった南都諸大寺の悪僧が三々五々坐り込み、道行く人々が眉をひそめるのもどこ吹く風で、声高に平家の悪口を言い立てている。中には通りがかった娘にからかいの声を投げる、不埒な悪僧もいた。

「おおい、範長坊。遅かったではないか」

と、手招く人影に、範長は「おお、永覚か」と応じた。

萌黄威の腹当を着けた四肢は日焼けして太く、禿頭法衣姿でさえなければ、誰もが一騎当千のもののふと間違えるだろう。年こそまだ二十歳そこそこであるが、薙刀・太刀はもちろん、弓矢や力比べでも南都一の名を恣にしている新薬師寺の悪僧であった。

「遅くなって、すまん。談合はどうなった」

「どうもこうもない。平家の奴らの考えぐらい、わしらにでもたやすく想像がつくからな。とりあえず奴らが大和に入り次第、力ずくで追い返すと意見がまとまったわい」

国検非違使は本来、都の検非違使同様、盗賊やならず者を取り締まる役所。国司の職掌のうち治安維持を分掌したものであり、その官庁は国衙に置かれるのが慣例であった。つまり大和国国司の務めが一乗院主に付与されている今、新任の国検非違使は一乗院に庁舎を構えることとなる。そうすれば万事、都の顔色をうかがう興福寺学侶は国検非違使の圧力に逆らえず、むしろ大衆を説得にかかるだろう。さりとて衆徒が一乗院を襲い、国検非違使を叩き出すことも出来ぬ以上、彼らの入寺を阻止するしか手はない。

「なるほど。そうすると、国境に見張りを立てねばならぬな」

「おお、それで奈良坂と般若坂に、諸寺より一人ずつ悪僧を遣わすと決まってな。確か興福寺からは、栄照とか申す若い奴をやると定まり、先ほど他寺の僧どもと一緒に発って行ったぞ」

「栄照だと。はて、あ奴にそんな大任が務まるかな」

入寺してかれこれ五、六年になる栄照は生真面目ではあるが、なにせ要領が悪い。二年前、範長たちとともに都に攻め寄せた折も、市中で狼藉（ろうぜき）を働いている際はかすり傷一つ負わなかった癖に、帰り道に折れ木を踏み抜いて足を怪我し、仲間の手をひどく煩わせた。

おそらくは当人が是非にと名乗り出たのだろうが、あんな男を遣わしてものの役に立つものか。範長は溜め息をついた。

「あ奴に任せるくらいなら、わたしの方がはるかにましだ。しかたがない。国境まで行って、代わってくるか」

「そりゃあ、あんな青二才よりおぬしが行ってくれた方が、我らは安心だがな。――されど、おぬし、大丈夫か」

永覚はそう言って、不意に声を低めた。

「先ほどから、妙に顔が硬いぞ。何か嫌なことでもあったのか」

範長は己の額に、はたと手を当てた。下唇を噛んで宙を睨んでから、「そう見えるか」と呻（うめ）いた。

「おお。人間、三毒に身を蝕（むしば）まれている折は、とかく判断を誤りやすいものだ。ともあれ、万事気を付けろよ」

ああ、とうなずいたきり黙り込んだ範長に、永覚は物言いたげな目を向けた。だがすぐに「よし」とひと声上げると、かけていた石から立ち上がった。薙刀の石突をとんと衝き、大きく腰を伸ばした。

「おぬしが国境に出るのであれば、わしも共に行くとしよう。たまには寺を離れるのも、悪くはないわい」

「よいのか、永覚坊」

新薬師寺はかつては複数の伽藍が櫛比する大寺であったが、この百年ほどの間に激しく衰退し、現在は東大寺の末寺として細々とその法灯を受け継いでいる。当然、僧侶の数も乏しく、永覚は普段は寺領の管理から堂舎の清掃まで様々な用事を一手に担い、寺僕もかくやの多忙ぶりであった。

「平気だ、平気だ。時にはわしにも息抜きをさせてくれ。それ、早く参らねば日が落ちてくるぞ」

「おお。では急いで身拵えをしてくるわい」

範長は大急ぎで、南大門へと通じる石段を駆け上がった。

振り返れば短い冬の日はすでに頭上を越え、生駒の山々へと傾き始めている。はるばると広がる盆地は薄い陽射しに霞み、数羽の小鳥がもつれ合うようにして、範長の視界をよぎった。

新薬師寺とてすでに見張りの悪僧を出している以上、わざわざ永覚が出張る必要はない。朋友の心配りをありがたいと思うと同時に、従弟に対する苛立ちがまたしてもむくむくと鎌首をもたげる。それを何とか忘れようと、範長は大きく首を横に振った。

永覚の言う通り、貪・瞋・痴の三毒に煩わされていると、人は思いも寄らぬ失態を犯す。ましてや今は、国検非違使を追い払わねばならぬ大事な時節。幾ら血がつながっているとはいえ、立場からすれば赤の他人同然の信円の言葉に、これ以上振り回されてなるものか。

「おおい、なにをしておる。早くせねば、わしだけ先に行かせてもらうぞ」

石段の下では、永覚がこちらを仰ぎ、ぶんぶんと薙刀を振り回している。黒漆塗りの鞘のきらめきに目を細めてから、範長は踵を返して駆け出した。

斜めに長く伸び始めた五重塔の影が、そんな範長の足元に黒々と横たわっていた。

京より南都に入る道は、旧平城宮の北端と泉木津（木津）を結ぶ奈良坂越えと、東大寺の西から般若寺を経る般若坂越えの二つがある。このうち奈良坂は藤原京に都が置かれていた古からの官道のため、沿道には多くの家々が建ち並び、商人や旅人が朝夕を問わず大勢行き交っている。その一方で般若坂は奈良坂に比べて傾斜が激しく、道も狭い峠道。道の両側にぽつりぽつりと人家が建ち並ぶだけで、昼間でも往来はさして多くない。

「それで永覚。栄照は奈良坂と般若坂、どちらに行ったのだ」

「さあ、そこまではわしも知らん。とりあえず、手近な般若坂から捜すとするか」

そう言うと永覚は、高足駄をがらがらと鳴らして歩き出した。

国検非違使も愚かではない。南都入りに際し、当然、諸寺の衆徒の妨害があると予想していよう。このため人通りの少ない般若坂ではなく、人家が多く、荒事にはかえって不向きな奈良坂を通ると思われるだけに、永覚の足取りにはどこかのんびりした気配があった。

「それにしても国検非違使を追い払ったとして、その後、平家はなにを仕掛けてくるのだろうな。もしかしたら今のうちに国境に塁を築き、寄せ手を防ぐことを考えておいた方がよいかもしれぬなあ」

永覚の言葉に確かにとうなずき、範長は蛇のように曲がりくねった坂道の果てを仰いだ。

坂のてっぺんに建つ般若寺の伽藍が、茜を増し始めた西日を受けて輝いている。足を速めて斜面を上りきれば、裹頭に身を包んだ僧侶が五、六人、手に手に武具を持ったまま、道の両端に坐りこんでいた。

「おおい、そこに興福寺の栄照はいるか」

範長の呼び声に、僧たちの中でも目立って小柄な人影が弾かれたように振り返る。範長は小走りにそちらに近付き、「ここの番はわたしが代わる。おぬしは寺に戻れ」ともと来た方角に顎をしゃくった。

「お言葉ですが、範長さま。わたくしでも、見張りぐらいは出来ます」

「馬鹿か、おぬしは。玄実さまを侮り、胴丸も着けずに立ち合いを願う間抜けに、大事な国境の守りなぞ任せられんわい」

頬骨の目立つ栄照の顔が、一瞬にして朱に染まったその時、いつの間にか追いついてきた永覚が、範長の肩を乱暴に小突いた。

「おい、あれを見ろ」

咄嗟に永覚の眼差しの先を追えば、ぞろぞろと従僕を従えた手輿が、長い坂道を北から登って来る。一行の先頭を馬で歩む初老の武士が、範長たちの姿にはっと顔を強張らせるのが遠望できた。

「まさか——」

「あれはもしや、国検非違使別当か」

衆徒が一斉に立ち上がるのと同時に、騎馬の武士が背後に何やら声をかける。手輿と従僕をその場に留めると、にわかに馬の尻に笞をくれて、残る坂をひと息に登ってきた。

「待て待てッ。おぬし、どこの者じゃ」

永覚が薙刀を引っ摑んで、道の真ん中に躍り出る。両の手をがばと広げて、騎馬の行く手を遮った。

「ここより先は、南都興福寺が預かる大和国じゃ。この地に仇なさんとする慮外者は、ひと足も入れぬぞ」

永覚の胴間声に、悪僧たちがそうじゃ、そうじゃと呼応する。

だが草摺の長い胴丸を着し、萎烏帽子をかぶった武士は、馬の手綱を引きそばめると、

「なにを申すか、この愚か者めがッ」と怯える風もなく言い返した。

「あれなるご一行は、都より遣わされた大和国検非違使別当・妹尾兼康さまご主従でいらっしゃるぞ。勅令により定められた別当さまの行く手を阻むとは、おぬしらこそ慮外者であろうが」

「勅令だと、ふざけるな」

現在帝位にある言仁（安徳天皇）は、まだ三歳。清盛の娘・徳子を母とする彼の治政は、平家一門によって牛耳られており、大和国検非違使別当を任じた勅令が清盛の意に基づくのは明白である。

しかし怒りの声を上げる悪僧たちを、馬上の武士は「ほほう。おぬしら、叡慮に逆らうか」と嵩にかかった様子で見まわした。

「南都の諸寺は、国家鎮護の要。それがこの国をしろしめす帝に従わぬとは、これぞまさに末法の世じゃのう」

どうやら検非違使別当一行が逃げも隠れもせず、大勢の従者を率いてやってきたのは、勅任別当の立場をちらつかせれば、悪僧には手が出せぬと考えてのことらしい。衆僧を睨む武士の双眸には、歴然とした侮りの気配がある。西日を横頬に受けた彼を苦々しげ

に仰ぎ、「畜生」と栄照が歯嚙みした。

彼らに手出しをすれば、平家はそれを朝廷に対する反逆と喧伝しよう。そうなれば悪僧たちがいくら懸命に抗弁しようとも、各寺の学侶は衆徒を叱責し、これまでのような勝手な蜂起は許さなくなるに違いない。

検非違使別当派遣の狙いは、南都の弱体化だけではなかった。帝の権威をちらつかせ、諸寺の学侶と衆徒を分裂させることにあったのだ。

悪僧たちの面上ににじんだ悔しげな気配を、敏感に察したのだろう。

「おや、急におとなしくなりよったな。ようやく己らの立場を弁えたと見える」

と武士はせせら笑った。ちらりと背後を顧み、軽く手を振る。従僕たちが顔を見合わせつつも、手輿を囲んで歩き出すのを満足げに眺めてから、再度、四囲を睥睨した。

「そうと分かれば、さっさと退け。わしも検非違使別当さまも、おぬしら下﨟坊主なぞに関わり合うている暇はないのだ」

武士の眼差しが、奥歯を食いしばって立ちすくむ範長のそれとかち合う。一瞬の沈黙の後、ふんと鼻を鳴らしたのが、はっきりと聞こえた。

範長の脳裏に、内山永久寺から興福寺に戻った日の光景が浮かんだ。

北御門を入った松林に、ずらりと並んでいた学侶たち。上目遣いにこちらをうかがう彼らはそろって、しおらしげな面のひと皮下に、あからさまな嘲笑を湛えていた。

興福寺に向かわんとしているこの武士の笑みは、まさにあの時の学侶のそれと同じだ。

そして彼らはこれから共に手を組み、自分たちの力を削ごうとするに違いない。半ば忘れかけていた信円への怒りが、急に膨れ上がる。範長は薙刀を握る手に、ぐいと力を籠めた。

武士は馬上で大きく胸を張り、なすすべもなく立ちすくむ悪僧たちの前を悠然と過ぎてゆく。手輿と従僕が小走りにその後を追うのを眼の隅で捉えながら、範長は大きく薙刀を振りかぶった。

「な、何をするッ」

いち早くそれに気付いた馬上の武士が、叫びながら太刀の柄に手をかける。次の瞬間、範長の薙刀の石突がその喉を突き、武士は声にならぬ悲鳴を上げて、馬の背からもんどり落ちた。

殺すつもりはない。ただ、自分たちがここで彼らを追い返し、それから興福寺にとって返して学侶相手にひと騒ぎすれば、平家は同じく悪僧によって被害を受けた興福寺に怒りたくとも怒れず、もしかすると検非違使別当派遣そのものがうやむやになるのではないかと踏んだのだ。

しかしながら次の瞬間、悪僧たちのただなかから人影が駆け出したかと思うと、手輿を囲む従僕たちに走り寄った。大きく振り上げられた薙刀が、急速に薄れ出した落陽を受けてぎらりと輝く。それが輿舁きの一人の喉に閃き、ぎゃあッという夜鴉そっくりの絶叫が、辺りに響き渡った。

紫を刷きはじめた空に血飛沫が噴き上がり、土煙とともに輿が倒れる。他の三人の輿舁きが悲鳴を上げて逃げ惑うのに、範長は目を見開いた。

頭から血をかぶった悪僧が、再び薙刀を構えて、残る輿舁きに斬りかかる。その顔は完全に血の気を失い、両の目尻は狐のように吊り上がっているが、間違いない。栄照だ。突然の範長の反撃に緊張の糸が切れ、恐怖に駆られて手近な者に斬りつけたのだ。

「や――やめろ、やめろ、やめろッ」

喚きながら割って入ろうとした永覚に、今度は一行から走り出た従僕が小太刀をかざして襲いかかった。手近な悪僧が腰の刀を抜き放ち、その刃を撥ねのける。あっという間に般若寺の門前は、数十名の従僕と悪僧が切り結ぶ修羅場へと一変した。

乗り手を失った馬が棹立ちになって嘶いたかと思うと、もと来た方角へと駆けてゆく。範長はそれには目もくれず、地面に大の字に転がった武士へと駆け寄った。

馬から落ちた際、頭を打ったらしい。四肢を痙攣させたその顔は白目を剝き、割れた頭蓋からどす黒い血がどくどくと流れ出ている。

永覚は攻め寄せる男たちを薙刀であしらいながら、相変わらず制止の声を上げ続けている。だが従僕はもちろん、もはや頭に血が上った悪僧の耳にも、その叫びはこれっぽっちも届いてはいない。

「狼藉者めッ、清盛入道に逆らうのかッ」

倒れた輿から這い出てきた五十がらみの男が、震える手を太刀柄にかけながら喚く。

おそらくこれが、妹尾兼康とやらだろう。範長は武士の傍らから立ち上がると、薙刀を小脇に引きそばめて、兼康に向き直った。

「わ、わしを殺す腹か。かような真似をすれば、六波羅の入道さまが黙ってはおられぬぞ」

その怒号に、躊躇が胸をよぎる。だがもはや一行と刃を交じえてしまった今、引き返すことはできない。

両の足にぐいと力を籠めるや、範長は薙刀を構えたまま、兼康に向かって突進した。うわあッと叫んで後じさろうとした喉を血流近くで裂き、返す柄で胸を突く。倒れ伏した兼康に駆け寄りざま、腰の太刀を抜き、まだ息のある首をひと思いに掻き切った。大きく一つ息を吸い、喉も裂けよとばかり名乗りを上げた。

「検非違使別当の首は、興福寺が大衆、範長が討ち取ったぞ——ッ」

二人の敵を大薙刀で防いでいた永覚が、がばとこちらを振り返った。

血の気を失ったその表情に、滾っていた身体が見る見る冷めてゆく。微かな湯気を上げ、範長の足をひたひたと洗う兼康の血が、氷の如く冷たく感じられた。

範長の叫びが耳に届いたのだろう。倒れた輿の横で、両手で構えた小太刀を振り回していた従僕が、「ひ、ひいッ」と叫んで腰を抜かす。それに切りかかろうとする悪僧の襟首を摑み、「やめろッ。戦意なき者を手にかけるなッ」と永覚が怒鳴った。

「わしらは検非違使別当を追い返すためだけに、ここまで出張ってきたのだッ。これ以上、要らぬ血を流すなッ」

　さりながらその大喝は、斬り結び、取っ組み合う男たちの咆哮にかき消され、耳を傾ける者はほとんどいない。もつれ合う者たちの足元をおびただしい血がぬかるませ、ゆるやかな流れとなって坂をまだらに染め上げていた。

「範長、みなを止めろッ。下郎たちまでを殺めることはなかろうがッ」

　永覚の叫びに、範長ははっと我に返った。妹尾兼康の髻を片手で摑んだまま、慌ただしく四囲に目を配れば、栄照が倒れ込んだ従僕の背に馬乗りになり、その首を掻き切ろうとしている。

「ええい、やめろッ」

　と一喝し、範長はその背に体当たりを食らわせた。

「お、お助けを。何卒お助けくださいませ——」

　上半身を真っ赤に染めた従僕が、両手で地面を掻いて、範長の足にすがりつく。だがその目の前にぶら下げられた妹尾兼康の首を見て、ひっと顔を強張らせてのけぞった。

　とっさに首を背後に放り投げ、範長は栄照に駆け寄った。その手から離れた薙刀を手近な藪に向かって蹴飛ばしてから、返り血で朱に濡れた襟を、両手で摑んで引き起こした。

　思いがけぬ乱闘のせいで、すっかり頭に血が上っているのだろう。目の前にいるのが誰かも分かっておらぬ様子で、栄照はがむしゃらに両腕を振り回した。

「気を確かに持てッ、栄照。おぬしはそれでも興福寺の悪僧かッ」

範長は栄照の頬を、拳で二度、三度と殴りつけた。吊り上がっていた目尻が不意に下がり、泳いでいた眸(ひとみ)の焦点が合う。血に染まった己の両手を見つめて小さな悲鳴を上げるや、どすんとその場に尻をついた。

「わ――わたしはなにを――」

「なにをなさるのです、永覚さまッ」

怒声に顧みれば、永覚が暴れる悪僧たちの腕から薙刀をもぎ取り、その鳩尾(みぞおち)を石突で突いている。うぐっと声を上げて転倒する彼らの傍らには、ぽっかりと目を見開いた無数の死骸(しがい)が、水から揚げられた魚のように転がっていた。

生き残った従僕たちが、互いを支え合いながら坂道を転がり逃げて行く。彼らを追わせまいと仁王立ちになり、「おぬしらはうつけかッ」と永覚は割れ鐘を思わせる声で怒鳴った。

「清盛入道の手先とはいえ、大和国検非違使は仮にも勅任に基づく別当職だぞ。それを従者もろとも殺(あや)めてしもうては、南都諸寺は帝にすら背く不忠不逞(ふてい)の輩(やから)だと天下に告げ知らせるのも同然ではないかッ」

「で、ですが」

三十がらみの悪僧が、血のにじんだ法衣の肩を押さえながら、唇を震わせて反論した。

「範長さまがお命を頂戴(ちょうだい)しなければ、あの検非違使別当は興福寺に入り込み、学侶がたのお力を利用して、南都諸寺を押さえこんでいたに違いありません。それを防ぎ、南都を守るためには、ああするより他なかったのでは――」

「うるさいッ、この愚か者がッ」

眉を吊り上げ、永覚は石突で地面を突いた。

「清盛入道が奸計(かんけい)を巡らして南都の抵抗を封じんとすればこそ、なお我らは一寸たりとも付けこまれぬよう、身を処さねばならんのだッ。以仁王さまを匿(かくま)った園城寺が、その後、平家の者どもからどんな目に遭わされたか、おぬしらとて承知しておろうがッ」

平家打倒の令旨を発した以仁王は、一度は近江(おうみ)国園城寺に逃げ込んだものの、南都への逃亡の途次、討手に襲われて亡くなった。だが平清盛の怒りは彼の命を奪うだけでは収まらず、園城寺はその後、残党の掃滅を口実とする平家の武者によって、多くの堂舎を焼き払われるに至った。

武家の棟梁たる平家に歯向かうことは、いかに武力に長(た)けた者でも難しい。唯一の彼らの弱点は、平家も所詮は朝廷の一員に過ぎず、朝堂の議定を無視できぬ事実のみだ。

「だからこそ武力で対抗しながらも、決して付け入られる隙を与えてはならんというのに」

永覚はがしがしと首筋を掻き、朱に染まった般若坂を苦々しげに見回した。

そこここに倒れている死骸の数は、五、六十に及ぶだろう。先ほど栄照が襲った従僕などは、まだかろうじて息を留めている様子だが、その身動きはわずかな間に目に見えて緩慢になっている。

「――すまぬ、永覚」

範長は薙刀の柄を固く握りしめてうなだれた。自分が妹尾兼康に斬りかかりさえしなければ、こんなことにはならなかったはずだ。

永覚は目の隅で範長を睨み、藪陰から妹尾兼康の首を拾い上げた。その髪や顔にこびりついた泥を袖で拭い、「終わってしもうた話は、もはやしかたあるまい」と、静かに言った。

「今更取り繕ったとて、わしらが大和国検非違使別当どのたちを襲うたのは事実。こうなっては、正々堂々と胸を張り、それがどうしたと言い張るしかないわい」

昨今の平家は、羊の群を食い尽くした餓狼の如きもの。どこかに次なる獲物はないかと頭を巡らせる狼の前で、別当殺害は誤りだったと認めれば、平家は興福寺学侶の管理不行き届きを責め、その喉に歯を突き立てよう。ならばいっそ妹尾兼康一行襲撃を誇示し、南都諸寺の力を見せつけるしかない。

「ではどうするのじゃ、永覚さま。逃げた奴らを追って皆殺しにするか」

悪僧の一人が薙刀の柄をしごいて、苛立った声を上げる。永覚は眉根を強く寄せ、いいや、ときっぱりと首を横に振った。

「その必要はない。亡骸の首を取るのだ」

「首だと」

「おお、討ち取った従僕どもの首を奪い、一つ残らず南都に持ち帰ろうぞ。それらを猿沢池の端にでも並べ、平家を恐れぬ我らの胆力を示してやるのだ」

「おお。それはよい」

悪僧たちが得心した顔で、そこここに散らばった亡骸に走り寄る。まだいささか顔を青ざめさせた栄照も、低い呻き声を上げる怪我人の身体を飛び越え、半町（約五十メートル）ほど離れた死骸へと駆け寄った。

（――何卒これ以上、危ない真似をなさいますな）

先ほどの信円の言葉が、範長の耳底に甦った。

あの従弟は今ごろ、のっぺりと白い顔を癇性にしかめ、妹尾兼康の到着を待っているだろう。その命を他ならぬ自分が奪ったと聞けば、いったいどんな面をするのか。

潔癖な信円はきっと、範長が悪僧に身を落としたことは理解していても、自ら薙刀を振るい、時に人を殺めもしているとは、いまだ皆目信じていないのに違いない。

いや、信円ばかりではない。藤氏長者にして左大臣であった亡き父も、よもや興福寺別当となすべく寺に入れた末息子が、裏頭に顔を隠して薙刀を振るう悪僧となろうとは、微塵も考えていなかったはずだ。

だが、そんなことを嘆いてもしかたがない。自分にはもはや、これ以外に生きる道はないのだ。

範長は低い呻きを上げて横たわる男に、ゆっくりと近づいた。血に濡れそぼった身体に手をかけ、仰向ける。

もはや、動く力も残されていないらしい。恐怖と絶望に双眸を見開くばかりの従僕を見下ろし、腰の小太刀を静かに抜き放った。

助けられる命であれば、助けてやりたい。しかしこれほどの深手を負っていては、おそらく寺まで息が持つまい。

「――すまぬな」

吐息だけでそう呟くと、範長はひくひくと痙攣する男の喉元をひと息に掻き切った。生温かいものが一気にあふれ出て、顔に胸にと噴きかかる。微かな錆(さび)の味が、引き結んだ唇の間からうっすらと忍び入ってきた。

範長たちが討ち取った首は、武者や兼康のものも含め計六十四級に上った。

胴体はもしかしたら、親類縁者が引き取りにくるかもしれない。固く閉ざされた般若寺の門を叩き、恐る恐る顔を出した雑人(ぞうにん)に野犬に食い荒らされぬよう見張りを頼んでから、範長たちはかねて用意の松明(たいまつ)を振り立てて、南都へ引き揚げた。

すでに夜はとっぷりと暮れ、門前郷はどこも戸板を立てて寝静まっている。一条大路を足音を殺して駆け抜ければ、不寝番の僧が守る南大門の灯が、不思議なほど眩(まぶ)しく輝いていた。

「気を付けて並べろよ。池に落とすな」

月のない夜だけに、手許は暗い。漆の如く黒い水面が、時折、微(かす)かな星影を映して揺らめいた。

もう一度首の数を数えながら、池端に丁寧にそれらを並べる。やがて辺りには、むっとむせ返るような血の臭いが垂れ込めた。

「よし。ではそれぞれ、自坊に引き揚げろ。これが誰の行ないであるかは、黙っていてもあっという間に知れ渡ろう。とはいえ決して、寺で要らぬことを誇るではないぞ」

永覚の言葉に無言でうなずくと、十数名の悪僧たちはそれぞれ寺に戻る道についた。範長もまた、血で汚れた裹頭を引き剝(は)ぎ、疲れた足を引きずって南大門へと至る石段を登り始めた。

だがふと足を止めて顧みれば、栄照の姿がどこにもない。小さく舌打ちをし、範長は登ったばかりの石段を一段飛ばしに駆け下りた。辺りの家々の眠りを覚まさぬように声をひそめ、「おおい。どこにいった、栄照」と呼んだ。

般若坂から引き返す際はもちろん、首を池端に並べていたときも、確かに栄照は共にいた。それがこんなわずかな間に、いったいどこに消えてしまったのだ。

血の臭いを嗅ぎつけたのだろう。池を取り巻く森の中では、深更にもかかわらず、鴉(からす)がぎゃあぎゃあと啼(な)き交わし始めている。旨(うま)そうな肉の匂いにとうとう抗(あらが)いきれなくなったのか、ばさっと羽音がして、黒い影が一羽また一羽と、池端に降り立つ。それに背を向け、範長は池を回り込んだ。

　ざぶりと水音がした。目を凝らせば、首の並べられていない池の南側に、ひょろりとした影がある。

　激しく水音が響くのは、その人物が腰まで水に浸かり、池水で手足をこすり洗っているため。だが待てど暮らせど、その音が一向に止まぬのはどういうわけだ。

「いったいなにをしている」

　影を追って池に飛び込み、範長は全身ずぶ濡れになった栄照の肩を摑んだ。その身体はすでに、氷のように冷え切っていた。

「お、落ちないのです」

　震える声とともに、栄照は両手を範長の目の前に突き付けた。

「なにを言う。血であれば、綺麗に落ちているだろう」

「ち、違います。血の臭いが——顔に噴きかかった感触が、どれだけ洗っても落ちません。わたしはいったいどうすればいいのですか」

　上ずった声でまくし立て、栄照は水を両手ですくった。浴びるように顔を洗い、「やっぱり落ちないッ」と身体を震わせた。

「馬鹿をいうな」

　大きく舌打ちをし、範長は栄照の腕を摑んだ。無理やり池から引きずり出しながら、「あれぐらいの血で狼狽するなッ」と怒鳴りつけた。

「いざ戦となれば、人死は百や二百では済まぬのだぞ。そんな覚悟もなしに、興福寺を守る悪僧が務まるものか」

この数年、興福寺の悪僧が都まで攻め上ることはあっても、平家や他寺との大がかりな衝突は皆無に近い。それだけに栄照にとって、血で血を洗う修羅場に臨んだのはこれが初めてなのだろうが、それにしてもいい年をした男が何という無様さだ。

池の北岸にはいつしか数えきれぬほどの鴉が群れ集まり、並べられた首を我がちに啄んでいる。時に肉を奪い合ってもつれる黒い影が、夜陰に紛れて蠢く餓鬼のようだ。

餌の乏しい冬だけに、明日の朝には池端に並べた首はそこここを食い散らされ、醜いしゃれこうべと成り果てていよう。口さがない郷の者たちはさぞ騒ぎ立て、その噂はすぐに都に届くに違いない。そうなれば清盛入道は、次になにを仕掛けてくることか。

新たな検非違使別当を遣わしてくるだけならばよいが、たとえば興福寺や東大寺の三綱・学侶が追放されるような事態となれば、南都は大混乱に陥る。考えれば考えるほど、己の軽率が悔やまれてならない。だが平家がこれからどんな手に出るのか分からぬからこそなお、今はこの若い悪僧をどうにか立ち直らせねば。

薙刀も小太刀も失い、がたがたと震える栄照の襟首を、範長は強く摑んだ。

「よし、戻るぞ。寺ではまだ幾人かが、夜っぴいて双六か将棋でもしていよう。そいつらに頼み、とっておきの酒を温めてもらうとするか。このままではお互い、風邪を引いてしまうからなあ」

争う鴉の声が、また別の鴉を呼ぶのか、池端にわだかまる闇の色が更に濃くなり、耳障りな啼き声が耳朶を叩く。無理やり明るい口調を繕うと、範長は栄照を引きずって東金堂裏の小子房に転がり込んだ。

「どうした、おぬしら。びしょ濡れだぞ」

「ちょっと、溝にはまってな。済まんが、こいつに酒を温めてやってくれ。わしは竈で身体を乾かしてくる」

車座になって騒いでいた堂衆に栄照を押しつけ、下帯一つになって厨に向かう。竈の前の木桶に腰を下ろし、灰の埋もれ火を掻き立てているうちに、張りつめていた気持ちが緩んだのだろう。ちろちろと燃え始めた焰の温みに、我知らず瞼が重くなり、はっと目を覚ましてみれば、すでに明かり取りの高窓からは薄い朝日が差しこんでいた。

「おおい、範長。範長坊、大変だ」

ばたばたと足音がして、厨の板戸が荒々しく開かれる。範長は硬く強張っていた手足をうらんと伸ばし、「うるさいなあ」と呟いた。

「大変とは、いったい何だ」

「猿沢池の周りがえらい騒ぎじゃぞ。あれはおぬしらがしてのけたのか」

言われて目を上げれば、無数の人声が風に乗って厨の中にまで響いてくる。

肯定とも否定ともつかぬ曖昧な相槌を打ち、範長は目脂のこびりついた目を拳で拭った。「おお、確かににぎやかだな」と顔をしかめるや、木桶を蹴飛ばして立ち上がった。

「先ほど一乗院の役僧が、泡を食った顔で境内を走ってゆかれたぞ。おおかた院主さまより、様子を見て来いと命じられたのじゃろう」

永覚は昨夜、従僕の首はそのまま亡骸から奪うに任せたが、妹尾兼康の首だけはその身元が分かるよう、彼が着ていた綾織(あやおり)の水干の袖をひきちぎり、それに包んで池端に据えさせた。

大勢の生首の中で、たった一つ由(よし)ありげな首があると告げられれば、信円はすぐさまその正体に思い至るはずだ。

ふと見れば、節くれだった指の間に、黒いものがこびりついている。範長は爪でそれを癇性に掻き落とした。

信円は現在右大臣の任にある異母兄藤原兼実(かねざね)と、ひどく親しいと仄聞(そくぶん)する。平家の差し金と知りながら、大和国検非違使別当を一乗院に迎えることに決めたのも、おそらくは平家と後白河法皇の対立に巻き込まれぬよう用心深く身を処している兼実からの指図によるもの。それだけに信円は朝堂に使いを送るよりも先に、兼実にこの旨を告げ、興福寺は今後どう立ち回るべきかの判断を仰ぐに違いない。

興福寺は藤原氏の氏寺。それだけにその興隆は摂関家の栄華と、紙一重であり、一族の中から選ばれてこの寺に来た信円にとっては、興福寺と一族を守ることこそが何よりの務めであるからだ。

（しかしそのためにあ奴は、時に平家にすら阿(おもね)ろうとするのだからな――）

舌打ちしつつ外へと出れば、春日山の稜線にかかった朝日が長い影を足元に曳く。どれ、池端を見物に行くか、と考えながら堂舎の前の広い庭を横切っていると、「おおい、乙法師」と呼ばれた。

見れば裳付衣の袖を後ろでくくった玄実が、芥の入った巨大な竹籠を傍らに、小子房の庭先に坐り込んでいる。庭仕事をしていたのだろう。およそかつて天下一の悪僧と呼ばれた男とは思えぬ、好々爺然とした姿であった。

「ちょうど、よかった。おぬし、あの年若い悪僧を叱りつけでもしたのか」

何を言われたのか分からず目をしばたたいた範長に、「それ、昨日、わしが薙刀でひどく叩きのめした奴じゃ」と、玄実は忙しげに畳みかけた。

「もしや、栄照のことでございますか」

「おお、そ奴だ」

立ち上がりざま大きく首を縦に振り、玄実は自坊のある北東の方角を顎で指した。

「今朝方、まだ夜が白まぬうちに、その栄照がいきなりわしを訪ねて来よってな。冷え切った庭に両手を突くなり、玄実さまのお弟子にしていただきたいと言い出したのじゃ」

なんと、と声を上げた範長に、玄実は白いものの交じった眉を困ったように下げた。

「ただ、ではもう一度、腕前のほどを検めさせろと薙刀を持たせるや、栄照とやらめ、おびえ顔で後じさりしよってな。では小太刀はどうじゃと言えば、今度は青ざめて震え上がる始末じゃ。あれではわしの弟子はもちろん、悪僧としても到底役に立つまい」

　ああ、と範長は小さく呻いた。

　栄照は昨夜の己の醜態を省み、自らを鍛えるべく、玄実の許に走ったのだろう。しかし残念ながら、人は一朝一夕に変わるものではない。むしろ無理やり握らされた武具に昨日の殺戮の記憶を甦らせ、激しい恐怖を抱いてしまったというわけか。

「とはいえ、東金堂に戻ってはどうじゃと聞くと、ぶんぶんと首を振って拒むでなあ。とりあえずしばらくは、わしの許で預かると決めた。時折は、おぬしも顔を見せてやってくれ」

「それはお手数をおかけいたします」

　頭を下げる範長に向かい、玄実は鷹揚にうなずいた。さりげなく四囲を見回し、近くに誰もいないと確かめると、四角い顔をぐいと寄せ、「ところで気を付けろよ、乙法師」と囁いた。

「池端の六十余級、あれはおぬしらがやったことじゃろう。血気に逸るはしかたがない。されどあまりに奔放な真似をしては、他ならぬ院主さまや学侶がたが、我ら悪僧を切り捨てようとなさるぞ。なにせ平家の奴らは最近、摂関家の方々にずいぶんすり寄っておると聞くからなあ」

「なにを仰います」

　確かに自分たちと学侶の立場は異なれど、共に寺に帰属する者であることに変わりがない。いわば同じ根から生えた一枝を、残る枝が枯らすような真似をするものかと範長は驚きの声を上げたが、玄実はそれをしっと叱りつけ、ますます声を低めた。

「学侶として入寺しながら悪僧になったおぬしには、分からぬかもしれぬ。されど学侶がたは所詮、我らを同じ僧とは見ておられぬ。結局のところあの方々にとっては、悪僧は寺を守る楯でありさえすればよいのじゃ」

　悪僧の本務は、武具を取って寺を守ること。それが寺を飛び出し、強訴や戦まで働くようになったのを、学侶は内心、苦々しく思っている。ましてやそれが、院主が受け入れを決めた検非違使別当を手にかければなおさらだ、と玄実はひと息に語った。

「ですが、我らが武具を取って、平家に歯向かうのは、ひとえに三法を護持し、皇統を守らんがため。それをかように謗られるとは、あまりにひどうございましょう」

「しかたがあるまい。学侶がたはみないずれも、都の堂上衆のご子息。それに引き比べれば、悪僧はおぬし以外は全員、どこの馬の骨とも知れぬ下賤の出ばかりじゃ。もしかすると、池端に首をさらした犯科人を捜し出し、進んで平家に突き出そうとなさるかもしれん」

「そんな――」

「院主さまは、おぬしの従弟。乙法師からすれば、何とも口惜しい話であろうがな」

　範長は唇を嚙み締めた。両の拳を握りしめ、「いいえ」と首を横に振った。

「院主さまとわたしの血縁なぞ、事の道理とは関わりありませぬ。池端の首を取ったのが誰かと問われれば、進んで名乗り出てもよろしゅうございます」

検非違使別当殺害の犯科人が他ならぬ自分と知れれば、信円や学侶はさぞ慌てふためこう。そうすることで信円のあの取り澄ました面に泥を塗れるのであれば、この命の一つや二つ、安いものではないか。

だがそう自らに言い聞かせた範長を、玄実は「まあまあ、待て。早まるな」と呆れ顔で制した。

「とりあえずしばらくは、学侶がたの様子を見ようぞ。案外、都で摂関家さまが、うまく話をつけてくださるやもしれぬでな」

昨年の冬、後白河院を鳥羽殿に幽閉して以来、平家への風当たりは強まる一方である。伊豆や信濃といった源氏ゆかりの地はもちろん、甲斐・美濃・尾張などの諸国でも、反平家一党の蜂起は野火のごとく広まり、平家の軍勢はその鎮圧に東奔西走を続けていた。

それは宮城においても同様で、平家が力を振るえば振るうほど、都の貴族や権門寺家、諸院家は平家への反感をくすぶらせる。それだけに昨今、平家の公達の中には、藤原氏を始めとする公卿と親密な関係を築くことで、なんとか自らの地位を維持しようと考える者も表れ始めていると囁かれていた。

現在、摂政の任にある藤原基通は、兼実・信円兄弟にとっては甥。清盛の三女を養母に、またその妹を正室に迎えている基通は平家とも親しく、これまでもしばしば興福寺と平家の仲を取り持とうとしている。

南都と清盛の不仲が決定的になった今、おそらく信円と兼実はそんな甥に、平氏への口添えを頼んでいよう。そして反平家の気運に翻弄されているかの一族が、それを容れることは充分にあり得る。

「結局、我々は、公卿衆の掌の上で転がされねばならぬわけですか」

苦々しい思いで吐き捨てる範長の肩を「まあ、そう言うな」と玄実が軽く叩く。風向きが変わったのだろう。猿沢池の方角からのざわめきが不意に大きくなり、どこか遠くで鴉がまたも耳障りに啼いた。

都の摂関家がよほどうまく立ち回ったのか、五日、十日と日が経っても、平家に新たな動きは起こらなかった。

「なにせ今、坂東ではほうぼうで源氏が兵を起こし、平家はその制圧におおわらわと聞くからのう」

「いや、坂東ばかりではないぞ。つい先だっては近江国でも戦が始まったとやら。それほど数多の敵を相手にしていれば、我らに関わり合う暇はないのじゃろうよ」

師走も終わりに近づき、南都にはどこか浮ついた気配が満ちている。興福寺とてそれは例外ではなく、悪僧たちも薙刀や小太刀の稽古の傍ら、諸堂を掃き清め、幡や華鬘を新たなものに換え、新春を迎える準備に余念がなかった。

妹尾兼康を討ち取った後、南都諸寺の悪僧は合議して般若坂と奈良坂に逆茂木を築き、楯を連ねて垣根を拵えた。更にその内部に小屋を建て、常時、数人の悪僧を見張りとして詰めさせているが、この分ではどうやら、さしたる難もなく年を越せそうだ。

降り落ちる松葉を掃く手を止め、範長は冬なお緑の色濃き松林を見回した。黒ずんだ根がそこここで盛り上がった林は静かで、まるで先日の殺戮が嘘のようだ。

信円はあれ以来、範長を一乗院に呼ぶ気配がない。検非違使別当を討ち取った面々の中に自分がいると知り、修二会列席の企みを諦めたのかもしれない。

しかし堅苦しい法会に参加せずに済む事実に安堵する一方で、どこかにそれを残念がっている己がいる。馬鹿な、と吐き捨て、範長は帚を握る手に力を籠めた。

自分はもはや、学侶ではない。藤原氏の血こそ引いてはいても、院主となるべき道を断たれた落魄者だ。だいたい幾ら信円に乞われたからと言って、興福寺でももっとも格式ある修二会に加わったりすれば、都から法会に参列する藤原氏や頭の固い老僧衆から、どんな陰口を叩かれるかしれたものではない。結局、自分は今のまま、諸堂をうろつき回り、悪僧に交じってその日その日を送るのが合っているのだ。

池端にさらされていた六十四級の首は、二日も経たぬうちに鴉に肉を食い尽くされ、骨と化した。それでも四、五日の間は、微かな腐臭を漂わせながら、ぽっかりと空いた眼窩でそろって興福寺の塔を見上げていたか。そのうち一つ、また一つと池端から首が減っていったのは、都から駆け付けてきた身寄りの者が、誰が誰やら分からぬなりにしゃれこうべを持ち帰ったからに違いない。

鳥に啄まれ、面相も判別できなくなった髑髏にも、それを弔おうとする者がいる。そう思うと彼らの命を奪いながら、ただ敗残の身をさらすしかない己が、ひどく心もとなく感じられた。

小丘の上に伽藍を構えているだけに、興福寺内はとかく風が強い。集めた松葉を叺に かき入れ、範長は吹きすさぶ寒風に首をすくめた。

昨日、池端を通ったとき、残っていたしゃれこうべは五つだったか、十だったか。今日は師走の二十五日。池端に無惨な骨が残ったままでは、門前郷の者もさぞ気分が悪かろう。

しかたがない。誰にも引き取られぬ髑髏は自分が弔い、生駒山にでも埋めてやろうと範長が胸の中で呟いたときである。

「範長さま、餅はいかがでございますか」

振り返れば、竹の籠を手にしたなよ竹が、水干の袖を風に揺らしながらこちらに近づいてくる。

どこぞの子院に使いに出た戻りだろう。くっきりと化粧を施した顔の中で、寒さに赤らんだ頬だけが年相応の幼さをにじませていた。

「先ほど訪いました菩提院の御僧がたが、餅を焼いたと仰って持たせてくださったのです。ほら、まだ温うございますよ」

言いながら、なよ竹は懐から懐紙に包まれた餅を取り出した。こびりついた灰を軽くはたき、範長の手の中に一つを押し込んだ。

信円に忠実なこの稚児は忌々しいが、さりとて餅に罪はない。受け取った餅を、範長は無造作に懐に放り込んだ。

そんな範長に上目を使い、なよ竹は「ところで」と眸(ひとみ)を底光らせた。

「先だって、信円さまが仰せられた法会については、その後、お考えくださったのでございますか」

「なんだと」

「それ、修二会の件でございますよ」

終わったとばかり思っていた話を蒸し返され、範長は眉を寄せた。

「それであれば、あの時、きっぱりと断ったはずだ。なよ竹もその場におったではないか」

なんと、となよ竹は紅を縁に点(さ)した目を大きく見開いた。

「範長さまはそのようにお考えでいらしたのですか。これは困りました。なよ竹が見たところ、信円さまはいまだ、範長さまはきっとその気になってくれようとお考えのご様子でございますよ」

馬鹿な、と叫びたいのを、範長はかろうじて飲み込んだ。

もしかすると信円からの重ねての依頼がなかったのは、荒々しく席を立った範長を更に怒らせまいとの配慮だったのかもしれない。それを別当殺害の犯科人が自分だと勘付いたゆえと思い込んだ己が、愚かだったのか。

顔を強張らせた範長に、なよ竹は薄笑いを浮かべた。手練手管に長けた遊女のような、ひどく老成した笑いであった。

「どうしても列席なさらぬと仰せであれば、その旨をご自分で信円さまにお伝えくださいませ。——ああ、ただ申しておきますが、信円さまは昨日より、菩提山にお出かけでございます。お戻りは年明けになられるそうでございますので、もしかしたらもはや間に合わぬかもしれませぬなあ」

「なんだと。それはどういうわけだ」

春日山の南麓に建つ菩提山正暦寺は、斜を流れ下る渓流に沿って八十六の房舎が建ち並ぶ大寺。創建から日こそ浅いものの、興福寺や東大寺にも劣らぬ壮麗な寺である。興福寺とはかねて縁が深く、信円もこれまで年に一、二度は必ず正暦寺を訪れていた。それにしたところで一乗院院主である信円がなぜ、自房からさして離れていない他寺で年を越すのだろう。

範長の不審に、なよ竹はつんと顎を上げ、「さあ、それはなよ竹も存じませぬ」と意地の悪い口ぶりで言い放った。

「昨日の明け方、都のお兄上さまより急なお使いが参りまして。届いた文をご覧になるや、急に正暦寺に参ると仰せられたのでございます」

なよ竹は横目で思わせぶりに範長を眺めた。

「別用があり、なよ竹はすぐにお供が叶いませんでしたが、明日の夕刻にはお後を追って、正暦寺に向かう手筈でございます。修二会の件、もしどうしてもと仰せであれば、なよ竹がお言付けを承っても構いませぬが――」

「大変じゃ、範長坊ッ」

野太い絶叫が、なよ竹の言葉をさえぎった。驚いて顧みれば、勧学院の築地の向こうから、永覚が両手を振り回しながら駆けてくる。よほど慌てているのだろう。その足元は足袋裸足で、どこぞで爪を割りでもしたのか、爪先にはうっすらと血がにじんでいた。

「平家が、平家が攻めてくるぞッ」

「なんだと」

範長は帚を放り出した。永覚の叫びが聞こえたのだろう、範長同様に掃除をしていた悪僧が、そこここから走り寄ってくる。彼らを見回し、永覚は激しく肩を上下させた。

「都の知り合いが、文をくれたのじゃ。昨日の昼、清盛入道は自分の五男坊である蔵人頭・平重衡を大将軍、甥の越前守・平通盛を副将に任じ、五万の兵を南都に遣わすと決めたらしい」

「五万だと――」

あまりに多い寄せ手の数に、悪僧たちがこぞって棒立ちになる。範長はなよ竹を振り返った。

先ほどの不審の理由が、ようやく知れた。いかに平家であろうとも、それほどの大軍を秘密裏に動かせるわけがない。信円は都の兄からいち早くこの報せを受け、難を避けるべく、一人正暦寺に身を隠したのだ。

とはいえ一介の稚児であるなよ竹には、そんな仔細まで告げられていなかったのだろう。呆然と立ちすくんだ顔は青ざめ、血の気がない。範長はほんの一瞬、目の前の稚児を憐れんだ。

「おそらく軍勢は、今朝、京を出ただろう。だとすれば遅くとも明朝には、奴らは泉川（木津川）付近にたどり着くぞ」

「ち、畜生ッ」

悪僧たちが、口々に毒づきながら拳を握りしめる。それをぐるりと見回し、「こうしている暇はないぞ」と永覚は喚いた。

「どうすると言うのだ、永覚」

とっさに問うた頭の中がかっと火照り、喉がからからに干上がっているのは、決して平家軍への恐怖ゆえではない。学侶の意に従わぬとはいえ、悪僧は悪僧なりに寺を思い、身、打ち物取って戦いを続けている。だが信円はそんな自分たちには一言も告げぬまま、単身、正暦寺に難を避けた。玄実の言った通りだ。信円からすれば、寺とは学侶と諸堂諸仏だけを指し、悪僧なぞ取るに足らぬ存在だったのだ。

範長は正暦寺のある南東を睨み、ぎりぎりと奥歯を食いしばった。寺はただ、学侶だけで成り立つものではない。衆徒悪僧、稚児雑人……種々雑多な人々がそこに生き、多くの人々の信心を受けてこそ、寺は寺たりえる。信円は興福寺を守らねばと思うあまり、そんなことすら忘れ果ててしまったのか。

「まずは東大寺や元興寺に、急いで触れを出せ。ありったけの人手をかき集め、国境を守らせるんだ」

永覚の指示に、悪僧たちがばらばらと駆け出す。間もなく鐘楼の方角から、寺の危難を知らせる早鐘が響いてきた。

この半月、南都に動静を悟らせずに出兵の手筈を整えていた事実から察するに、平家はこれを機に、何としても諸寺を承服させる腹なのだろう。南都の諸寺が擁する悪僧は、計五千。雑人寺人をかき集めても、その数は八千人にも及ばない。だとすれば平家の軍勢はいずれ国境の守りを破り、南都に攻め寄せるだろう。残された日数は、あと一日あまり。その間に、可能な限りの手立てを取らねばならない。

最早、信円に対して怒っている暇なぞない。範長は傍らの永覚の肩を叩き、「おぬし、平家が攻めてくるぞと叫びながら、門前郷を駆け抜けてくれんか」と口早に言った。

「おお、分かった」

戦には放火が付き物だが、仮にも南都は日本一の仏都。ましてや自身も出家入道の身である清盛が、寺に火を放つとは思えない。しかし諸寺を取り囲み、その勢力を削ぐために、門前の家々を焼き払うことは大いにあり得る。

「それと足の弱い老僧がたや稚児は、今のうちにそれぞれの寺から出さねばならんな。万一、戦に巻き込まれたりすれば、目も当てられん」

「確かにな。ではそれも、ついでに諸寺に触れておこう」

忙しくうなずいて、永覚が踵を返す。それを見送ってから、範長は立ちすくんだままのなよ竹を振り返った。

「なにをしている。おぬしもさっさと去れッ」

びくっとなよ竹が身をすくめる。弓一つ引けぬであろうその細い肩に激しい苛立ちを覚えながら、更に声を荒らげた。

「信円のおる正暦寺までは、さすがの平家も手を伸ばさぬだろう。すぐに御寺を出て、あ奴の許に逃げるのだ」

「は、はい」

がたがたと身体を震わせながら、なよ竹が幾度もうなずく。それを尻目に走り出した刹那、東大寺のある東から鋭い早鐘が響いてくる。それに呼応するように新薬師寺が、元興寺が鐘を打つ。あまりに激しい響きに驚いた雀の群れが、そここの森からぱっと飛び立った。

「乙法師ッ」

腹巻の上に甲冑を重ね着した玄実が、両の眉を吊り上げて駆け寄ってきた。その背後には同じように身拵えをした悪僧が十数人、手に手に薙刀を掻い込んで続いている。玄実に半ば威されて一行に加わったのか、顔を蒼白にした栄照の姿も見うけられた。

「話は聞いたぞ。わしも国境に出よう」

「いえ、玄実さまには寺をお守りいただきたく存じます」

どれだけ国境の守りを堅固にしても、五万もの寄せ手を前にすれば、いずれそれは破られる。そのときに諸堂諸像を救う者を、何としても残しておかねばならなかった。

「国境でどれだけ時間を稼げるか分かりません。どうか寺をよろしくお願いします」

「あい分かった。されど乙法師、何としても生きて戻れよ」

雑人が寺の東南にある倉を開き、武具を次々と外に運び出している。衆徒や悪僧が入れ替わり立ち替わりそこに駆け寄り、あり合う備えをひったくって寺門を出て行く。中には一人で数本の刀を抱え込み、蓆に包んで持ち出す者もいた。

範長は小子房に飛び込むと、裳付衣の下に手早く胴丸を着込んだ。小太刀を帯び、裏頭で厳重に顔を隠す。手に馴染んだ大薙刀の鞘を払い、まっすぐに南大門を飛び出した。

大路はすでに逃げ惑う近隣の男女であふれ、そのただなかをうず高く荷を積み上げた何両もの車が、凄まじい勢いで西や南へ駆けてゆく。

「平家が攻めてくるぞぉッ。門前郷の者は、生駒や宇陀へ逃げろッ」

「行く先のない奴は、興福寺か東大寺に難を避けるんだ。いくら平家の奴ばらが非道でも、よもや聖武さまや淡海公御願の寺に火をかけはすまい」

そこここで涌き立つ悪僧の声に、連打される鐘の音が重なる。名を呼ばれて振り返れば、白柄の薙刀と黒漆の太刀を左右に掻い込んだ永覚が、十数人の悪僧を引きつれて駆け寄ってきた。

その背後にはよく肥えた馬が数頭、雑人に轡を取られて従っている。大路の狂乱に興奮した馬はそろって、頻りに首を振りながら前脚で地面を掻いていた。

「奈良坂の物見が、先ほど戻って来たぞ。平家の先陣はすでに宇治津近くまで来ているそうだ。わしらは今から馬で、泉川まで討って出る。おぬしは般若坂の守りを頼む」

「よし、分かった」

範長がうなずくのを待たず、永覚はひらりと馬に飛び乗った。大路の群衆を蹄にかけることも厭わぬ様子で、激しく馬の尻を笞打った。

うわあッと悲鳴を上げ、人々が道の左右に退く。そのただなかを駆け抜ける永覚たちの姿は、まるで大路を吹き荒ぶ疾風そっくりであった。

「お、お坊さまッ」

強い力で袖を摑まれ、範長はたたらを踏んだ。見れば背に荷を負い、弟と思しき童子の手を引いた十歳前後の娘が、怯えきった目でこちらを仰いでいる。

「あ、あたいたち、ご門前の酒屋にご奉公するため、今、難波から奈良に着いたばかりなんです。でも、たどり着いたお店はもぬけの殻で」

泣きそうに歪んだ顔を、娘はぐいと掌で拭った。弟の手を再びしっかり握り、「教えてください。あたいたち、どこに逃げればいいんです」と唇を震わせた。

おそらく娘の奉公先は、戦になるとの悪僧の知らせに、取るものもとりあえず逃げてしまったのだろう。とはいえ幼い童子連れの少女に、その後を追わせるのは困難にすぎる。

一刻も早くこの場を駆け出したい気持ちを抑え、範長は「興福寺に行け」と告げた。大路の果てにそびえる石段を指し、

「寺の者に咎められたなら、御寺の悪僧にここに行けと教えられたと告げろ。そうすれば、内に入れてくれるはずだ」

とつけ加えた。

「で、でも、京の平家は奈良の御寺を討つために来るんでしょう。そんなところに逃げ込んじゃ、あたいも弟も死んじまうんじゃ」

そんなことはない。いくら平家が無法の輩でも、南都諸寺を焼き尽くし、境内を血で染める愚行は働くまい。かような真似をすれば、天下の道俗はこぞって平家を罵り、その悪名は長く後世に伝えられると、幾らなんでも承知しているはずだ。範長はぐいと少女の肩を摑んだ。

「案じるな。きっと諸堂の諸仏がおぬしらを守ってくだされよう」

でも、とすがりつこうとする娘の手を振り払って、範長は踵を返した。

諸寺の鐘の音はいよいよ激しさを増し、大路を駆ける人々の怒号、家財を積んだ荷車の地響きとあいまって、南都そのものが巨大な鐘のただなかで揺さぶられているかのようだ。

猿沢池の端で揉み合っているのは、春日の山麓沿いに南に逃げんとする者たちだろう。

範長は言葉にならぬ叫びを上げながら、それらの人々をかき分けた。

逃げ惑う人々の足にかけられ、池に蹴り落とされたのか、わずかに残っていたはずのしゃれこうべはもはや一つもない。岸辺の岩のそこここにはただ、泥まみれの足跡だけが醜く刻みつけられていた。


国境へと続く丘を駆け上がりながら顧みれば、そこここから巻き上がる土煙で、奈良の町は朦々と霞んでいる。その中にちらりちらりと光るのは、南都諸寺の伽藍の鴟尾や塔の水煙だ。

狭い般若坂は、範長同様、国境の守りに就かんとする悪僧・雑人と、反対に戦から逃れんとする近隣の郷の者でごった返し、そこここで人波が逆巻いている。大きな荷を背負ったまま、必死に坂を下ろうと声を嗄らす人々に、焦れた悪僧が罵詈を浴びせつけていた。

「どけ、退いてくれッ。こっちに子供がいるんだッ」

「うるさいッ。急いでいるのはみんな同じだろうが」

細道を塞いでの混乱ぶりに、範長は両足の脛巾をしっかり結わえ直すと、道端の田畑に飛び込んだ。

幸い、収穫を終えた田畑は閑散として、冬枯れた雑草が畝で寒風に揺れるばかり。平家の襲来を聞いていち早く逃げ出したのか、そこここの小家の戸口は開け放たれ、斜めに差しこむ冬陽が人気のない土間を微かに暖めている。

足掻く馬を無理やり曳き出し、連れて行ったのだろう。がらんとした厩（うまや）の足元はぬかるみ、片一方だけ転がった草履にこびりついた泥が、早くも乾きかけていた。

京から大和大路を下り、巨椋（おぐら）池の北を経て宇治津に至った平家軍は、そのまま泉川の東岸たる京上道を遡（さかのぼ）り、奈良に押し寄せるつもりだろう。いや、もしかしたら途中で軍を分け、山陰道でもある泉西道と二方から奈良を目指すおそれもある。

寄せ手の大将軍たる平重衡は、まだ二十歳すぎ。先立って、近江・園城寺が焼き討ちされた際にも、大将を務めた男と聞いている。

寺を焼き、御仏を損なうは、末代に及ぶ冥罰（みようばつ）顕罰にふさわしい悪行。先ほどの少女にはああは言ったものの、もしかしたら平氏一党は一度ならず二度までも三宝を損おうとしているのかもしれない。

うおおおッと怒号を上げながら、範長は丘の上を睨み上げた。藪をかき分け、垣根を蹴倒し、がむしゃらに斜をよじ登る。やがてたどり着いた般若寺の門前はそこここに逆茂木が組まれ、諸肌（もろはだ）脱ぎになった悪僧たちが冬にもかかわらず大汗をかきながら、地面を掘り返していた。

敵は騎兵、こちらは徒歩（かち）。相手の蹄にかけられぬよう、壕（ほり）を拵えているのだ。

「おお、あれは範長坊だ。おおい、皆、興福寺の範長が来たぞ」

「それは頼もしい。よくぞ駆け付けてきてくれたな」

南都よりはるばる運んできたのだろう。口々に叫ぶその傍らには、皮付きの丸太が山積みにされている。それを荒縄で組み、逆茂木に仕上げるのは、手先の器用な雑人たちの務めだ。

無人となった近隣の家々を壊して盗んできたのか、古びた板をそこここに突き立て、楯に代えんとしている者もいた。

泉川界隈の守りが破られれば、この般若坂と奈良坂が南都を守る最後の砦となる。仮に国境を突破されたとしても、一名でも多くの敵をここで屠らねばならない。

範長は薙刀を放り出し、裏頭を引き剝いだ。両の袖を背中で結ぶや、転がっていた鍬を取り上げて、すでに股の深さまで掘り下げられた壕に飛び込んだ。

「北に向かった奴らの様子はどうなのだ。すでに備えは万全なのか」

穴の底では四、五人の悪僧が一列になって、一心不乱に鍬を振るっている。すぐ隣にいた顔見知りの東大寺僧が、

「先ほど戻ってきた物見によれば、諸寺から集まった千人近くの悪僧・雑人が、泉川の東西の道を塞ぎ、平家を待ち構えているそうだ。我が寺からも百人あまりが、荷車にありったけの武具を積み込んで飛び出して行きおった」

と、振り返りもせぬまま怒鳴った。

「とはいえ、寄せ手の数があまりに多い。正直、どれほど持ちこたえられるであろうな」

衣をなびかせ、飛ぶように駆け去った永覚の姿が脳裏をよぎる。そうか、とうなずく

と、範長は渾身の力で足元の土を掘り起こし始めた。

こみ上げる不安を投げ捨てるように壕を拵えるうちに、冬の陽は頭上を越え、生駒の山嶺へと傾き始めた。甘い炊飯の匂いが漂ってきた気がして顔を上げれば、これまた顔を泥で汚した雑人が、ひっくり返した長櫃の蓋を両手で抱えて壕を覗き込んでいる。その中には無数の結び飯（握り飯）が積み上げられ、淡い湯気を四囲に漂わせていた。

「おお、これは旨そうだ」

悪僧たちが次々と壕から這い出るや、泥で汚れた手を腰で拭い、争って結び飯をひったくる。範長もまた、すだき始めた腹の虫に急かされながら、仲間をかき分けて雑人に近づいた。

「誰かがわざわざ米を持ってきたのか」

「いいえ。これは般若寺の衆からの下されものでございます。どうぞ、思う存分、お上がりくだされ。まだ幾らでもありますでなあ」

雑人の説明に、範長は結び飯に伸ばそうとしていた手を、思わず止めた。

範長たちが大和国検非違使一行と衝突した半月前、般若寺の衆は関わり合いはご免とばかり、固く寺門を閉ざし、知らぬ顔を決め込んでいた。だがもし今回、平家の大軍が国境を破れば、般若寺は敵兵からどんな乱暴狼藉を受けるか知れたものではない。それだけに般若寺の者たちはいま、かつての冷淡さを忘れ切った面で、自分たちを恃まんとしているのだ。

人は強きになびき、弱きを虐げんとする心弱き存在。それは僧侶とて同様であることは、これまでの興福寺での暮らしで、嫌と言うほど学んでいたはずだ。——だが。

途端に、口中の唾が引いて行く。結び飯にかぶりつく仲間に背を向け、範長は足元に突き立てていた鍬を握りしめた。急に暗くなり始めた足元に背を叩かれるように、再び壕の底に飛び降りた。

「どうした、範長坊。食わんのか。今のうちに力を養っておかねば、いざという時に役に立たぬぞ」

口に飯を詰め込んだまま、悪僧の一人が手招く。範長はそれに気付かぬふりをして、黒ずみ始めた夕陽を背に、鍬を振りかぶった。

穴の底に漂う土の匂いが強くなり、湿り気を帯びた風が爪先にまとわりつき始めた。

——平家軍の先陣・阿波成良勢が泉川西岸の泉木津を襲ったのは、翌二十七日の宵であった。

泉川最大の湊である泉木津は、古来、南都を支える水運の要。木屋所と呼ばれる貯木場がそこここに設置され、諸寺から派遣された木守が材木の管理や運船の監視に当たっている。当然、南都の寺々との関わりは深く、興福寺の雑人の中にはこの地の出身の者も多かった。

敵軍が川岸に陣を布いた南都勢ではなく、泉川の湊を襲ったのは、諸寺を経済的に支える木屋所を叩くことで、その財政を根本から崩さんと目論んでであろう。

だが南都の支配を受けてはいても、泉木津の住人はみな、武具を取ることなぞ考えもつかぬ津守ばかり。それだけに三百余の家々が建ち並ぶ湊はあっという間に蹂躪され、一帯に放たれた火は折からの北風によって、瞬く間に劫火と変じた。

泉木津より南三里の河原に布陣していた悪僧が駆け付ける暇もない、あっという間の凶行であった。

「北に火の手が上がっているぞッ。あれは泉木津だッ」

仲間と交替で仮寝を貪っていた範長は、般若坂に響き渡った叫びに、衾代わりの蓆を蹴り上げた。

「なんだとッ」

壕を這い出せば、夜目にも黒々とした煙が北西の方角に立ち上り、雲の垂れ込めた空を汚している。吹きつける北風が、瞬時に息詰まる煤の臭いを孕んだ。

はるか遠くに松明の火がちらちら動き、それが北に向かって動き始めたのは、河原で敵を待ち構えていた南都勢が、泉木津の敵に襲いかからんとしているのだろう。

「物見だ、物見を出せッ」

雑人が二人、転がるように坂を下って行く間にも黒煙は刻々と嵩を増し、ちろちろと真っ赤な焔がその裾に這い始めた。

「畜生。何の罪咎もない津守どもを襲うとは――」

仲間の呻きを聞きながら、範長は激しく肩を上下させた。

範長を含む南都の悪僧たちは、これまで幾度も京に攻め寄せ、平家と小競り合いを繰り返してきた。しかしそれはあくまで敵の勢力を削ぐことが目的であり、互いに無関係な民草にまでは手を出さぬのが不文律だった。

だが今回の戦はどうやら、そんなこれまでの諍いとはまったく異質のものらしい。平家は今度こそ本当に、目障りな南都を徹底的に叩き潰さんとしているのだ。

吹き付ける風に、男たちの雄叫びが混じっている気がして、範長は拳を握りしめた。壕の土で作った土塁に飛び上がり、「皆の衆ッ」と声も嗄れよとばかりに喚いた。

「怒りに駆られている場合ではないッ。すぐに戦支度をしろ。平家はこたびばかりは、何が何でも南都を叩くつもりだ。必ず、ここに攻めてくるぞッ」

悪僧たちははっと頬を強張らせて、範長を振り返った。そこここで灯された松明の明かりが、血の気を失った彼らの顔を赤々と照らしつけている。

範長は壕の中に投げ出していた胴丸を着込み、太刀を腰に下げた。なよ竹にもらったままにしていた餅を懐の奥から引っ張り出し、奥歯で荒々しく噛み砕いた。

すでに坂のいたる所には壕が穿たれ、その底には武具が山積みにされている。ならば今は、ありったけの松明を灯し、少しでも多くの手勢がここにいると見せつけねばなるまい。

月のない闇のただなかにあって、泉木津を焼く焔が目に痛いほど赤い。刻々と明るさを増すその焰を見つめながら、範長は汗のにじみ始めた掌を、腰で強く拭った。

風を孕み、ばたばたとなびく布端を押さえて、裏頭で顔を覆う。こめかみが大きく拍動し、風音よりもなお大きな音を立てていた。

きっと信円は今ごろ正暦寺の豪奢な僧房で、天を焦がさんばかりの黒煙を呆然と仰いでいるだろう。平家が南都に攻め寄せるとは聞いていても、泉木津が焼き払われようとは、さすがに寝耳に水のはずだ。

あの白い顔にどんな驚愕の表情が浮かんでいるか、その身体がどれほど戦慄いているかを脳裏に思い描きながら、範長は暴れる裏頭の端を襟元に挟み込んだ。

つい数日前までであれば、信円の吠え面を想像することで、わずかなりとも胸のつかえが取れたはずだ。だが今、刻々と迫る戦を前にしては、従弟に対する怒りも苛立ちもまるで水で薄めた墨のように淡い。

師走の風はいよいよ冷たさを増し、白いものが荒れ狂う風に散らされ、一つ、また一つと空より舞い落ちてきた。

大気を裂くうなりと共に、最初の矢が般若坂に飛来したのはそれから数刻後。うっすらと坂を覆った淡雪が、明るみ始めた空の色を映じて輝き始めた卯刻（午前六時頃）であった。

「来たぞッ。射返せッ」

燃えつきかけた松明を投げ捨て、数人の悪僧が坂の下に矢を射かける。それと同時にどどどどッと激しい地鳴りが響き、薄明に照らされた坂道に突如、何百騎という騎馬が現れた。

蹄を布で包み、足音を殺して山裾まで忍び寄っていたのだろう。木々をへし折り、斜に切り開かれた田畑を踏みにじって駆け上がってくるその勢いに、大地までが激しく震動した。

「何としても防げッ。御仏のおわす南都を守るは、我ら大衆ぞッ」

ほうぼうで湧き起こった絶叫を封じ込めるかのように矢が降り注ぎ、古木で拵えられた掻楯を次々と射貫く。壕から身を乗り出して弓を構えていた悪僧が首を貫かれ、真っ赤な血を四囲に噴き散らしながら、底に転がり落ちてきた。

「焦るなッ。奴らは馬だ。もっと近くまで引き寄せてから斬りかかるのじゃッ」

隣の壕で怒鳴り立てているのは、昨夜遅く、東大寺から駆け付けてきた老僧だ。その肌の色はくすみ、体軀は骨と皮ばかりに痩せこけている。だが僧衣の下に下腹巻を着込み、目をぎらぎらと底光りさせたその様は、彼がかつては名うての悪僧だったことをうかがわせていた。

四囲の壕に潜んだ者たちが「おおッ」と応じる端から、また矢が降り注ぎ、今度は顔の上半分だけを覗かせて外の様子をうかがっていた雑人がぶっ倒れる。

「まだじゃ。まだ耐えろッ」

すでに地鳴りは耳を聾するばかりの凄まじさで、朝の清澄な大気を震わせている。範長は双の手に薙刀を握りしめ、壕の冷たい壁に身を寄せた。

平家軍がここに攻め寄せてきたということは、泉川の南都勢はことごとく討死をしたのか。永覚の磊落な笑顔が脳裏をよぎり、目の前が怒りに朱に染まる。

畜生、と思わず罵った相手は、迫り来る平家ばかりではない。仏敵の来襲を知りながら遁走した信円、強き者に寄り添い、自分たちを見捨てんとした学侶たち。それに何より、愚かしくも平家の怒りを招いてしまった我が身が、あまりに腹立たしくてならない。

今ごろ興福寺では玄実が栄照たちを叱咤して、寺内の守りを固めているだろう。三条大路で出会ったあの姉弟もきっと、堂塔の軒下に身を寄せ、この戦が終わるのを待っているに違いない。

高慢な学僧が死のうが生きようが、範長にはどうでもいい。だが、壮麗なる伽藍と古より守り伝えられてきた典籍経巻、歴代の仏師たちが心血を注いで造り上げた仏像は、そんな愚かな人の営みとは無関係に、代々累々守り伝えるべきこの国の宝である。

父を始めとする一族があるいは殺され、あるいは配流されながら、自分だけが南都に留まることが出来たのは、ひとえに興福寺僧の立場ゆえ。ならばいかに忌々しかろうとも、興福寺は自らの命の源であり、たった一つ、拠って立つべき場所。ならばこの身を擲ってでも、自分はあの寺を守らねばならぬ。

ひときわ激しい地鳴りが大地をどよもした。薙刀の鎺がかちかちと音を立て、足元が突き上げられるように揺れる。

「よし、今じゃッ」

黒い影が壕の底に落ちる。老僧がしゃがれた声とともに、土壁を摑んで飛び出した。今まさに頭上を飛び越えんとしていた馬の腹に斬りつけ、返す刃で次なる敵騎の足元をなぎ払った。

甲高い嘶きを上げて馬が棹立ちとなり、その背から大鎧を着けた武者がどうと音を立てて落ちて来た。

「散れッ、悪僧どもだッ」

次々と坂を登って来る敵のただなかで怒声が起き、雨あられと矢が降り注ぐ。落馬した武者に馬乗りになり、その首を掻き切ろうとしていた老僧が、笛の音そっくりの叫喚を上げて、仰向けに吹っ飛んだ。

その薄い胸には鷲羽根の矢が射立ち、強い弓勢の余韻を残して激しく揺れている。いや、老僧ばかりではない。驟雨の如く降る矢は同時に、彼にのしかかられていた鎧武者の首までを射貫き、その息の根を止めていた。

この坂を破るためであれば、平家の奴腹は味方までともに殺めることも厭わぬのか。およそ人の心を持たぬ外道が朝堂に蔓延り、政を掌握するとは、いったいいつの間にこの国はかような修羅の世へと変わり果てたのだ。

再び近づいてくる地響きに、範長は「次が来るぞッ。防げッ」と怒鳴って、土塁から飛び出した。徒歩の兵士を狙って薙刀を振るい、逆茂木に防がれて右往左往する騎馬に斬り付ける。

うおおおッという雄叫びは、攻め寄せる平家のものか。己の喉から出たものか。すでに般若坂一帯は敵味方が入り乱れ、狭い山上のそこここで白刃がきらめく戦場と化していた。

さすがにこうなっては、やたらに矢を射かけもし難いのだろう。降り注ぐ矢は止んだが、代わりに何十騎という隊列が次々坂道を駆け登って来ては、あるものは逆茂木に阻まれて倒れ、あるものは壕に落ち込んで悪僧を下敷きにする。

またしても固く閉ざされた般若寺の門前を流れる真っ赤な川が、斜面の中ほどで踏みにじられ、どす黒い泥濘と化す。疾駆する騎馬がその流れに足を取られ、轟音とともに倒れ込んだ。

強い血の臭いに惹かれたのか、冬にもかかわらず、丸々と太った蠅がそこここを飛び交い、乗り手を振り落とした暴れ馬が白い泡を食んで、傍らの雑人の頭蓋を砕いた。

陽はいつしか頭上近くまで昇り、目に痛いばかりの朱に染め上げられた国境を明るく照らし付けている。攻め寄せる敵を、いったい幾人斬り払ったのだろう。両の腕はすでに重く、全身は理由の分からぬ痛みに襲われている。

仲間たちは無事なのか。討ち漏らした敵が南都へ下ってはいないか。奈良坂の守りはどうなっているのだ。様々な思いが胸に去来するものの、次々と押し寄せる敵に阻まれ、何一つ確かめることがかなわない。

目に流れ込む汗を袖で拭い、範長は低く呻いた。この戦いはいつまで続くのか。大将たる平重衡は、いつ姿を現すのか。その首さえ討ち取れれば、この戦もすぐさま終わりを迎えように。

土煙とともに、一騎のもののふがまっすぐに範長に向かって突っ込んできた。疲労のあまり、薙刀を振るう手が遅れ、白い息を吐きながら迫る馬の顔とその尻を頻りに笞打つ武者の面が、視界いっぱいに迫る。

駄目だ。蹄にかけられる。冷たいものが瞬時に背中を駆け上がり、馬の下敷きになった仲間や胸を矢で射貫かれた老僧の姿が、目まぐるしく脳裏に去来する。

だが馬の四肢が蹴散らす土煙が、妙に鮮明に眼を射たその刹那、「範長坊ッ」という聞き覚えのある声とともに、立ちすくむ腕を強く引く者がいた。

悪僧ではない。黒糸威の腹巻に五枚兜をかぶった姿は、間違いなく敵兵だ。

その腕を振り払うよりも早く、尻餅をつくように倒れた鼻先を、荒い息を吐きながら馬が駆け過ぎる。範長は背後の敵兵をぎょっと顧みた。

「永覚ではないかッ」

範長の叫びにはお構いなしに、永覚は掻い込んでいた薙刀を振り上げ、馬の後ろ足に斬りつけた。嘶きとともに馬が転倒し、武者が地面に投げ出される。手近にいた悪僧たちが激しく手足を痙攣させる武者をわっと取り囲み、すぐさま彼の首を掻き切った。

範長は戦慄く腕で、永覚の肩を摑んだ。

「生きていたのか、永覚」

「おお、当たり前じゃ。なんじゃ、おぬしはわしがむざむざ討たれたと思うていたのか」

敵の甲冑を奪い、寄せ手にまぎれ込んでここまで来たのだろう。剛胆に笑う姿は快活だが、改めて眺めればその肩口はぱっくりと割れ、柘榴（ざくろ）の如く肉が盛り上がっている。古血で真っ黒に汚れた手足が、泉川の戦の熾烈さを物語っていた。

「教えてくれ、永覚坊。平家の大将は、いまどこにいるのだ」

「大将だと」

「おお。いかに寄せ手の数が多くとも、総大将さえ討ち取れば、その陣容は総崩れとなろう。そうすれば我ら南都勢にも、まだ勝ち目はあるはずだ」

早口でまくしたてる間にも、平家の騎馬は次々と坂を登ってくる。その執拗（しつよう）さはまるで、死んだ蟬を食い尽くさんとする蟻の列そっくりだ。

このままではいずれ逆茂木は破られ、南都は敵の蹂躙を恣（ほしいまま）としよう。そうなる前に重衡さえ討てば、まだ勝ち目はあるはずだ。

しかしそう語る範長に、永覚はさっと顔を強張らせ、「それは無理じゃ」と答えた。

「泉川辺で討ち取った敵から聞いた。大将たる重衡はまだ宇治津に留まっており、先陣が国境を破ってから、ゆるゆると南都に乗り込むつもりだそうだ」

「宇治津だと――」

範長は、目を見開いた。巨椋池にもほど近い宇治津は、泉木津から更に三十里（約十六キロメートル）も北。今からどれだけ急いでも、半日はかかる場所だ。

「般若坂からは見えなんだであろうが、宇治津から泉木津までは今、平家の軍兵が雲霞の如く満ち満ちておる。いかにおぬしでも、あれらすべてを一人で斬り払い、大将を討ち取れはすまい」

このときうわあッと怒号が上がり、きなくさい臭いが辺りに満ちた。

敵軍が松明を放り込んだのだろう。長く続く般若寺の築地塀の向こうから黒煙が立ち上り、蛇の舌の如き焰が僧房の軒にちらちらと這い始めている。

寺門が内側からはね開けられ、数人の僧侶が転がるように駆け出してくる。だがその刹那、坂を駆け上がってきた騎馬武者が、そのままの勢いで彼らに走り寄り、太刀を振りかざした。白刃が冬空に閃いたかと思うと、長い血の飛沫が弧となって空に噴き上がる。後には黒衣を朱に染めた骸が、点々と転がった。

「なんという真似を――」

わなわなと身体を震わせる範長の腕を、永覚が強く摑んだ。その耳に顔を近づけ、

「ここから逃げろ」と有無を言わせぬ声で告げた。

「南都へ戻れ。如何にみなが奮闘しようとも、ここの守りはじきに破られる。あの般若寺は、数刻後の南都諸寺の姿だ。今のうちに駆け戻って、寺を守れ」

激しい風に吹き散らされた火の粉が、般若寺の五重塔や金堂へ降りかかる。胴丸を着

けた兵たちが、僧の骸を飛び越えて続々と境内へと駆け入るのは、その蔵を破り、寺宝を運び出そうと目論んでか。

戦に略奪は付き物だ。保元の乱において、範長の父が京から遁走した後、高倉殿と呼ばれたその邸宅は源義朝の手勢に蹂躙され、残された女たちは筆舌に尽くし難い辱めを受けたと聞く。

だが、それはあくまで世俗の家屋敷においての話。よもや、御仏のおわす寺に狼藉を働く者があろうとは。

けたたましい悲鳴が轟いた。般若寺に暮らす稚児であろう。水干姿の少年が二人、よってたかって寺門から引きずり出されようとしている。その肩越しに見える伽藍は早くも火の海と変じ、吹きすさぶ風は激しい熱気を孕んでいた。

この地獄の如き般若坂や血泥にまみれて戦う仲間を置いて、南都に逃げ帰れようものか。

だが立ちすくむ範長の腕を強く摑み、永覚はがくがくとその身体を揺さぶった。

「行け、行ってくれ、範長。おぬしは本来であれば、興福寺を担って立つはずだった男だ。諸寺の学僧がたは、わしの如き賤しい下郎法師の言葉には、耳を傾けてくださらぬ。されどおぬしであれば、名だたる三綱学侶衆であろうとも、言うことを聞かせられるではないか」

範長は息を吞んだ。長年、悪僧として共に暴れ回ってきた永覚が、自分をそんな目で見ていたことがおよそ信じられなかった。

「されど、永覚。おぬしはどうするのだ」

「心配するな。たやすく討死なぞせん。般若坂を守る皆ともども、平家の奴らを一人でも多く斬り殺してくれるわい」

さあ行け、と永覚は範長の胸を突いた。それと同時に燃え盛る焔の輝きを背に受けた騎馬武者が数騎、まっしぐらにこちらに駆けて来た。

「永覚ッ」

範長の叫びを背に、永覚は大薙刀を頭上で振り回しながら、敵に向かって疾駆した。流れる煙にその姿が霞み、あっという間に見えなくなる。激しい馬の嘶きと怒号が錯綜し、白刃の煌めきが煙のただなかに微かに光った。

範長は天を仰いで、薙刀を掻い込んだ。ぐいと歯を食いしばるや、足元の土を蹴散らして、踵を返した。うおおおッという獣の如き叫びが、喉を衝く。生い茂った立木の枝が手足を引っかき、頰にかき傷を生んだが、今の範長には髪の毛がかすったほどの痛みも与えなかった。

空は古血を流すに似た暗雲に覆われ、薄い陽射しがその隙間から射すばかりとなっている。あと一刻もすれば日は西に傾き、またしても夜がやって来るのだ。

平家の軍勢は、般若坂同様、奈良坂にも押し寄せていよう。如何に悪僧たちが奮闘したとて、敵は今夜のうちにも国境を越えるのは間違いない。だとすれば南都の戦は、守り手には不利な夜戦となる。

履いていた足駄はいつしか左右とも失われ、爪先には血がにじんでいる。邪魔な裏頭を片手で引き剝ぎ、いっさんに坂を下りる。範長は東大寺の築地塀の横を走り抜けながら、「平家が来るぞ――ッ」と声を限りに叫んだ。

その途端、塀の一角の木戸が荒々しく開き、腹巻に法衣を重ね着した悪僧が数人、手に手に武具を握りしめたまま走り出てきた。

「それはまことかッ」

「坂の守りは、いや、泉川に参った悪僧衆はどうなったッ」

仲間が泉川に討って出たのだろう。口々に尋ねる顔には血の気がなく、眉は逆立てたように吊り上がっている。

「泉川の衆は総崩れとなった模様だ。二つの坂のうち、少なくとも般若坂はまだ破られておらんが、それも長くは保つまい」

信じられぬ、と顔を強張らせた悪僧たちを、「ぐずぐずするな」と範長は怒鳴りつけた。

「平家の奴らは般若寺に火をかけ、暴虐の限りを尽くしておる。あれでは南都の諸寺が相手とて、容赦はすまい」

日は刻々と西に向かって落ち、築地塀の長い影が範長たちの足元にまで伸びている。それを南都に雪崩(なだ)れ込まんとしている平家の軍勢そのもののように感じながら、

「稚児や老僧といった足弱を、すぐに南へと逃がせ。境内に助けを求めてきた門前郷の衆も、同様だ」

と、範長は口早にまくしたてた。

「馬鹿を言うな。わが寺は勝宝感神聖武の帝が創建なさった、天下の総国分寺だぞ。いかに平家であろうとも、かような大寺にまで狼藉は働くまい」

「いや、待て。仮に敵にその気がなくとも、昨日からのこの大風だ。松明の火が飛び、火事の一つや二つ、起きるかもしれん」

味方の敗報に動揺しているのか、唾を浴びせんばかりに声を荒らげた悪僧を、同輩があわてなだめにかかる。そうだ、と両手を打ち鳴らし、他の仲間を顧みた。

「大仏殿だ。大仏殿の二階に、足弱どもを移すとしよう。あそこであれば、どんな法難が迫ろうとも、毘盧舎那大仏さまがお守りくださるに違いない」

先ほどの般若寺の光景を見る限り、平家が東大寺だけを特別に扱うとは思いがたいが、これ以上、話をしている暇はない。談合を始めた彼らをよそに、範長は再び駆け出した。行く手に長く延びる興福寺の築地を見つめながら、「逃げろッ。平家が来るぞッ」と、繰り返し怒鳴りつつ、門前郷をまっすぐ駆けた。

大路の家々はすでにどこも固く木戸を閉ざし、人気がない。だが一歩、興福寺の境内に飛び込めば、そこは近隣から逃げ込んできた老若男女が坐り込み、まさに足の踏み場もない有様であった。

家財道具を積み上げた荷車のてっぺんに幼児を乗せた夫婦。疲れ果てた面持ちで身を寄せ合う嫗と翁。中には、丸々と肥えた牛を三頭も曳き連れた男すらいる。

まるで市でも立ったかの如き雑踏に、範長は身を震わせながら四囲を見回した。駄目だ。これほど多くの人々を一斉に逃がそうとすれば、彼らは押し合い揉み合い、どんな地獄絵図となることか。

おそらく先ほど通り過ぎた東大寺の塀の向こうにも、何百人という人々が難を避けていよう。だが大仏殿がいかに大きくとも、牛馬を連れ、荷物を背負った群衆をすべて収容できるはずがない。

冷たいものが背筋を走る。もしや自分たちは今、取り返しのつかぬ逆境のただなかに身を置いているのではあるまいか。

「範長坊、どうした。般若坂は無事か」

野太い声がして、薙刀を掻い込んだ玄実が人々をかき分けて駆け寄ってきた。

血泥にまみれ、足駄をなくした範長の姿に、およその情勢を察したのだろう。「おぬし――」と低い呻きが玄実の唇から洩れた、その時である。

「ああッ。あれを見ろッ」

「山だッ。山が焼けておるッ」

境内のそこここから、つんざくような悲鳴が上がった。

彼らがしきりに指差す方向を顧みれば、つい今しがた駆け下りてきたばかりの北の山々に小さな火が幾つも灯り、見る見る間にそれは傷口に血がにじむかの如く広がってゆく。

「あれは、般若坂だッ。般若坂が燃えておるッ」

般若坂ばかりではない。同じ焔は今や奈良坂のある佐保(さほ)の山々にも灯され、まるで南都を覆う炎環のように、その勢いを強めつつあった。

ついに奈良坂・般若坂両国境が破られたのだ。そして恐ろしい仏敵はいま、南都の北の守りたる山に火を放ちながら、この地に攻め寄せんとしている。

「に、逃げろッ。平家が来るぞッ」

恐怖に満ちた悲鳴が、稲妻のように境内を走る。坐り込んでいた者たちが一斉に立ち上がり、南大門に向かって殺到した。

悲鳴と怒号、人々の激しい足掻きの音に、寺内が大きく振動する。人波に押されて転倒する老婆、荷車から転がり落ちる幼児……軛(くびき)に繋(つな)がれたままの馬が前脚を振り上げて嘶き、後じさろうとした傍らの女が、白い下肢も露わにその場に倒れ込んだ。

「し、静まれッ。落ち着くんだッ」

玄実が手近な蔵の基壇に駆けあがり、双の手を高く掲げて喚いた。だが人々はそれに耳を傾けるどころか、むしろ更に顔を強張らせ、怒濤(どとう)の勢いで興福寺を飛び出そうとする。

「お、押すな。押すんじゃねえッ。う――うわあああッ」

南大門の向こうで、悲鳴と地響きが錯綜した。殺到した人々が猿沢池の端に続く長い石段で足を滑らせ、折り重なって転落したのだ。

「ええいッ、こんなときにッ。誰ぞ、東西の御門を開けろッ。みなをそちらから逃がすのだ」

玄実の怒号に、数人の悪僧がおおッと応じて駆けて行く。

日輪はすでに西山に沈んだというのに、辺りはまだ夕暮れが続いているかの如く薄明るい。北の山々に揺れる焔が数を増し、山裾にまで迫ろうとしているせいだ。

うわん、という響きが、南都全体を覆っているのは、逃げ惑う人々の悲鳴がこだましているのか。それとも平家の来襲を知った各寺が、再び鐘を打ち鳴らしているためか。

笛に似た鋭い音が四囲の喧騒を破った。築地塀の瓦が、小石でもぶつけられたかのように、かんかんかんと甲高い音を立てる。ついで、けたたましい馬の嘶きと蹄の音が北御門の向こうを走り抜け、辺りに茂る松の木の向こうが突如、明るくなった。

「来たぞ、平氏だッ」

「矢だ。伏せろッ」

どこからともなく上がった叫びが、うぐっというくぐもった呻きに変わったのは、塀の外を駆け過ぎた一軍が射かけた矢に、喉を射貫かれたからか。

いや、矢だけではない。通り過ぎざまに投げ入れられた松明が、そこここに降り積もった松葉を焼き、築地塀の内側からはいつしか、いがらっぽい煙が上がり始めている。

松脂の臭いが、範長の鼻を強くついた。

「み、水をッ。水を持ってこいッ」

範長は薙刀を投げ捨てて駆け出した。しかしながら境内では人波がいまだそここで渦を描き、まっすぐ走ることすらままならない。

北の山々から吹く風が、火のついた松葉を近隣の勧学院や小子房に向かって撒き散らす。最も往来に近い経蔵の檜皮葺きの屋根が燻ぶり、あっという間にちろちろと真っ赤な舌を覗かせ始めた。

普段、火災の際には、雑人や悪僧が堂舎の屋根に上がり、片端から飛び火を叩き潰す定めである。だが木津や国境の守りに大衆が散った今、いったい誰がこの大混乱の境内を縫って、四十余宇の堂舎を守り通せよう。

「退け、通してくれッ」

と足掻く範長を嘲笑うかのように、今度は経蔵の南に建つ勧学院が焔に包まれ、巨大な火柱が立ち上る。かと思えば、食堂の軒下から噴き出た火炎が、傍らの細殿へと延びて行く。

燃え盛る焔が更なる風を呼ぶのか、今や境内は至るところに火の粉が降り注ぎ、堂舎を取り巻く松樹が見る見るうちに巨大な薪へと姿を変えつつあった。興福寺の中心たる中金堂が——数々の殿舎を巡る壮麗な回廊が、その東西に建つ東西両金堂が、大きく伸びあがる焰に、かっと眩く照らし出された。

「経典を、御像をお守りし奉れッ」

一乗院から転がり出てきた学僧たちが、口々に喚きながら手近な堂へと走る。

さりながら、生まれついてこの方、経巻仏具より重いものを持ったことのない彼らは、早くも焔に包まれ始めた堂舎からどう諸像を救い出せばいいのか分からぬのだろう。瓦屋根の隙間からぶすぶすと煙を噴き上げ始めた西金堂を前に、右往左往するばかりである。

このとき、「うおおおッ」という咆哮が響き、西金堂の扉が突如、内側から蹴り開かれた。堂内から堰を切ったように黒煙があふれ出すとともに、範長と年の変わらぬ小男が、絶叫と共に基壇の下に転がり落ちてきた。

その腕の中には、象頭冠を頂いた五部浄像が抱かれている。西金堂本尊たる釈迦如来を囲遶する、八部衆の中の一体だ。

転倒した際に損なったのだろう。五部浄像の下半身は無惨に砕け、折れた腕がかろうじて、その腹部に引っかかっている。小男はそれを足元に横たえると、舞い散る火の粉をものともせず、再び西金堂に飛び込もうとした。

「う、運慶ッ。おぬし、御像を損ないよったなッ」

あまりに痛ましい御像の壊れように、学僧の血相が変わる。すると小男は眇ぎみの丸い目で振り返り、

「うるさいッ。すでに足先に火が移り、こうするより他なかったんだ。御体の半分でも

お救いできただけ、よかっただろうが。それより騒ぐ暇があったら、御像を助けるのを手伝いやがれッ」

と、およそ僧に対するとは思えぬ言葉遣いで怒鳴り返した。

「さあ、早く来いッ。銅鋳の御像ならともかく、乾漆（かんしつ）の御像は火の粉がかかっただけでも焼け焦げるぞッ」

運慶の名には、聞き覚えがある。南都諸寺の造仏に携わるべく、父親である康慶（こうけい）ともども、興福寺の一隅に仏所を与えられている奈良仏師だ。

言葉こそ交わしたことはないが、運慶が暇さえあれば諸堂を巡り、興福寺に伝えられる累代の御像を眺め暮らしていることは、範長もよく知っている。

すでに一人で運び出したのだろう。見れば、西の築地塀の際には、乱雑に数体の天平（てんぴょう）仏（ぶつ）が並べられている。

数多い興福寺の堂舎の中でも、西金堂は天平の御世、母・橘三千代（たちばなのみちよ）の菩提を弔わんとする光明皇后によって建立された由緒ある堂。橘三千代の一周忌に合わせて造立された乾漆八部衆立像（りゅうぞう）及び十大弟子像は、これまで幾度となく寺を襲った大火の中でも、必ず助け出されてきた古仏であった。

「手が空いている者は、東金堂にも回れッ。法橋定朝（ほっきょうじょうちょう）がお造りになった御像をお助けするんだッ」

運慶の叫びが、堂内から響いて来る。遅まきながら仏所から駆け付けてきた仏師たちが、もつれ合うように東金堂に走って行った。

　それと同時に西金堂の奥でどぉっと地響きが起きたのは、金銅鋳造仏である本像を引き倒し、運び出そうとし始めたためか。

　しかしながらその屋根にはすでに火が回り、軒端はぐるりに紅蓮(ぐれん)の飾りを施されたように、焔で彩られている。いつ柱が折れ、屋根が落ちるかも分からぬ最中、果たして何千貫もの重さのある御像を救い出せるものなのか。

　焔はもはや境内のそこここに及び、辺りは昼よりもなお明るい。燃え盛る焔が風を呼び、吹きすさぶ風はまた新たな焔を巻き起こす。更に興福寺から飛び散った焔は、寺の南や西に広がる門前郷をも焼きつつあるのだろう。境内から逃げ出そうとする人々と、興福寺に難を避けようとする者たちが南大門で揉み合い、大きな渦を作っている。

「お、お坊さま、お坊さまッ」

　悲鳴にも似た声がした。小柄な影が髪を振り乱して駆けてきたかと思うと、範長の腰にがばとしがみついた。

　その顔は煤で真黒に汚れ、衣の背からは薄い煙が立ち上っているが、恐怖に戦く声には覚えがある。平家勢が京を発ったと知ったあの日、大路で助けを求めてきた少女だ。

「弟が、弟がいなくなっちまったんですッ。せっかく一緒に御寺に逃げ込めたのに」

　涙で顔じゅうを汚しながら、少女は阿鼻(あび)叫喚の坩堝(るつぼ)と化した境内を指差した。

「なんだと、どこではぐれた」

「分かんない、分かんないんですッ。さっきまで確かに、手をつないでいたはずなのにッ」

少女の顔は、恐怖と後悔に完全に目が吊り上がっている。だがこの大混乱のただなかで、たった一人の童子を捜し出すことなぞ出来ようものか。そんな暇があれば、まずは一人でも多くの者を——目の前の少女をここから逃がさねば。

興福寺の寺地は築地塀に囲まれているが、斜面である南側にはところどころ塀のない箇所がある。そういえば、まだ範長が興福寺に来たばかりの幼い日、従僧たちの目を盗んで院家を抜け出し、斜を下って猿沢池の端に下りた折があった。あれはいったいどこだったのだ。

日輪を欺く明るさと冬とは思えぬ熱気が、頭をかっと火照らせる。範長は少女の手を引っ摑むや、物も言わずに駆け出した。

仏師や僧が走り回る東金堂の前を通り抜け、五重塔の裏手に回る。伽藍がない空き地だけに、まだ焔が回っていないのだろう。薄暗い草地を懸命にかき分けると、やがて目の前にぽっかりと暗がりが広がった。猿沢池の南東、大乗院北の斜に出たのだ。

「ここを下りて、まっすぐ走れ。街道に行き合ったら、そのままひたすら南へと逃げるんだ」

「弟は、杜麻呂（もりまろ）はどうなるのですかッ」

「案じるな。もし巡り合えたなら、私が必ずや守ってやる。さあ、行けッ」

自分が興福寺へ行けなぞと言わなければ、この少女は弟とはぐれずに済んだだろう。だが、その詫びを口にしている暇はない。

焔はいずれ大乗院にも飛び火し、この逃げ道もふさがれる。ならば今は一人でも多くの者をここに導き、彼らを南に逃がさねばならなかった。

「待ってッ。お坊さまは逃げないんですかッ」

少女が顔を蒼白にして、範長の腕を摑む。それを有無を言わさず引き剝がし、行け、とその薄い肩を突いた。

「わたしは興福寺の僧だ。寺を見捨てて、逃げるわけにはいかん。さあ、振り返るなッ」

ほとんど突き落とすようにして少女を斜面に追いやると、範長は後ろも見ずに踵を返した。

しかし元来た道をたどって境内へと駆け戻ろうとした刹那、目の前の暗がりが突如、輝くばかりの朱色に輝き始めた。その中心から立ち上がった巨大な緋色(ひいろ)の龍(りゅう)が、四囲に金砂を撒き散らし、轟音を上げて天に駆け昇ってゆく。およそこの世のものとは思えぬ光景に、範長は茫然(ぼうぜん)と頭上を仰いだ。

違う。あれは龍などではない。猿沢池に臨み、朝な夕な優美な影を水面に落としていた五重塔。それが劫火(ごうか)に包まれ、各層から噴き出た焔を龍の鱗(うろこ)の如く輝かせているのだ。

逆巻く風に、風鐸(ふうたく)が哀しいほど澄んだ音を立てる。各層の裳階(もこし)から噴き出た火炎が風に躍り、灼熱(しゃくねつ)の焔に焙(あぶ)られて溶けた露盤が、九輪が、水煙が、ぼたぼたと玉虫色に輝きながら地に滴り、そのたび、下草に眩くも恐ろしい紅の花が咲く。

範長は来たばかりの道を振り返った。火のついた木切れが先ほどまでの暗がりを飛ぶように転がり、その後に朦々と煙が垂れ込める。金色の火の粉が風に煽(あお)られ、斜の下の大乗院の屋根へと降りかかった。

この空き地までもが火で塞がれては、境内に満ちる何千もの人々は逃げ場を失う。立ちすくんだ範長を嘲笑うかのように、そこここの草が火を噴き、辺りは今や一面の火の海へと変わろうとしていた。

緋色の龍と化した五重塔が熱風に揺れ、軒先の風鐸が最期の音色を奏でた。その彼方(かなた)には、まるで五重塔と対を成すかのように、天をも焼き尽くさんばかりの火柱がそびえ立っている。あれは、東大寺の大仏殿だ。かつて聖武天皇が国家鎮護を願って建立した天下の大寺が、今まさに薪の如く焼き尽くされようとしているのだ。

馬鹿な、と震える声が、唇を衝いた。自分はいま、悪夢を見ているのではないか。春日山の裾野に麗しい伽藍を構える興福寺、巨大な大仏殿の甍(いらか)を輝かせた東大寺。この国の仏法の要たる二寺が、人の手でかくも無惨に焼き払われるなぞ、そんなことがあってよいものか。

(わたしの——わたしのせいか)

太い呻きが喉を塞ぐ。範長は両手で頭を掻きむしるや、燃え盛る草を踏んで走り出した。

先ほどまで人々が身を寄せ合っていた境内を遠望すれば、そこには仰ぎ見るほどの焔の壁がそそり立ち、ごおおっという風音に入り混じって、

「お、お助けを。お助けをッ」

「熱いッ。熱い熱い熱いッ」

という悲鳴が響いてくる。項の産毛が逆立つほどの熱風が顔を叩き、ちりちりと肌を焼く。

あの阿鼻叫喚の地獄のただなかから、一人でも多くの者を助け出さねば。自分はそのために、あの般若坂からひた走って来たのではないか。

だが渦を巻く焔のただなかに駆け入ろうとした範長の襟元は、このとき背後から伸びてきた太い腕に摑まれた。

「なにをしておる、乙法師ッ。焼け死にたいのかッ」

「げ、玄実さま」

玄実の裏頭はあちこちが焼け、引きつった顔が焔の輝きを受けて、真っ赤に染まっている。耳を覆いたくなるほどの叫泣が満ちた広場に目を走らせ、「もはや救えぬ。諦めよ」とぎりぎりと奥歯を鳴らした。

「で、ですが」

「うるさいッ。この上、おぬしまで失っては、興福寺はどうやってこの法難から立ち上がればよいのじゃ。事ここに至っては、おぬしは一本の経巻、一体の御像でも多く救い

奉れ。それが罪なくして命奪われる庶衆への手向けじゃッ」

これほどの地獄、これほどの法滅が、かつてこの国にあっただろうか。喉を塞ぎ、眼を焼く熱風にわなわなと身体を震わせる範長を歯牙にもかけず、美しくも恐ろしい龍がどうと激しい轟音を立て、再び大きく身を揺らす。

金砂に彩られた空は息を呑むほど眩く、まるで御仏を荘厳する天蓋の如く、生きながら焼かれる人々に降り注ぐ散華の如く、美しかった。

――真っ黒に焼け焦げた五重塔の心柱が、鈍色の空に佇立している。

鎮火から半日を経ながらも、炭と化した柱の芯に、まだ焔が潜んでいるのだろう。壁や屋根を失った柱はそこここから煙を噴き上げ、強い煤の臭いを四囲に放ち続けている。妙に視界が広く感じられるのは、焦土が興福寺・東大寺の寺域をはるかに越え、春日山の中腹や奈良坂の麓、果ては南の元興寺にまで及んでいるためだ。風に乗って飛んだ火がいまだ街道沿いの家を焼いているのか、西の方角ではまだしきりに黒煙が上がっていた。

耳を澄ませば、逃げ惑う人々の悲鳴が風に乗って聞こえてくる。いや、それともこれは昨夜のおびただしい叫喚が、脳裏でいまだこだまし続けているのだろうか。

範長は焼けただれた両手で、己の顔を覆った。禿頭や腕のあちこちは、火ぶくれで赤く腫れあがっている。足駄も履かぬまま火の海と化した境内を走り回っていたせいで、ひと足ごとに鈍い痛みが足裏に走った。

昨夜、平家は大路を馬で駆け抜けざま、境内に松明を投げ入れただけで、寺域に直接攻め込みはしなかった。敵の本拠地に火を放ち、その勢力を削ぐのは、合戦の基本。だがよもやそれが、仏都たる奈良で行なわれようとは。

深くうなだれたまま、二、三歩よろめき歩いた途端、足の下で剛柔入り混じった奇妙な感覚が走る。ぼきりと何かが折れる音に飛び退けば、おびただしい瓦礫に交じって、男女の別も分からぬほどに焼けただれた骸が転がっていた。

板塀の陰にでも身をひそめ、そのまま焔に飲まれたのだろう。背を丸め、顔を隠すように曲げた肘の先から、焦土には不釣り合いなほど白い骨がのぞいている。まるで洗い晒したようなその色に、範長は目を凝らした。

焼け跡に転がる死骸の中には、興福寺の学侶や悪僧のそれも数多く含まれているのだろう。そう思えば、いまここで自分が息をしていることが、どうにも不思議でならないが、さりとてそれを僥倖と感じるには、目の前の光景はあまりに凄惨に過ぎた。

かつて境内にところ狭しと櫛比していた伽藍はことごとく焼け落ち、真っ黒に焦げた立木の向こうに、柱と屋根のみを残して焼け落ちた東大寺大仏殿がのぞいている。

東大寺の悪僧が談合通りに計ったのであれば、大仏殿には多くの足弱が集められ、戦乱を避けんとしたはずだ。だとすればあの無惨な焼け跡のただなかで、いったいどれほどの命が失われたことか。

うわあああッという絶叫が四囲に響き渡り、下帯姿の初老の男がこちらに向かって疾駆してきた。驚いて飛びしさった範長には目もくれぬまま、先ほど誤って踏みつけた骸に駆け寄った。

「昌女ッ。ここにいたのじゃな。ようやく迎えに来たぞッ」と涙まじりに喚いた。

「さあ、帰ろうぞ。家も仏所もすべて焼けてしもうたが、幸い、仏工どもはみな無事じゃ。運慶はな、あ奴一人で西金堂の塑（乾漆像）を二十余軀もお救いしたぞ。あのような息子を持って、わしらは幸せじゃなあ」

男が亡骸を揺さぶるたび、炭とも肉片ともつかぬものがぼろぼろと落ち、胸の悪くなる臭いが垂れ込める。範長はその場に立ち尽くし、泣き喚く男を見下ろした。

「親父どの。おおい、どこにおるのだ」

太い声とともに、煤けた直垂姿の運慶がまっすぐこちらに駆けてきた。少し離れた場所でぴたりと足を止め、骸をかき抱いて涙にくれる父親と範長を、眉をひそめて見比べた。

昨夜の運慶の働きぶりから考えれば、炎や煙に巻かれて逃げ遅れても不思議ではない。それをこうして無事に生き延びるとは、この男、よほど運が強いと見える。

運慶は範長から顔を背けて、父親に近づいた。「しっかりしろ」と言いつつ、その肩を軽く叩いた。

「いま、仏所の奴らが戸板を探しに行っているからな。おふくろどのはそれに乗せて連れ帰ってやろうぜ」

「あ、ああ。すまんな、運慶」

運慶の父である康慶は、数年前、洛東・蓮華王院五重塔の造仏の功績により、法橋に叙せられた仏師。しかし今、しょぼついた目をしきりに拭う姿は悄然として、およそ南都屈指の仏工とは思いがたい。

運慶にうながされるままにその場に胡坐をかき、両の手で頭を抱える。この寒空に下帯一つなのは、昨夜の火事の中で衣を焼き、そのまま取るものもとりあえず焼け跡を彷徨っていたからだろう。ゆるんだ下帯の端からのぞいた陰嚢が、寒風に小さく縮こまっていた。

「やれやれ、それにしてもひどい有様だぜ」

聞こえよがしに声を張り上げ、運慶は膝の煤を払って立ち上がった。目の隅で範長を睨み、けっと喉の奥を鳴らした。あからさまに敵意がにじんだ、冷たい目の色であった。

「金堂講堂はもちろんのこと、諸院家に経蔵、宝蔵、果ては大湯屋までが丸焼けだ。この界隈で焼け残ったのは、隣の禅定院とそのぐるりの数軒だけ。悪僧どもが後先考えずに平家の手下を殺したせいで、こんなひでえ目に遭わされるとはなあ」

嘲るような口ぶりに、全身の血がざっと音を立てて引く。思わず範長は、「なんだと」と声を荒らげた。

「おぬし、今、何と申した。もう一度、言ってみろ」

「ああ、幾らでも言ってやるさ。御寺や東大寺がこんな有様になっちまったのは、すべておめえら悪僧のせいだ。いいか、わずか一夜の間に、この寺だけでいったい何体の御像が炭になっちまったと思う。東金堂のご本尊はあの法橋定朝さまの御作だったし、中金堂の釈迦三尊像や南大門金剛力士像は、その息子の覚助(かくじょ)さまが手がけられた、それはそれはありがたい御像だったんだぞ」

　ひるむ気配もなく言い返し、運慶は己の腿(もも)を拳で強く打った。

「どうしても戦がしたいってのなら、寺外で好きなだけ取っ組み合やあよかったんだ。それを何の罪もない町の衆や、俺たち奈良仏師には神さまに等しいお方の手になる御像まで、戦に巻き込みやがって」

「うるさい。わしらとて好きで寺を焼かせたのではないッ」

「なんだとッ」

　憎々しげに眉を吊り上げるなり、運慶は突然、範長に飛びかかってきた。法衣を両手で締め上げ、頭突きを食らわそうとするのを身をひねって避(よ)け、範長は「ふざけるなッ」と怒鳴った。

「なにも知らぬ癖に、好き勝手を吐(ぬ)かすなッ。わしらはただ、南都を守ろうとしただけなのだッ」

「大口を叩くな。その末がこの地獄じゃねえかッ」

　更に組みついてくる腕をひねり、今度はこちらが上になって運慶を押さえこみにかかる。だが上になり下になり取っ組み合いながらも、範長の胸の奥はしんと凍(い)てたように冷め切っていた。

運慶の言葉は、ある意味では正しい。自分が般若坂で血気に逸って妹尾兼康を討ち取ったりしなければ、清盛入道は南都にあれほどの大軍を送らなかっただろう。しかしそうと知りつつも、泉川や国境での大衆の戦いぶりを知らぬ仏師の雑言が、腹立たしくてならなかった。

永覚は、共に般若坂の守りについていた悪僧たちは、どうなったのだ。国境から駆け戻った自分を呼び止めた東大寺僧は、大乗院の斜から逃がした少女は、無事なのか。そして自分は、我が身を擲っても取り返しのつかぬこの罪を、どうやって贖えばいいのだ。

平家に対する激しい怒りと自責の念が、身体の底で荒れ狂っている。それをすべて吐き出すように、まだ微かに猛火の温みを留めた地面を、範長と運慶は煤にまみれながらもつれ合った。

「なにをしておられます、若棟梁」

「お、おやめなされ。母君さまの亡骸の前ですぞ」

仏所の工人と覚しき男たちがばらばらと駆け寄り、運慶と範長を引き剝がそうとする。

運慶はそんな彼らにはお構いなしに、喉の奥から野太い叫びを上げるや、突如、強い力で範長の胸元を突き放した。四幅袴の裾を揺らして飛びしさり、「見ろッ」と見渡す限り焼土と化した境内を指差した。

「おめえらのせいで、何もかもが焼けちまったんだッ。こんな焼け野のただなかから、俺たちは何を作りゃいいってんだッ」

大きく開かれた唇は震え、唾液が泡となって端にこびりついている。その形相はまるで脅えきった獣そっくりであった。

実際のところ、興福寺が火災に見舞われたのは、今回が初めてではない。永承から嘉保年間にかけては、わずか五十年の間に三度の大火が境内を襲い、金堂講堂を始めとする堂宇が灰燼に帰しもした。寺の人々はそのたびに、諸像や経典を燃え盛る伽藍から運び出し、その法灯を死にもの狂いで守り伝えてきたが、今回の劫火はそんな寺宝すらを焼き尽くし、かろうじて残されたのはほんのひと握りの天平仏のみである。

新たに造像を行なおうにも、手本とすべき御像も経典もみな失われた状況で、どうすればいいのか。運慶はただ、激しい怒りと哀しみに駆られているのではない。仏師としてどうすべきかの惑乱のあまり我を失っているのだと、ようやく知れた。

「仏像だけじゃねえ。伝来の経本や楽器、法具……おめえらは戦をしたがったあまり、御寺が連綿と伝えてきたすべてのものを、俺たちから奪い去ったんだッ」

「もういい。口をつぐめ、運慶」

康慶が頭を抱えてうなだれたまま、息子を制する。それに激しく首を横に振り、「いいや、やめねえ。親父どの」と運慶は更に猛々しく言い立てた。

「寺に火を放った大悪人は、なるほど平家の奴らだろうよ。けどこいつらさえ、うまく立ち回れば、御寺はこんな目には遭わずに済んだんだ。それを思い知らせてやらなきゃあ、おふくろさまとて浮かばれねえぞ」

ぎらぎらと光る運慶の目を、範長は無言で見つめ返した。

確かに運慶はなにも間違ってはいない。さりながら本当に自分たちさえいなければ、南都の諸寺は無事でいられたのか。

もし自分たちが抗わねば、学侶は南都に検非違使別当を受け入れ、この地を敵の好きにさせていただろう。ためらうことなく般若寺を焼き、南都に火を放った彼らが、その後、いつまでも諸寺に手を出さなかったとは思いがたい。似た法難は遅かれ早かれ、南都を襲っていたはずだ。

とはいえそんな道理を説いても、今の運慶の耳に届くとは思いがたい。範長は誰にともなく一礼すると、うずく足を引きずって踵を返した。

「待て。てめえ、逃げるのかッ。この糞ったれが」

背後からの運慶の雑言が、笞の如く身を責める。振り返りたい思いを、範長は歯を食いしばってかろうじて耐えた。

少なくとも自分たちは、この地と人々を守ろうとした。その果てにもたらされたのがあの劫火とすれば、運慶の言う通り、責められるべきは自分たち悪僧か。それとも皇権を脅かし、この国のすべてを恣（ほしいまま）にせんとする平家か。

そこここに転がる骸はいずれも真っ黒に焼け、よく目を凝らさねば、瓦礫と見まがいかねない。身内を捜しているのだろう。口々に家族の名を呼びながら彷徨い歩く人々から顔を背け、範長はただひたすら足を急がせた。

「範長さま、ご無事でいらっしゃいましたか」

のろのろと焼け跡をひっくり返していた雑人たちが、寒風に強張った顔をばらばらと上げる。それをねぎらう元気もないまま、わずかに首をうなずかせたとき、境内の北端が騒がしくなった。

抵抗する力を失った興福寺を叩き潰すべく、平家が再び襲って来たのかと、範長は声の方角を見やった。だが蹄の音やもののふたちの喊声の代わりにその耳を打ったのは、「おおい、お戻りだ。信円さまがお戻りだぞう」という、目の前の惨状には不釣り合いに間延びした先触れだった。

考えるよりも先に、身体が動く。範長は足をよろめかせて、北門へと向かった。焼け崩れた門のぐるりにはすでに数十人が人垣を成し、しきりに往来の様子をうかがっている。範長はそんな人々をかき分け、内側に向けてばったりと倒れた築地塀を乗り越えた。

大路の真ん中に立って東を望めば、昨日まで宏壮たる伽藍が櫛比していた東大寺の境内は、興福寺同様、一面の焼野原と変じている。何もかもが真っ黒に煤けた光景の中、多くの従者に囲まれた輿がしずしずとこちらに坂を下って来る。あまりに四囲とはそぐわぬ一行の姿に、範長はその場に棒立ちになった。

やがて崩れた北門の前で歩みを止めた輿から、素絹姿の信円が降り、ぐるりを見回す。

倒れた築地塀の向こうに広がる焦土に目を見張り、一つ、太い息をついた。

「信円ッ」

範長の叫びに振り返った顔は青ざめ、血の気がない。何か言おうとするように頰を震わせ、結局、真一文字に唇を引き結んだ従弟に、範長はよろよろと歩み寄った。

輿を守っていた従僕が行く手を阻もうとするのを肩で押しやり、「――知っていたのか」と低く問うた。

「答えろ、信円。おぬし、南都がかような目に遭うと承知していたのか」

「わ、わたしは――」

普段、表情の乏しい信円の眸が、大きく左右に泳ぐ。範長は震える拳を握りしめた。

「わたしは存じませんでした。本当です。信じてください、範長どの。確かに平家の来襲については、都の兄からの文で告げられておりました。ですがまさか奴らがこれほどの無法を働くとは」

信円の肩は煤け、衣の裾にはかぎ裂きが出来ている。それは駕輿丁や従僕の衣も同様で、輿に垂らされた御簾にはところどころ火の粉をかぶったと思しき焼け焦げが生じていた。

昨日、平家が放った火は折からの北風に煽られ、春日山の中腹にまで達した。興福寺からは定かに見えないが、もしかしたら信円が身を寄せていた正暦寺もまた、煽りを受けて類焼したのかもしれない。

だとすれば信円もまた、焔に追われ、逃げ惑い、興福寺や東大寺の衆と似た恐怖を味わったのだろう。だが少なくとも信円が正暦寺に行く前に平家の動きを告げていたならば、南都の被害はこれほど甚大にならなかったはずだ。

輿の傍らに従っていたなよ竹が、ただでさえ丸い目を見開いてこちらを見上げている。彼が無事に逃げ遂(おお)せていたことに一抹の安堵(あんど)を覚えながら、範長は更に一歩、信円に詰め寄った。

その襟首を摑もうとして、右手を再び拳に変える。大きく肩で息をつくや、信円に代わり、傍らの従僕の胸をどんと突いて踵を返した。

「本当なのです、範長どの。奴らが御寺にかような狼藉を働くと知っていれば、わたしはどんな手を使ってでも――」

信円のかすれ声が、ひどく疎ましい。十重二十重(とえはたえ)に輿を取り囲む野次馬をかき分け、範長は大路を駆け出した。

昨夜、般若坂から駆け戻った道を逆にたどれば、東大寺の長い築地塀は焼け落ち、広い境内が露わになっている。いたるところに瓦礫の山が生じたそのただなかで、大屋根と焼け焦げた柱ばかりが剝き出しになった幅二十九丈の大仏殿は、骨だけを残して喰(く)い尽くされた獣の骸にひどくよく似ていた。

かつて、訪れる者たちを睥睨していた大仏の尊容はなぜか基壇にはなく、代わって石造りの基壇の下に、巨大な鉛色の塊がわだかまっている。淡い冬陽を映じて鈍い光を四囲にふりまいているそれが、劫火によって煮溶けた毘盧舎那大仏のなれの果てであると、不思議にはっきり分かった。

東大寺の悪僧たちは昨夜、足弱の老僧や稚児、境内に逃げ込んできた人々を大仏殿の二階に避難させようと言っていた。しかし巨大な銅仏すら溶かすほどの焔が堂宇を襲ったとすれば、その頭上に隠れていた者たちはいったいどうなったのだ。

どろどろに溶けた大仏が――灼熱の焔に生きながら焼かれ、阿鼻地獄もかくやの苦しみの中で息絶えていった人々の姿が、ありありと眼の裏に浮かぶ。

大仏殿は、柱数だけでも八十を超す巨大な伽藍。当然、そこに逃げ込んだ人々は何百、いや何千名に及んだはずだ。もしあの時自分が、仏罰を恐れぬ平家の不埒さを東大寺の僧に告げていれば。そうすれば御仏にもっとも近い場所が、生きながらの地獄に化すことはなかったのではないか。

いや、それ以前に自分たちが、般若坂で平家を退けられれば。そもそも国境に陣なぞ布かず、全力で泉川辺を守っていれば、南都が焼き討ちされることもなかったはずだ。

激しい後悔が、嵐のように胸に去来する。範長はその場にがくりと膝をついた。

「許せ……許してくだされ――」

また風が吹き、強い異臭が鼻を突く。

熾火が柱の芯を焼き尽くしたのだろう。巨大な穴の開いた大仏殿の屋根が、大きく揺らいだかと思うと、轟音とともに崩れ落ち、範長の身体までを大きく揺さぶった。

第二章

微かな梅の匂いと耳障りな怒号が、吹く風の中に混じっている。

禅定院丈六堂の前にたたずんでいた信円は、花の香りを追って頭を巡らした。清澄な春の空気を胸いっぱいに吸い込み、深い息をついた。

主の挙措に気付いた傍らのなよ竹が、すばしっこい仕草で四囲を見回す。粗末な板塀の際に隠れるように生えた老梅に目を留めると、周囲に居並ぶ学侶には聞こえぬ程度の小声で「春でございますねえ」と呟いた。

「なよ竹、後であれを一枝、手折って来なさい。仮住まいとはいえ、部屋が寂しくてなりません」

「かしこまりました、院主さま。――あ、いえ、別当さま」

なよ竹の応えをよそに、信円は門の向こうに広がる坂に目を投げた。

一向に止む気色のないざわめきは、禅定院の北に広がる興福寺境内からのものだ。このひと月余り、堂衆や寺工たちが懸命に寺地の整理に当たったおかげで、焼け落ちた堂舎のほとんどは片付けられ、無数に転がっていた身元不明の亡骸もすでにすべて、生駒山に葬り終えた。

黒焦げた境内は間もなく綺麗に均され、新たな伽藍造営のための縄張りが始められるだろう。ああ、その前に氏院別当の藤原兼光を都から呼び寄せ、最後の実検も行なわせねば。

まったく、せねばならぬことが多すぎる。再びこみ上げてきた溜め息を、信円はかろうじて嚙み殺した。

おぞましい戦火とともに暮れた治承四年という年を、自分は生涯忘れはすまい。正直、すでに吹く風は日毎に温みを増しているにもかかわらず、信円はいまだに己が、あの凄惨な冬のただなかに立ち尽くしている気がしてならなかった。

なにせ焼失した興福寺の建物は、金堂講堂を始めとする寺内の主な堂舎に加え、数十の子院、三基の宝塔、四社の神社、回廊や宿院、経蔵など寺内伽藍のほぼすべてと言っても過言ではない。近隣の社寺もそれは同様で、手近な建物のうち焼け残ったのは、元興寺の子院であるこの禅定院と、新薬師寺内の小屋がほんの数軒。また寺内に五百軀とも称された諸堂の仏像のうち、かろうじて救い出すことが出来たのは、中金堂中尊の眉間に安置されていた銀釈迦如来小像や西金堂の十一面観音像、それに東金堂の天平塑群などあわせて三十数軀に過ぎない。大衆を集め、今後のことを協議しようにも、寺内道俗の名籍が焼け、生き残ったのが興福寺僧の何割に当たるのかすら判然とせぬ有様だ。

しかたなく信円は年明けとともに、禅定院を仮の宿舎として借り受け、まず境内の整理に取りかかった。だがそれからほんの数日後、朝堂は東大寺および興福寺の僧綱以下の僧官を全員解任。両寺の所領を没収し、すべての僧に謹慎を命じた。

これが焼き討ちに引き続き、南都諸寺の勢力を削ごうとする平家の企みであるのは疑うべくもないが、これほどの法難に際しては、僧位僧官や所領なぞどうでもよい。それよりも今は、焼け野となったこの地にいかに伽藍を復興させるかだ。

藤原氏の男子のうち世俗にある者の務めは、帝を補佐し、国政を担うことである。ならば信円の務めは氏寺たる興福寺の護持と、一族の繁栄の祈念。だとすればこの法難を乗り切らずして、いったい何のための院主であろう。

それだけに禅定院に動座するや否や、信円は寝食を忘れて、寺の再建に奔走した。昨年の終わりから空位となっていた別当職を継いで以降、それは更に激しさを増し、あまりの奮闘ぶりを見兼ねた従僧が、横になるよううながす折も頻繁であった。

だがどれだけ信円が尽力しても、諸堂諸仏の大半が失われた今、興福寺一山の力での堂舎再建は困難極まりない。幸い、藤原氏長者である甥の基通は、当今・言仁帝の摂政。幼い頃より親しい異母兄の兼実を通じ、しきりに基通に援助を願った甲斐があったのだろう。基通はつい昨日、約二百貫の銭とともに、火災よりかろうじて救出した諸像を禅定院に集め、恒例の仏事である修二会を開催するようにとの使いを、興福寺に寄越した。

それを受けるや、信円はすぐさま衆僧に触れを出し、こうして威儀を繕って、春日社や諸房に仮安置されていた仏像が運ばれてくるのを待っているのであった。

「来ました。来ましたぞ、信円さま」

物見に出ていた従僧が、勢い込んで戻ってくる。それと同時に坂の上が更に賑やかになり、美々しく着飾った三綱と堂衆たちが、錦にくるまれた厨子を板輿に乗せて、そろりそろりと斜を下ってきた。

「西金堂におわした十一面観音さまを、千勝房厳宗がお遷し申しますぞ」

先頭を歩んでいた五十がらみの堂衆が、がらがら声で喚く。信円の左右に控えていた学衆が門の外まで歩み出て、板輿の上の厨子にうやうやしく一礼した。

「ああ、よかった、よかった。この御像を本尊と成せば、明日からの修二会も無事に執行できますなあ」

学侶の一人が涙ぐみながら厨子を下ろし、丈六堂の中に運び込む。運搬を終えた堂衆や三綱がぞろぞろと引き上げていくのを見るともなく眺めていた信円は、板塀の陰に俗体の青年がうずくまっているのに気付き、首をひねった。

普段であれば、御像の動座見物に来たのかと納得するところだが、なにせ昨年末の大火災では、興福寺に避難した者たちのうち、八百余名が焔に巻かれて息絶えた。東大寺やその他の諸寺での死者を合わせ、一夜にして計三千五百名あまりが亡くなった今、南都の人々の中には興福寺や東大寺を諸悪の根源の如く憎む者も多い。助けを求めに来た者を無惨に死なせるとは、この世には結局、御仏なんていないのではとばかり、礎石に唾を吐きかける者も珍しくない一方で、都の公卿や有徳者の中には、わざわざ輿を仕立てて焼亡した南都を見物に来る物好きもいる。しかし少なくとも目の前の俗体は、そんな物好きとも考えがたく、信円は傍らのなよ竹を顧みた。

「なよ竹。あれなる男は、何者でしょうか」

主の言葉に軽く爪先立つや、なよ竹は「ああ」と声を上げた。

「あれは仏所の運慶さまでございます」

これまで一乗院の奥深くで都と変わらぬ暮らしを送っていた信円は、学侶以外の僧侶と親しく交わることがほぼ皆無であった。ましてや仏所の工人ともなればなおさらだけに、信円は首をひねった。

「ご存じではございませぬか。それ、昨年の大火の折、西金堂から塼を二十余軀も一人で救い出した仏師でございます」

言われてみれば、学侶が止めるのも聞かずに堂舎に飛び込み、光明皇后発願の十大弟子像や八部衆像を助け出した無謀な仏師がいたと、従僧から聞いた覚えがある。

「そうですか。それがあの運慶ですか。それにしても、いったいこんなところで何をしているのでしょう」

「さあ。千勝房さまが西金堂から十一面観音さまをお助けした折には、運慶さまもそばにいて手助けをしたとやら聞いております。もしかしたら、本日の動座で御像に傷がつかぬかを気にして、様子を見に来たのやもしれません」

なるほど、運慶の眼差しは鋭く、今しも厨子から取り出された観音像の全身を隈なくうかがっているようだ。ふうむ、と信円は顎（あご）を撫（な）でた。

「面白そうな男です。少し、話が出来ましょうか」

普段であれば、ただの仏師になぞ、さしたる興味を抱かなかっただろう。だが本日禅定院に運び込まれる仏像は、かろうじて無傷の状態で火中から救い出された数体のみ。ほとんどの仏像は損傷がひどいため、境内の西端に拵（こしら）えられた仮仏所に預けられると決まっている。

金堂に講堂、食堂（じきどう）を備えた大伽藍を復興するには、これから長い歳月がかかる。その間に南都の者たちの心は更に興福寺から離れ、寺の中にはこの地を去る僧も出てくるかもしれない。さりながらこれから急いで仏像を拵えさせ、それを焼け残った堂舎に安置すればどうだろう。それだけで寺内外の衆の心は落ち着き、思いを一つにして長い復興作事に専念できるのではないか。

「構いますまい。しばしお待ちください」

身軽に跳ね立ったなよ竹が、運慶に近づく。二言三言、言葉を交わしていたかと思うと、すぐに二人してこちらに駆け戻ってきた。

「何か、わしに御用でございますか」

言いざま膝（ひざ）をついた運慶は、小柄ながらも肩が大きく盛り上がり、鑿鏨（のみたがね）より武具を取った方が似合いそうな体つきである。

顎の張ったその面構えに、見慣れた厳（いか）つい顔がふと重なる。あの日、一晩中、焔の海と化した境内を走り回っていたのだろう。顔と言わず手足と言わず、火傷を負った体軀。言葉にならぬ怒りと憎悪をたぎらせた、血走った目。

火災以前からもともと自分を避けがちであった範長は、北門外で顔を合わせたあの日から、明白に信円を嫌うようになった。わずかに生き残った悪僧ともども、昼は工人を手伝って焼け跡の整理をし、夜は境内の隅に建てた掘っ立て小屋に寝起きしていると聞く。

ただ、いかに次期院主の座を失ったとはいえ、範長は宇治左大臣・藤原頼長の子息。それだけに信円は幾度も焼け跡になよ竹を遣わし、彼を禅定院に迎え入れようとしたが、範長は頑として首を縦に振らなかった。

(まったく、何も分かっておられぬのだ。範長どのは――)

藤原氏の一員である自分たちにとって、興福寺を守り、導くのは何より大切な務め。瓦礫の整理や、その下から出て来た遺骸の埋葬なぞ、賤しい下郎法師に任せればよい。この法難を自分とともに切り開き得るのは、たった一人、あの従兄しかいないというのに。

「信円さま」

なよ竹の遠慮がちな促しにはっと我に返り、信円は習い性になっている薄い笑みを顔に貼り付けた。すぼめていた肩をゆるゆると開き、目の前の運慶を見下ろした。

「突然に呼び立てて、済みませぬ。実は壇を火中より救い出したというおぬしに、頼みがあるのです」

運慶が「わしにでございますか」と訝しげな顔になったとき、門外でうわあっと賑やかな声が起きた。

「弁基の房より、正了知大将の御首をお遷し申し上げましたぞ——」

という先触れが弾け、数人の学侶が丈六堂からばらばら飛び出してくる。運慶は眇みの目を、ちらりとそちらに走らせた。

東金堂に安置されていた正了知大将は、寛仁元年（一〇一七）の大火の際、自ら伽藍の外に躍り出て難を逃れたと伝えられる霊仏。その霊験は遠く諸国にも知られ、参拝者の絶えぬ御像であったが、今回の法難に際しては身体を失い、首だけとなってしまった。

「実はですね。おぬしも知っての通りの寺の惨状……これからの作事は、数年がかりの長いものとなりましょう」

そこでです、と信円は言葉を続けた。

「諸堂の造営と並行して御像を造るのが、本来の作事の道理。されど寺内の心を一つにまとめ、興福寺の復興を天下に告げ知らせるためにも、わたしは御像だけでも早くお造りし奉りたいと思うております。そこでどうでしょう。まずはおぬし、いま運ばれてきた正了知大将の御首のために、新たなるお身体を急ぎ拵えてはくれませぬか」

しかし勢い込んだ信円に対し、運慶は微塵も考える素振りを見せず、「お身体だけをでございますか。それはできかねまする」と言い放った。

「御像の御首だけを見てお身体を造るのは、木に竹を接ぐが如きもの。そりゃあ造れと言われれば、出来ぬわけではありませんが、それでは人々の信心を受けるにふさわしい御像とはなりません」

いささか歯切れの良すぎる口調でまくしたて、運慶は「それに」と続けた。

「申し訳ありませんが、別当さま。仏所はいま、お救いした塔の修理に大忙しでございましてな。かような大がかりな造仏は、しばらくお受けできないかと存じます」

「なんですと」

寺の整地が終わり、縄張りが済めば、興福寺の作事は本格的に開始する。失われた諸堂の仏像の造立ももちろん始まろうに、この仏師はなにを悠長なことを言っているのだ。だがそう運慶を叱責しようとして、信円は眉根を寄せた。運慶がこちらを仰ぐや、驚いたようにぽかんと口を開けたからだ。

「どうかしたのですか」

信円の不審に、運慶は困惑した様子で、「い、いえ」と声をくぐもらせた。

「構いません、申してみなさい」

「その——お許しください。ほんの一瞬、別当さまがわしが嫌っておる奴とよく似ておられる気がしただけです」

なに、と険しい口調で咎めたのは、背後のなよ竹だ。それを目顔で叱り、信円は運慶に向き直った。

「それは面白い話を聞きます。その者はそんなに、わたしに似ておるのですか」

さすがにとんでもない口走りをしたと気づいたのだろう。運慶は狼狽した様子で、太い首を横に振った。

「いいえ、よくよく見れば、ただのわしの勘違いでございます。なにせそ奴は別当さまとは比べものにならぬ、乱暴者の悪僧でございまして。つい先ほども境内を過ぎながら見てみれば、工人ともども泥まみれになって、焼け焦げた木材を運び出しておったような輩でございます」

なよ竹が、わずかに身じろぎをした。

それと同時に背中がすっと冷え、指先が凍える。強張りそうな頬を懸命に励まし、信円は「さようですか」と笑みを深くした。

実際に血がつながっているものの、これまで自分と範長の容貌が似ていると言った者は、誰一人いない。それだけに目の前の仏師に対し、唐突な興味が湧いた。

「おぬし、その男がかほどに嫌いなのですか」

「ええ、嫌いでございます」

運慶の声音には、ぶった切るような厳しさがにじんでいた。

「そ奴は悪僧でございましてな。昨年の師走、あ奴らが平家を挑発さえせねば、御寺は焼き払われずに済んだでしょう。つまりわしが嫌うあの男は、焼き討ちの折に失われたすべての御像の仇でございます」

目の前の仏師は、かつて自分たち学侶が大和検非違使別当を受け入れ、平家の支配に降ろうとしていたと知ったなら、どうするだろう。範長を罵るのと同様、この身をも寺の仇と罵倒するのか。だがもし全てが学侶の画策のままに進んでいたならば、平家も御寺に敬意を払い、少なくとも南都がかくも無惨な目に遭うことはなかったはずだ。

そう、自分は誤っていない。京の異母兄たちと計らい、大和検非違使をこの寺に受け入れんとしたのも、平家軍が南都に向かっていると知って、いち早く正暦寺に難を避けたのも、すべては興福寺の安寧を願えばこそだった。

その結果、伽藍に火が放たれ、無数の死者が出たのは、悔やんでも悔やみきれぬ誤算。だからこそ自分はこの興福寺復興に、全身で挑まねばならぬ。

信円は運慶に目を据え、ゆるゆると首を横に振った。

「かように憎悪の焔をたぎらせても、焼け失せた御像は戻りませぬ」

と、静かに諭した。

「それよりも、運慶。おぬしは仏工として、この寺をいかに立て直すかに力を注ぐべきではありませんか。京の藤氏長者さまは、南都の焼亡をそれはそれはお悲しみになり、千金を擲ってでも寺を再建せよと仰せです。ならばおぬしらは一刻も早く、堂の修繕を終え、新たなる御像造立に邁進すべきでしょう」

運慶の眉間に、見る見る深い皺が寄る。それには気付かぬふりで、信円は静かに首肯した。

「尊い御仏が失われた悔しさ、辛さ、それはわたしにもよう分かります。されど、怨みとは決して、何も生み出しはせぬのです」

かつて釈尊は、怨みに報いるに怨みを以てしたならば、決して怨みが息むことはない、と説いた。それは悟りの極致の言であるとともに、晩年に及んで、一族の滅亡をその目で見た釈迦ならではの実感であった。

「怨みは捨ててこそ息む。ならばおぬしは仇への憎悪を捨て、代わりに次なる造像への活力だけを胸に生きるべきでありましょう」

信円とて、興福寺仏所に働く仏工たちの身の上ぐらいは、承知している。

運慶の父である康慶は、名仏師・定朝の後継者と呼ばれる康助・康朝父子の愛弟子。現在の興福寺仏所では、康朝の一人息子である成朝と康慶が、共に奈良仏師の重鎮として造仏の任を担っている。

年も同じぐらいなら、腕も同じぐらいの二人の仏師。そんな父親と成朝の間の葛藤は、運慶もよくよく承知していよう。その最中に興福寺別当たる自分から直々の下命を受けてもなお、運慶は造仏を拒むのか。

運慶はしばらくの間、感情の読めぬ顔で信円を仰ぎ見ていた。しかし不意に己の膝に目を落とし、「やはり、わしにはできませぬ」と、呟くように言った。

「別当さまは、造仏をあまりに簡単にお考えでございます。わしら仏工は、悩みもし、怒りもするただの人。自らの内なる炎に知らぬ顔をしては、御仏を造ってもそれはただの入れ物になってしまいます」

ただ、と続けながら、運慶はちらりと目を上げた。

「わしには出来ずとも、他の仏師は違うかもしれませぬ。どうか今後の造仏は、うちの親父さまや康朝さまにお任せくだされ」

言うが早いか、運慶は身軽な挙措で立ち上がり、禅定院の外へと駆け出した。待て、と命じる暇もない。門の際でくるりと振り返って低頭すると、そのまま興福寺境内へと続く坂を登って行った。

次なる御像が運ばれてきたのだろう。塀の向こうで、男たちの歓声がこだまする。それをひどく遠いものの如く聞きながら、信円は片手にかけていた水晶の数珠（じゅず）を握り締めた。

運慶ごときには分からぬと見える。興福寺の再興がどれほど尊い行為であるかということが。

天下の大寺たる興福寺は、摂関家の権勢の象徴にして、王法と仏法が共に藤原家に備わっている事実の表れ。いうなれば車の両輪、鳥の双翼の如く、これらが相備わればこそ、摂関家は天皇を支える股肱（ここう）の臣たる地位を保ち得るのだ。

朝堂が平家によって牛耳られていればこそなお、摂関家はその威勢を損なうことなく保持せねばならぬ。いわばこの日本の平安のためにも、興福寺の復興は最大の急務というのに。

昨今、諸国では平家に反旗を翻す輩が次々と蜂起し、平家一門はその対応に忙殺されていると聞く。だがその一方で、平家棟梁である清盛は、年末より瘧に罹って病臥。代わって朝堂を掌握する三男・宗盛は、新たに畿内近国惣官職なる官職につき、各地に相次いで討伐軍を派遣している。

武力でもって国の安寧を図らんとする平家の企みは、長らく律令に基づいてこの日本を支えてきた藤原氏からすれば、許しがたい専横。そんな世だからこそなお、自分は仏法でもって氏族を助けねばならぬのだ。

主の苛立ちを肌で感じたのか、なよ竹が居心地悪げに身をすくめている。その卑屈さがかえって疎ましく、信円は唇を強く噛み締めた。

平家一門が重職を占める朝堂からすれば、奈良を焼き払った重衡軍こそが正しく、それに抵抗した南都諸寺は賊。それだけに都の公卿は内心、末法の世さながらの南都の焼亡に心を痛めてはいても、表立った支援には難色を示している。その事実が、いまの信円にはなんとも腹立たしかった。

しかしながらそれから一月が経った閏二月四日、病に冒されていた清盛は、六十四歳を一期に死去。相次ぐ叛徒に悩まされている最中の死が、よほど不本意だったのだろう。清盛は末期に及び、盛大な仏事催行を戒め、ただ東国各地の敵を帰順させるよう命じたと伝えられたが、その訃が南都に届くや、焼け跡の整地に奔走していた衆僧は、みな天を仰いで歓喜した。

「仏罰、仏罰じゃあッ。諸像を焼き、伽藍を薪と為した平家の棟梁に、御仏が罰を下されたぞ」

「清盛は浸かった水が湯に変わるほどの高熱に責めさいなまれ、薬師すらも熱気のあまり近づけなんだそうだ。劫火に焼かれ、無念のうちに死した南都三千余名の霊魂が、奴を永劫の灼熱地獄に引きずり込んだのじゃろうよ」

清盛が西の彼方に目を据え、許しを請う言葉を呟きながら息を引き取ったとか、彼の絶命は東大寺大仏殿に火が放たれたのと同じ時刻だったなどという怪しげな言説まで飛び交うのを他所に、信円の脳裏には「これで寺の復興は容易になろう」という思いがよぎった。

それを証するかのように、翌三月二日、朝堂は年初に没収したばかりの東大寺・興福寺両寺の寺領を、突如、回復。両寺の僧綱の地位も旧に復した上、相次いで官人を南都へ派遣し、焼亡の実情検分を行なわせた。

これはすなわち、興福寺・東大寺の再建に朝堂が手を差し伸べることを意味する。ようやく復興作事に本腰を入れられると、信円は胸の中で快哉を叫んだ。

興福寺一山に限っても、二十宇あまりの伽藍を再建するには、およそ藤原氏のみでは成しがたい。それだけに信円は実検使が南都から引き上げるや、急いで過去の火災後の再建費用に関する記録を集め、都の異母兄の許に送った。

今までのたび重なる興福寺の焼亡の際も、朝堂は必ずや造寺司を置き、進んで復興を手助けしてくれた。ましてや今回の如く、東大寺を始めとする南都諸寺が被災するほどの大火ともなれば、主要堂宇再建の費用の大半が国費によって賄われるはずだ。

すでに境内はがらんとした空地に代わり、悪僧や雑人(ぞうにん)たちの住まう掘っ立て小屋や仮仏所が、そのただなかにぽつりぽつりと建つばかり。焼け焦げた地表があの大火をわずかにしのばせるものの、かつての凄惨な光景とは程遠い。

吉野(よしの)や宇陀(うだ)へと避難していた門前郷の衆も少しずつ元の地に戻り、季節が移ろうにつれ、興福寺・東大寺の周囲にはごくわずかながらもかつての活気が蘇(よみがえ)り始めていた。極端なもので、少し時間が経ち、自らの暮らしが落ち着くと、焼け落ちた寺を憐(あわ)れむだけの余裕が出来るのだろう。剝(む)き出しになった基壇に花を手向けるついでに、わずかな米や麦を悪僧に与える人々の姿も、次第に見かけられるようになった。

信円待望の興福寺復興計画が都からもたらされたのは、まさにそんな最中の六月十五日。勧学院別当であった藤原兼光を造興福寺別当に任ずるとともに、金堂・回廊・僧房・経蔵・鐘楼・中門は朝廷が、講堂・南円堂(なんえんどう)・南大門(なんだいもん)は藤原氏長者が、食堂・上階僧房は興福寺が再建するという沙汰(さた)に、信円は自室で「ううむ」と呻吟(しんぎん)した。

造寺官が任命され、朝堂が国費を投じて造営を行なう従来の形式は、かろうじて守られている。しかし、この決定からは東西両金堂や北円堂(ほくえんどう)といった複数の堂宇が漏れており、信円の目にそれは当座をしのぐための中途半端な計画としか映らなかった。

しかも朝廷は諸堂の作事のために、東は上野国(こうずけ)から西は肥後国(ひご)まで計三十五か国に費用負担を命じると定めているが、確か東国では昨年の秋から飢饉が続き、相当な餓死者が出ているはず。そんな国々が、果たして命令通りに銭を出すものか。

都の異母兄や甥は、こんな杜撰な計画で復興が叶うと信じているのか。だいたいかつての如き壮大な伽藍を再建するには、三年五年の年月では到底無理だ。一日も早くかつての栄光を取り戻すためにも、せめて計画だけでも完璧なものにせねばならぬというのに。

加えて復興計画が策定されたのは、東大寺も同時である。同じ天下の大寺であっても、こちらは藤原氏の氏寺、あちらは聖武天皇発願の天下の総国分寺。しかも堂宇のみならず、大火で溶けた大仏まで鋳造せねばならぬとあっては、天下の人々の関心は間違いなく、かの寺に傾注する。

「なよ竹、硯と筆を持て」

隣室に侍るなよ竹を呼びつけ、信円は大急ぎで都の兼実に書翰をしたためた。だが使僧を急かして文を送ったにもかかわらず、翌日深更すぎになってもたらされた異母兄からの返答は、「天下兵乱の最中、すべての堂宇の再建は請け合いがたし」とのすげないものであった。

「なんということ――」

信円は螺鈿の施された小机に文を叩きつけた。

父の摂政関白・藤原忠通は子福長者で、計十一名もの男児に恵まれた。その中で四男である信円が興福寺に入れられたのは、保元の乱後、範長に代わる男児を南都に送ることになった際、手ごろな年齢の息子が自分しかいなかったからだ。

もしあと二、三年、乱が早ければ、興福寺再建のために奔走しているのは、兼実だったかもしれない。しかしながら己一人に御寺のすべてを押しつける異母兄は、そんなことをこれっぽちも考えてはいないのだろう。

信円からすれば、平家の横暴を止められず、ついに南都に火が放たれるに至ったのは、兄を含めた京の公卿が不甲斐なければこそ。だが今それを責めたところで、事態が好転するわけではない。かくなる上は朝堂はあてにせず、自分たち寺家の側で出来る限りを努めるしかない。

（まず取り急ぎは、手斧始めだ。御寺出入りの大工をすべて呼び召し、作事の分担を決めさせせよう）

京では昨年四月、大内裏が火災に遭い、宮城の作事を司る木工寮はその造営にかかりきりと聞く。その上、南都の諸寺がほぼ同時に伽藍復興に取りかかれば、畿内の山々からはあっという間に良材が消えよう。実際に堂宇再建が始められるのがいつになるかは分からないが、いざという時に材木が足りぬでは話にならない。また腕の優れた大工を確保するためにも、作事の分担を早く決定するに如くはなかった。

それに仏師だ。せっかく堂宇が出来上がっても、御像がそこになければ、寺とは言えない。

運慶は新仏の造立には無関心であったが、幸い興福寺仏所には法橋康慶や成朝を含めた奈良仏師が幾人も属している。そればかりか京都に目を転じれば、定朝の息子・覚助を祖とする院派仏師、定朝の高弟・長勢から始まる円派仏師が、朝廷や公卿に重用されている。

この寺にかつての如き偉容を取り戻すためには、三派すべての仏師に造像を命じねば、到底間にあうまい。ならば手斧始めの次には、御寺に仏師たちを呼び集め、諸堂の造仏の割り当てをせねば。

まったく、やらねばならぬことが多すぎる。信円はこみ上げる嘆息を噛み殺し、「なよ竹、なよ竹はおらぬのですか」と、手を打った。

「異母兄上さまに再度文を書きます。筆の用意を整えなさい」

しかしながら、常であればすぐに駆けて来るはずのなよ竹は、呼べど叫べど現れない。すでに夜も更けているだけに、自室に下がって眠りこけているのか。いや、興福寺の上稚児たるもの、主が起きている限りは、その側に控え続けるのは当然の務めだ。

広縁の果てで軽い足音が響き、中年の従僧が一人、泡を食った顔で飛んで来た。

「御用でございましょうか」と平伏する背に、信円は思わず険しい声を浴びせ付けた。

「なよ竹はどうしたのです」

「は、はあ。先ほどまでは控えの間におったのですが」

居心地悪げに床に額をこすりつける僧に、「言い訳など聞いてはおりません。なよ竹はどうしたのです」と畳みかけた。

「ええい、聞かれたことに答えなさい。なよ竹はそもそも、わたし付きの稚児。勤めを離れ、わたしより先に休むとは、まったく不埒極まりない」

普段であれば、これしきで声を荒らげはしない。都の異母兄や思うようにならぬ作事への苛立ちが、珍しく信円を高ぶらせていた。

口ごもる従僧の顔には、はっきりと困惑の色がある。それに気付き、信円はわずかに口調を和らげた。

「どうしました。なよ竹は先に休んだわけではないのですか」

「い、いいえ。その——」

何か言いかけ、従僧がまたも言葉を飲み込む。だがすぐに、これ以上の言い逃れは難しいと思ったのか、実は、と信円を仰ぎ見た。

「なよ竹は今、おそらく院内におらぬかと存じます」

「なんですと。それはどういう意味ですか」

「なよ竹は半月ほど前から、毎晩の如く、禅定院を抜け出しておる様子でございまして。つい昨夜も、深更近くになってから裏門を開け、いずこへともなく姿を消したと、門番の老爺が申しておりました」

信円は眉根を寄せた。寺内の誰彼構わず色をひさぐ下稚児であればともかく、仮にもなよ竹は信円一人に仕える上稚児。それが無断で主のもとを離れるなぞ、本来あってはならぬ話である。

もしやなよ竹は先の焼き討ちで多くの稚児が焼け死んだ今、境内に寝起きする悪僧の伽でもしているのだろうか。それとも門前郷に住人が戻って来たのをいいことに、近隣の男たちを相手に閨稼ぎをしているのか。

生真面目な信円はこれまで、なよ竹を性の対象として見たことがない。それだけに、怒りよりも先に汚らわしさが胸にこみ上げ、我知らず顔が歪んだ。

言われてみれば確かに、年が改まってからこの方、なよ竹はかつてのように自分の恩寵を笠に着ることが減った。てっきりそれは未曾有の法難に苦しむ主を気遣ってとばかり思っていたが、すでにあの頃からなよ竹は、自分に背き始めていたのか。

心当たりはある。昨年の師走、平重衡軍の侵攻を都の異母兄から知らされるや、信円は取るものもとりあえず菩提山正暦寺に向かった。

なよ竹すら置いての遁走は、寺内の悪僧の目を憚っての行動。だが結局、その後、南都は焦土と化し、後を追って正暦寺にきたなよ竹以外の稚児は、すべて劫火の薪となって息絶えた。もしかしたらなよ竹はあれ以来、自分に怨みを抱いているのではあるまいか。

(馬鹿な――)

なよ竹には分からないのか。信円とて決して、望んで興福寺を焼かせたのではない。むしろこの惨状にもっとも心痛めているのは自分だというのに――それなのに何故誰も彼もが、自分を裏切るような真似ばかりする。

「あ、あの。いかがいたしましょう。雑人どもを叩き起こし、心当たりを探させましょうか」

額を青ずませて黙り込んだ信円に、従僧が恐る恐る問いかける。それにゆっくりと頭を巡らし、信円は膝に置いた手を拳(こぶし)に変えた。

もしかしたら目の前のこの従僧もまた内心では、焼き討ちの前日に姿をくらました自分を憎んでいるのかもしれない。これほど懸命に寺のために尽くしている己を嘲(あざけ)り、その奮闘を冷笑しているのやも。

激しい孤独と怒りに、目の前がくらりと歪む。その途端、ふと脳裏をよぎった人の名を、信円は我知らず呟いた。

「乙(おつ)法師どの――」

そうだ。この寺にたった一人の血縁、同じ摂関家の血を引く彼であれば、この苦しみを分かってくれるのではないか。

「は、乙法師どのとは」

その意味が理解できぬ様子で、従僧が困惑顔になる。それを無視して、「範長どのを呼んできなさい」と信円は命じた。

範長が自分を避けていることは、承知している。だが本来、あの男はこの身と同じく、興福寺を守るために南都に遣(や)られた者。誰が理解してくれずとも、従兄である彼だけは自分の苦しみを分かってくれる。そんな気がしてならなかった。

従僧は戸惑い気味に、目を瞬かせた。だが下手に逆らうよりは、下命に従った方が穏当と考えたのだろう。すぐに「かしこまりました」と低頭した。

「ただ、現在、悪僧たちは境内の至るところに勝手に小屋を建て、思い思いに暮らしております。何分、夜のことゆえ、すぐにお探しできぬやもしれませんが、しばしお待ちください」

身分こそ従僧とはいえ、院主兼別当である信円に扈従（こじゅう）しているからには、この男も朝堂ではそれなりの地位を占める公卿の子弟のはず。それだけに悪僧に交じって寝起きする範長の居場所なぞ、皆目摑（つか）んではいないのだろう。

「分かった。早くしなさい」

言葉少なに命じて、信円は傍らの小机に向き直った。先ほど怒りに任せて叩きつけた異母兄からの文を取り上げ、震える手でゆっくりと畳みなおす。

闇に沈んだ庭の底で、思い出したように虫がすだき始めた。小走りに退く従僧の足音に声を潜めながらも、なおも鳴くそのか細い声に、信円はじっと耳を澄まし続けた。

遠くで誰かが、自分の名を呼んでいる。気のせいか、と浅い眠りのただなかで呟き、範長は夜着がわりの蓆（むしろ）を顎先まで引っ張り上げた。

この数日、焼け崩れた寺域の四囲の築地塀を崩し、その土を西に三里離れた佐保川端に捨てる作業を続けているだけに、全身は綿のように疲れ、足腰は悲鳴を上げている。しかしそれでも、あの焼き討ち直後の瓦礫の整頓に比べればはるかに楽と思えるのは、焼け跡の片付けや作事の手伝いにもずいぶん慣れた証左だろう。

ごうごうと鳴り響く堂衆たちの鼾をぼんやりと聞きながら、寝返りを打つ。掘っ立て柱に蓆をかけただけの小屋は雨風をしのぐのがやっとであるが、それでも平坦な広場に変じた境内を思えば、贅沢を言えはしない。

かつて興福寺には、東西両金堂の堂衆を筆頭に、合わせて約三百名の悪僧がいたはずだ。しかしそのほとんどはあの国境の戦とその後の焼き討ちで死に絶え、かろうじて生きながらえたのは、ほんのひと握り。しかもそのうちの半数近くは、「寺の再興よりも、仏敵たる平家打倒の方が先じゃ」と言い捨てて、年が改まるや伊予の河野氏、鎮西の菊池氏といった反平家陣営の許に遁走した。

このため、現在、仮屋に寝起きしている悪僧は、玄実や栄照を含めた、ほんの三十余名。蔵を焼かれ、経も失い、太刀薙刀の代わりに鋤や鍬を持って焼け跡の整備に勤しんでいるだけに、いつしか髪は伸び放題となっている。範長もまた、着たきりの裳付衣がなければ、雑人や工人と見分けがつかぬ風体であった。

(築地塀の整理は、あと二日もあれば終わる。その後は瓦窯造りの手伝いか、資材の運搬の手助けだな)

数日のうちに行なわれると噂の手斧始めの日までには、番匠の寝小屋も建てねばならないし、工人用の大盤所（厨）も拵える必要がある。築地塀の代わりに巡らせる板塀は、瓦窯で用いる薪炭の支度は――と褥の中で輾転反側しながら成すべき仕事を数え上げるのは、春先からこのかたの習い性であった。

自分が妹尾兼康に薙刀を振るいさえしなければ、南都に火は放たれず、諸寺が灰燼と帰すこともなかったかもしれない。そう思えば思うほど、眠りは雨後の水たまりの如く浅く、かろうじて寝ついた明け方、劫火に包まれた南都の夢を見て、飛び起きることも再々であった。

一つ小屋に寝起きしているだけに、玄実にはそんな範長の苦悩が手に取るように知れるのだろう。どこからともなく酒を買いこんできては、寝酒にと勧めてくるが、そうでなくとも不飲酒は五戒の一。その上、興福寺境内だけでも八百名を超す善男善女を死なせた今、自分一人がおめおめと酒なぞ呑んでいられるものか。

興福寺を大切と思ったことは、これまで一度としてなかった。しかし自らの過ちゆえにその大伽藍を失ってみれば、犯した罪のあまりの大きさに激しい悔いが身体を焼く。いっそ南都を離れ、東国で武具を取って平家と戦った方が、罪なくして死した者たちへの弔いになるのではと思う折も、時にはある。だが打ち物を手に諸国に向かう幾人もの悪僧の姿を目にしながらも、範長はどうしても南都を離れがたかった。

この惨状が自らの蒔いた種とすれば、その結果は何があろうとも自らで刈り取らねばならない。ならば今、この身が成すべきことは、興福寺の復興ただ一つだ。
信円は年が改まってからこの方、都の摂関家とも緊密に連絡を取り、作事の支度に奔走しているという。境涯こそ天と地ほどに異なるが、彼もまた興福寺を荷うために寺に入れられた男。ならば信円は学侶として復興の采配を振り、自分は悪僧として実際の作事を手伝おう。それこそが、父の死後、学侶たちの嘲りを受けつつも自らがこの寺に留まり続けた理由かもしれぬとすら、範長は考えるようになっていた。

「——眠れぬか、乙法師」

堂衆たちの鼾に紛れそうな囁きが聞こえた。横になったまま頭を巡らせれば、月明かりの射し入る小屋の端で、玄実が褥から起き直っている。

「申し訳ありません。お起こししてしまいましたか」

「いいや、そういうわけではない。あと一刻もすれば、夜が明ける。老いぼれとは、とかく朝が早いものじゃ」

それよりな、と玄実は顎で小屋の外を指した。

「外が何やらやかましいぞ。幾人かが境内を走り回っているようじゃ」

範長はあわてて、臥所から身を起こした。なるほど玄実の言葉通り、吹きすさぶ風の音、堂衆たちの歯ぎしりや鼾に紛れてはいるが、微かな足音が聞こえる。

この深夜、がらんどうの空き地となった境内を訪れる者がいるとは、いかにも不審である。物思いに囚われていたとはいえ、その気配に皆目気付けなかった迂闊を、範長は恥じた。

「物盗り夜討ちでございましょうか」

「さて。南都衰微のこの時節、わざわざやってくる物盗りがいるとは思えぬがのう」

劫火で溶け、地面に流れ込んだ銅仏は、土ごと掘り出して鋳工に引き渡した。金釘、鎹の一本まで来たるべき作事のために拾い集めた今、焼け跡に金目のものは一切ない。

「様子を見て参りましょう」

枕元に置いていた太刀を、手早く帯に佩く。眠りこける仲間の頭をまたぎ越し、蓆が下ろされた戸口に近付いた。

二分ほど欠けた月はすでに中天を過ぎ、茫漠と広い境内に淡い光を落としている。そのただなかにぽつりぽつりと建つのは、間もなく始まる作事のために集められた工人の寝小屋だ。

黒い影が二つ、三つ、闇がわだかまった小屋の陰から陰へと走る。「――誰だッ」と押し殺した声で誰何を投げ、範長は小屋を飛び出した。

「物盗りであれば、容赦はせんぞ。斬られる前に疾く疾く去れッ」

「そのお声は、範長さまでございますか」

問いかけとともに、ばらばらと人影が走り寄ってくる。馴染みのない薫物の香りが鼻先にたゆたい、範長は太刀の柄に手をかけたまま、眉をひそめた。

「わが主、信円別当さまのご下命でお迎えに参じました。共に禅定院までお越しください」

間近で見れば、深々と頭を垂れる僧たちの顔には覚えがある。いずれも信円につき従っている従僧たちだ。

「まったく。今度は何の用だ。法会の件なら、お断りだぞ」

「いえ、そういうことではございません。ただ範長さまにご相談がおありのご様子です」

「相談だと」

厄介な、という思いが、まず胸を突く。とはいえこの夜半、従僧を遣わして自分を探させるとは、よほどの急用でもあるのだろう。

「しかたがない。話だけは聞こう」

では、と低頭して、従僧たちが踵を返す。よほど大急ぎで自分を探していたのか、月影に照らしだされたその足元は、揃って泥に汚れている。

焼き討ちの翌朝、興福寺に戻った信円と対峙して以来、範長は彼と一度も顔を合わせていない。どうせ自分は落魄者であり、信円は今をときめく興福寺別当。ならば興福寺再興の思いは一であろうとも、自分たちが手を取り合うことは決してありえぬはずだ。

だがそんなことを考えながら禅定院に踏み込み、範長は目を見張った。もともと血の気の乏しい信円の顔は蒼白に変じ、唇までが白く乾き切っている。その癖、双眸ばかりが爛々と輝き、まるで熱病にでも罹ったかのように潤んでいた。

「このような夜半、ご足労いただき申し訳ありません」

「いや……。いったい何があったのだ」

範長の言葉には応じぬまま、信円は簀子に控えた従僧に軽く手を振った。心得た様子で彼らが退いていくのを見やってから、大きく息をついて範長に向き直った。

「範長どの、お教えくださいい。わたくしは——わたくしはこの寺の皆から侮られているのでございましょうか」

「なんだと」

思いがけぬ言葉に、範長はわが耳を疑った。すると信円は細い肩をますますすぼめるようにして俯き、「分かっているのです」と声を上ずらせた。

「従僧どももなよ竹も、心の底ではあの焼き討ちを止められなかったわたくしを怨み、侮っているのでございましょう」

深く俯いた信円の表情は、はっきりとは分からない。しかし膝の上の白い手がぐいと握りしめられ、それにつれて声までがますます震えた。

「京の異母兄上も朝堂も、この寺の行く末なぞ、本気で考えてはくださいません。わたくしは院主として別当として、如何に興福寺を立て直すべきか、それだけを考えて孤軍奮闘しておりますのに——」

「何を言っている。とにかく、落ち着け」

見回せば居室の片隅の小机に、玻璃の水瓶が置かれている。その蓋を払って、傍らの杯に水を注ぎ、信円の胸元に押しつける。「飲め」と命じて、範長はこっそりと息をついた。

「おぬしは、よくやっている。それは大衆も認めるところのはずだ」

実のところ範長は、信円が単身、正暦寺に逃げた件を許してはいない。ただ彼のその行ないと、南都が無惨な焦土と化したこととは、まったく別の話だ。そして少なくとも信円はこの半年、自らの行為を恥じたかのように、寺の復興に臨んでいるではないか。

「ですが、ならば何故、なよ竹は――」

「なよ竹がどうした」

問い返しながら、範長はどんな時も信円にべったりと張り付いているあの稚児の姿がどこにも見当たらぬと、今更気づいた。

それが、と唇を嚙み締め、信円はなよ竹がここのところ、自分に隠れて院外へ出かけているらしい、と語った。

「なよ竹はきっと、わたくしに愛想を尽かしてしまったのです。いえ、あ奴だけではありません。禅定院に詰める学侶たちも、きっと心の中ではなよ竹と同じように考えているのでございましょう」

なよ竹の外歩きの理由は分からないが、少なくとも興福寺の者たちはみな、ここのところの信円の骨折りをよく理解しているはず。少なくとも信円の推測が真実だとは、到底思いがたい。

この半年、信円は己の過ちを償うべく、まさに寝食を忘れて興福寺のために奔走してきた。その心の張りが、なよ竹の出奔で急に崩れ落ちてしまったのだろう。信円に近侍する稚児であれば、それぐらい見通していてしかるべきだろうに。

まったくなよ竹め、と範長は一人、舌打ちした。

それにしても信円が激しい惑乱を覚えた末、よりにもよって自分を呼びつけるとは。もし自分の父が保元の乱で落魄しなければ、信円がこれほどの苦難に直面することもなかっただろう。そう思うと、当惑とともにわずかな哀れみが、胸にこみ上げてきた。

「よし、分かった」

範長は玻璃の杯を握りしめた信円の背を、軽く叩いた。

「なよ竹がどこに出かけているのか、わたしが調べてやろう。それがおぬしに背くがゆえでないと知れれば、おぬしも心安らごう」

信円ががばと、顔を上げる。心配するな、と範長は畳みかけた。

「仔細を知れば、きっと大した話ではないはずだ。その代わり、おぬしはありもせぬ陰口などに心惑わされず、己の務めを果たすのだぞ。他ならぬ別当さまがかようなことで心挫けては、作事にも障りが出ようからな」

血の気の失せた唇を震わせ、信円がこっくりと首肯する。よし、と一つうなずきながら、範長は胸の中で「それにしても」と呟いた。

信円はなよ竹が堂衆の寝床にもぐり込んでいると疑っている様子だが、多忙な彼らに、そんな元気があるわけがない。だいたい間仕切り一つないあんな掘っ立て小屋では、稚児を引っ張り込めばすぐに分かろうものだ。

だとすれば、なよ竹はいったいどこに出かけているのか。かつて、興福寺のぐるりには築地塀が巡らされ、門番が四方の門を守っていた。築地と門が焼け崩れた現在、寺の内外の往き来は極めて容易であるが、あのなよ竹が寺外に何の用事があるのか。

これは案外厄介かもしれぬ、という思いが、胸の底からじわじわと湧いてきた。

「行き先が分かれば、一番におぬしに伝えよう。それまでは何が起きても知らぬ顔をしていろよ」

そう念押しして禅定院を去れば、すでに春日山の稜線は明るみ、熟れすぎた水蜜に似た色の月が西空にひっかかっている。小屋を抜け出したきり戻らぬ範長を案じ、外に出て来たのだろう。寝小屋の門口には薙刀を抱えた玄実が腰かけ、こっくりこっくりと船を漕いでいた。

その脇の井戸で顔を洗っていた堂衆たちが、曙光を浴びながら戻って来た範長に、怪訝な目を投げてきた。

「やれやれ、物盗りが入り込んだと思って様子を見に行ったが、まんまと逃げられてしまったわい」

口から出まかせを言いながら、範長は玄実の肩を軽く揺さぶった。ううん、と呻いて薄目を開ける老僧に、「風病（風邪）に罹りますぞ」と笑いかけた。

「物盗りだと。やっぱりそうじゃったか。それにしても乙法師に追われて、なおも逃げおおせるとは逃げ足の速い奴じゃ」

玄実が呆れた面持ちで、目脂のついた目をこする。本当だ、と口々に声を上げる仲間に苦笑を向ける胸の底が、針で突いたようにちくりと痛んだ。


次の日から範長は毎夜、夜が更けるとともに寝小屋を抜け出し、五重塔の基壇の傍らに身をひそめて禅定院を見張るようになった。

幸い夏のこととて、露天で眠るのには何の支障もない。問題は眠りの浅い玄実だが、それも見咎められれば、盗人を捕まえるべく見張りを続けたと抗弁すれば済む話だ。

信円の従僧に詳しく聞いた限りでは、なよ竹が禅定院を抜け出すのは、四、五日に一度。戻って来るのは夜明け前、空が白み始める直前の、もっとも闇の深い時刻と決まっているという。

とはいえ範長とて、日中は瓦工や番匠を手伝って働き詰め。身体は綿のように疲れ切っているだけに、ほんのわずか瞼を閉じただけのつもりが、一刻（約二時間）近くも眠り込んでしまう夜も珍しくない。加えて、水桶をひっくり返すにも似た雨に降られてやむなく寝小屋で休む日も重なり、なよ竹の夜歩きの目撃はなかなか叶わなかった。

こんなまどろっこしい真似をするより、いっそ昼間になよ竹を追及した方が早いのでは。いや、万一、それで事が表沙汰になっては、信円の顔に泥を塗りかねない。

ここは時間がかかろうとも、辛抱強くその行方を突き止めるのが肝要だ、と自らに言い聞かせるうちに日は過ぎ、いよいよ興福寺では造寺別当・藤原兼光を筆頭とする公卿や大工四組が集められ、作事開始を告げる手斧始めの儀式が執行された。

　それと前後して境内にはおびただしい工人が溢れかえり、彼らが寝起きする小屋や詰所が相次いで建てられた。資材を運び込む荷車や、ほうぼうの荘園から徴発された雑人が早朝から夜中まで出入りし、番匠や工人を当て込んだ物売りや辻立ち女が寺地の周囲をうろつくことも急増した。

　これほど境内がにぎやかになっては、なよ竹も院を抜け出しにくかろう。理由はよく分からねど、夜歩きはただの気まぐれ。ようやく本格化した作事に寺じゅうが沸きたつ中で、自ずと不埒も止むのではないか。

　だがそんな推測を踏みにじって、なよ竹がとうとう禅定院を抜け出したのは、手斧始めからほんの五日後。夏とは思えぬほどに風が冷たく、朝から小雨が降り続いた夜半であった。

　ぎい、と微かな音が暗がりのただなかで響いたとき、範長は瞬間、春日の御山から下りてきた猿が啼いたのだと思った。

　なにせ時刻はまだ亥ノ刻（午後十時頃）過ぎ。従僧から聞いていた時刻には、ずいぶんと間がある。実際、境内では一日の作事を終えてもなお活力をもてあました番匠たちが騒ぎ、どうやら酒まで酌み交わしているようだ。

　猿でなければ、学侶か従僧が所用のために院から出て来たのだろう。そう考えて、わずかに焼け残った基壇に身体をもたれかけさせた範長は、次の瞬間、がばとその場に跳ね立った。

小柄な影が門の隙間を潜り抜け、そのまま坂の下を横切る。薄物を被(かつ)ぎ、賢(さか)しい獣の如く四囲を見回すその姿は、間違いなくなよ竹であった。

人目を憚るように辺りをうかがったなよ竹は、猿沢池(さるさわのいけ)の傍らを素早く回り込んだ。高台から見下ろす範長には気付かぬまま、二条大路をまっすぐ東へ駆け出す。その足取りには迷いがなく、目指す場所があることは明らかであった。

夜食にするつもりで脇に置いていた結び飯を、範長は胸元に押し込んだ。なよ竹の足音が耳を澄まさねば聞こえぬほどに遠ざかってから、手早く足駄を脱ぎ捨てる。温みの残るそれを更に懐に突っ込み、こればかりは大火にも崩れなかった石段を、一段飛ばしに駆け下りた。

手斧始めからこの方、境内では雑人が交替で不寝番に就き、資材が盗まれぬよう見張っている。なよ竹に気付かれることよりも、今は彼らに見咎められる方が厄介でならなかった。

大路の果てに目をこらせば、なよ竹の被衣(かずき)は暗中に咲く白梅の如く、ぼおと小さく霞(かす)んでいる。これであれば、少々離れていても見失いはすまい。寺から一町(約百メートル)あまりも離れてから再び足駄を履き、範長はなよ竹の背を睨(にら)みつけた。

そうとは知らぬなよ竹は、やがて東七坊大路との辻を北に折れ、更に足を速めた。遠目ゆえに定かには分からないが、どうやらその小脇には荷物を抱え込んでいるようにも映る。

(待てよ。この先は般若坂だぞ)

いつしか足元が坂道に変わっているのに気付き、範長は顔をしかめた。

般若坂から南都に至るまでの沿道の家々は、昨年末の焼き討ちの際、明かりを取るために火を放たれたと聞く。実際、薄い星明かりを頼りに見晴らせば、左右には焼け落ちた家々がいまだ柱だけを残して並び、人の気配は皆目感じられない。時折鼻を突く異臭は、逃げ遅れて焼け死んだ里人の亡骸が、廃屋の中で朽ちつつあるからか。

興福寺や東大寺の門前郷では、この一、二ヵ月の間に、経師屋や法衣屋といった店々が白木の匂いも清々しい仮屋で商いを始め、諸寺からの注文を盛んに受け付け始めている。しかしそこから一歩、外に出れば、官からの助けはもちろん、弔う者すらおらぬ貧しい人々の骸は、いまだあの師走の夜の惨状のただなかに放り出されたままだ。

そう思うと、道の先をひらひらと漂うなよ竹の姿が、一夜にして命を奪われた無辜の民の魂魄の如く見えてきた。半年前、この坂を登ったとき、範長の脳裏を占めていたのは仏罰を恐れぬ平家への怒りだけだった。さりながら今、改めて般若坂に差しかかれば、しんと冷えた頭の中で、激しい悔恨と疑念が渦を巻く。

寺はすでに再建を始めている。だが我が身より他になにも持たぬ人々は、容赦なく奪われたそれぞれの暮らしをどうやって取り戻せばいいのだ。

鼻先に漂う異臭は、坂を登るにつれますます強くなる。その亡骸を弔う者すら失せたこの地は、いったいいつかつての賑わいを取り戻すのか。伽藍を建て、御仏を造っても、それを信じる人がいなければ意味はなかろうに。

放埒に茂った夏草が、剝き出しの脛をちりちりと引っかく。滝のように流れる汗を手の甲で拭い、大きく口を開けて息をつく。範長の記憶に間違いがなければ、あと一町あまりで国境だ。

坂の果てに揺れる白い被衣を恨めし気に仰いだとき、その姿が不意に闇の中にかき消えた。なよ竹が突然、被衣を脱いで丸め、小脇の荷とともに抱え込んだのだ。

夜半に差しかかり、いっそう冴え始めた星明かりが、その足元に薄い影を曳いている。夜目にも艶やかな髪を揺らし、なよ竹は四囲を見回した。あわてて藪陰に這い込んだ範長には気付かぬまま、ぴいと高く、指笛を吹いた。

瞬きほどの間を置いて、なよ竹に応じるようにどこか遠くで口笛が鳴る。坂上の藪ががさりと騒ぎ、なよ竹より二回りほど小さい影が二つ、三つ、犬の仔の如き身軽さで飛び出してきた。

「なよ竹だ、なよ竹が来たよ」

「誰か、公子さまにお知らせしてよ」

口々に上がる甲高い声が、それが年端も行かぬ子供と物語っている。

なよ竹の訪れを、よほど待ちわびていたのだろう。左右から手を引いて歩き出そうとする彼らを、「おいこら、待て」となよ竹がついぞ寺内では聞かぬ物言いで制した。

「そんなに急いじゃ、荷を落としちまうだろう。それ、今日の土産は蜜がけの粔籹だ。数は充分にあるから、喧嘩をするんじゃねえぞ」

わあい、と歓声が弾け、子供たちが我がちにと走り出す。

月光に照らしだされたその手足は、地獄の餓鬼もかくやと思われるほど細い。一様に、膝切りに蓬髪を藁しべで結わえただけの姿は、いかに盛夏とはいえ、まともな親を持つ子とは思い難かった。

もともと般若坂は奈良坂に比べて、人の往還が少ない。加えて、半年前の焼き討ちで人気の絶えたこの地に、劫火で親兄弟を失った子供たちがおのずと寄り集まったのだろう。そしてなよ竹はどういうわけかその子らと顔見知りになり、寺を抜け出しては食い物を運んでいるのに違いない。

興福寺では明朝、奈良仏師を始め、院派・円派の仏師が金堂跡に集められ、諸堂の造像をどのように分担するかとの協議が行なわれる。つまりなよ竹が盗み出した粔籹は、仏師たちに振る舞うために禅定院の大盤所で拵えられたものというわけだ。

米や麦を炒り、甘葛をかけた粔籹は口あたりがよく、ことに女子供に喜ばれる。もしかしたらなよ竹が夜更けを待たずに寺を抜け出したのは、童たちの腹を少しでも早く満たしてやりたいと考えてかもしれない。範長は藪にもぐり込んだまま、頭を抱えた。

なよ竹が己の務めを忘れて出歩いているだけであれば、強く叱り付けてそれを止めさせ、信円にはありのままを打ち明ければよいと思っていた。しかしその通う先が、焼き討ちで親や家を失った浮浪児の許となれば、話は別だ。

かつての興福寺であれば、みなしごの数人ぐらい引き取る余裕があった。だが作事だけで手いっぱいの昨今を思えば、到底そんな資力が残っているとは思い難い。それに範長が知らないだけで、同じような孤児は今や南都のそこここにいるはず。そんな中、ここで彼らに手を差し伸べれば、興福寺には浮浪児が押し寄せ、大変な騒ぎになってしまう。

（御仏のご慈悲とは、いったい奈辺にあるのだろう――）

あの眩くも恐ろしい大火の中で、薪と化した諸像。仏身を失い、ただの熔銅と化した東大寺毘盧遮那仏。あの御仏たちは、一日も早く伽藍が備わり、新たなる御像が造られることをなによりお喜びになるのだろうか。それとも、野辺に起き臥し、その日の糧にも事欠く童を救えと仰せになるのか。

南都の復興が始まったなぞ、真っ赤な嘘だ。寺内ではなにも見えぬだけで、奈良に暮らす人々の多くは、今もなおあの師走の夜のただなかで苦しんでいる。だとすれば自分が真に手助けすべきは、堂塔の復興ではない。あの戦ゆえに罪なくして苦しむ人々を救ってこそ初めて、己の罪は雪がれるのではなかろうか。

「わあい、粔籹だあ」

「まだ温かいよ。甘いなあ」

子供らの住まいは思ったより近いのか、彼らの弾んだ声が、藪の向こうから早くも響いてくる。

なよ竹は声の方角に顔を向けたまま、にこにこと頬を緩めている。その横顔は信円に扈従している際とは別人かと疑うほど晴れやかで、範長は初めてこの稚児を愛らしいと思った。

「――なよ竹」

その名を呼びつつ、範長はわざと音を立てて藪から歩み出た。頬を強張らせて、こちらを顧みたなよ竹の双眸が大きく見開かれ、あ、という呟きが唇から洩れた。

「は、範長さま」

逃げ場を失った獣のように、なよ竹の眼差しが半歩、後じさる。範長は、「落ち着け」と軽く片手を挙げた。

「おぬしを咎めるつもりはない。ただ、寺を抜け出し、どこに行くのかと思うて、後を追ってきただけだ」

応えはない。ただ一瞬にして明るさを失った面上で、大きな双眸がきょろきょろと落ち着きなく泳いだ。

「先ほどの子供たちは、おぬしが養うているのか。悪いようには、計らわん。事によっては力を借すゆえ、正直に話せ」

このとき、藪の奥の子供たちの歓声が、不意に止んだ。かさりという足音が立ったたかと思うと、「槙太(まきた)、槙太はそこにいるの」という涼やかな声が、それになり代わって聞こえてきた。

ただでさえ見開いていた目をますます見張り、なよ竹ががばとそちらを顧みる。公子さま、という悲鳴に似た叫びがその唇を衝いた。

咄嗟(とっさ)にその眼差しの先を追い、範長は言葉を失った。およそ荒れ果てた国境には不釣り合いな下げ髪に裳袴(もばかま)姿の娘が、月光を半身に受けてそこにたたずんでいたからだ。

「そのお方はどなたなのかしら」

怯(おび)えた風もなく首を傾げた姿は、まだあどけない。おそらく、なよ竹とさして年が変わらぬだろう。形のよい額の白さが、闇の中でぼうと浮かび上がっていた。

雲間から差しこむ月影を正面から受けているせいで、木陰に立つ二人の姿は彼女からはかえってよく見えぬらしい。絶句したなよ竹と範長を交互に見比べ、公子と呼ばれた娘は、にっと唇の両端を引き上げた。

「槙太のお知り合いかしら。――そうそう。ありがとうね、槙太。甘いものなぞ久しぶりだと、皆が喜んでいたわ」

「い、いいえ。喜んでもらえたなら、何よりでございます」

声を震わせながら、なよ竹が更に後ろにさがる。そのまま脱兎(だっと)の如く踵を返そうとする彼に、範長は土を蹴(け)立てて飛びかかった。暴れる腕を素早くひねり上げ、その場になよ竹を引き倒した。

「逃げるな、なよ竹。先ほども言った通り、悪いようには計らわん。信円にも、このことは黙っていてやる」

「そ、そんな話、信じられるわけが――」

なよ竹が顔をしかめて、範長を仰ぐ。その腕を押さえたまま、範長は彼の肩をぐいと膝で押しひしいだ。

突然揉み合い始めた二人に、公子は驚いたように目を見開いている。その癖、逃げ出そうともせぬその姿は、恐れを知らぬ小鹿そっくりだと感じながら、範長は彼女には聞こえぬよう声を低めた。

「それにしてもこの女子は何者だ。なぜあのような童どもと一緒にいる」

公子の身なりは一見質素だが、突っかけている緒太は明らかに真新しい。日にほとんど当たったことがないような白い肌といい、物怖じせぬ挙措といい、すべてがこの荒廃した般若坂にはふさわしくない。ただの庶人でないことは、もはや疑うまでもなかった。

範長をきっと睨み上げ、なよ竹は唇を強く結んだ。

風が出、雲が流れたのだろう。公子を照らし付けていた月光が不意に翳り、すぐにまた、地面に明るく降り注いだ。

「公子さまあ、どこに行かれたの」

「早く来ないと、粔籹がなくなっちまうよお。ねえってばあ」

子供たちの喚きが、またも響いて来る。公子は戸惑った様子で、声の方角と睨み合う範長となよ竹を見比べた。だがすぐに長い髪を揺らして背後を顧み、「わたくしの分は気にせず、皆でお食べなさい。槙太も後から参りますからね」と、澄んだ声を張り上げた。

一瞬の沈黙の後、わあいという歓声が木霊のように戻ってくる。それに小さく微笑んでから、公子は範長に向かって、一歩、ためらいがちに歩み寄った。

「南都の御坊とお見受けいたします。いずこの御寺のお方でございましょうか」

黒目の勝った公子の眸が、月光を受けて小さく光る。なよ竹の喉がごくりと波打ったのが、範長の指先に伝わってきた。

「こちらの出自を問うのなら、まず自らが名乗るのが筋であろう」

薙刀こそ掻い込んでいないものの、腹巻に裳付衣、括り袴といった身拵えを見れば、目の前にいるのが打ち物取って戦う悪僧であることは一目瞭然のはずだ。だが公子は範長の太い声に怯えるどころか、大きな目をいっそう見開き、ああ、とうなずいた。

「大変、失礼いたしました。それは確かに仰せの通りでございます。わたくしは公子と申します。この夏の初めより、月に一度、乳母とともにこの地を訪れ、界隈の子らに施しをしております」

「施しだと」

範長は目の前の公子を、まじまじと見つめた。

この十数年、畿内では干天が続き、疫病の流行もおびただしい。それだけに都の公卿の中には、大路の真ん中で下人に粥を炊かせ、施しを行なう有徳者もいると聞くが、それはあくまで洛中に限っての話。都から離れた南都で善行を施す例など、これまで一度も聞いたことがない。ましてやそれが、このような年若な娘となればなおさらだ。

泉川東岸の加茂は、古来、貴族の遊興の地。恐らくはそこに別邸を構える公卿の子女であろうが、いずれにしてもこうして戦の跡地を訪れ、孤児の世話を焼くとは、並の娘ではない。

「公子さまあ、どこですか。本当に粔籹がなくなってしまいますよ」

このとき子供たちの歓声を圧して、女の呼び声が聞こえてきた。

範長が身を翻す暇なぞない。髪を布で包み、朱色のかけ湯巻をつけた少女が、藪をかき分けて現れた。

なよ竹を取り押さえた範長の姿に、ひっと喉を鳴らして立ちすくむ。だがそのまま逃げ出すかと思われた少女は、次の瞬間、震える指で「ああッ」と範長を指した。

「こ、この方、この方ですッ、公子さま。あたしをお助けくださったのはッ」

えっと声を上げたのは、公子だけではなかった。なよ竹も、範長すらもがあまりに意外な少女の言葉に、思わず驚きの声を筒抜かせた。

「覚えておいでではありませんか、お坊さま。あたしです。あの焼き討ちの夜、境内でお助けいただきました娘です」

その瞬間、漆黒の夜空を覆う金朱の火の粉が、範長の脳裏に明滅した。雪崩を打って逃げんとする人波の中、幼い弟の手を引いて途方に暮れていた娘の面差しが、目の前のそれと重なった。

「あの時の娘か」

と、叫んだ範長に、少女は幾度も大きく首肯した。

その頰は半年前に比べるとこそげたように痩せ、目の光は大人びた諦念を湛えている。あの焼き討ちからこの方、彼女がどれほどの苦労を重ねてきたかが、それだけで偲ばれた。

「そうでしたか。あなたさまが小萱をお救いくださったお方でしたか」

小萱と呼ばれた少女を差し招き、公子が感慨深げにうなずく。ふと思い至ったように「だとすれば、あなたさまは興福寺の――」と呟いて、はっと口元に両手を当てた。

その瞬間、膝下に踏まえていたなよ竹が、突如、範長の脛を抱え込んだ。思いきりその足を引き、たたらを踏んだ範長の身体を突き飛ばす。公子の名を叫びながら彼女に駆け寄るや、骨組みの細いその身を己の後ろに押しやり、両の手を広げて範長の前に立ちふさがった。

「公子さま、お逃げください。早くッ」

「なにを言うの、槙太。この方は小萱をお助けくださったお人なのでしょう」

公子は言いながら、なよ竹の腕を背後から摑んだ。しかしなよ竹はそんな公子の非難を封じるように、「早くッ」と顔じゅうを口にして喚いた。

今やその顔は青ざめ、歴然とした恐怖に凍り付いている。まるで悪鬼羅刹を見るかの如き表情に、範長は狼狽を覚えた。

一目で悪僧と知れるこの身に、公子が恐怖するのであれば理解できる。さりながらなぜ、範長の気性を承知しているなよ竹が、飢えた狐を前にした母鳥のような決死の形相を浮かべる。それになぜこの公子は、なよ竹を槙太と呼ぶのだ。

「槙太、その手を下ろしなさいッ」

不意に公子が、年に似合わぬ威を孕んだ口調で命じた。なよ竹の腕をかいくぐって飛び出すと、そのまま転げるように範長に走り寄った。

間近で見れば、濃い睫毛に縁どられた双眸はくっきりとして、優しげな面差しに似合わぬ意志の強さを物語っている。頭二つ分も背の高い範長をくいと仰ぎ、「槙太が大変失礼いたしました」と一言一言区切るように言った。

「小萱をお助けくださった御坊の話は、かねて聞いておりました。わたくしよりも御礼を申し上げます」

「いや……それより、槙太とはなよ竹を指すのか」

目を移せば、なよ竹は両腕をだらりと力なく垂らし、激しく肩を上下させている。それをちらりと振り返り、「そうでした。今の槙太は、なよ竹と呼ばれているのでしたね」と、公子はほろ苦く笑った。

「ついつい忘れてしまい、申し訳ありません。槙太はかつて、わたくしの両親に仕えていた家令の子です。南都焼亡の報を聞き、恐る恐る諸寺を見に参った折、たまたま東大寺の境内で巡り合ったのでございます」

寺内の噂によれば、なよ竹の父は都の公卿の家令。ではこの公子は、なよ竹の主家の娘に当たるのか。

この十数年、平家一族の興隆に伴い、宮城ではその不興を買った公卿の没落が相次いでいる。おそらく公子の親もそんな貴族の中の一人に違いない。なるほど、なよ竹が信円に隠れて般若坂に通い詰めていたのも道理だ、と範長は大きくうなずいた。

「父御のお名をうかがっても構わぬか」

「はい。わたくしの実の父は、元権中納言・藤原公光。母は讃岐と申し、わたくしを産んですぐに身罷りましたが、元は上西門院さまにお仕えしていた女房でございます」

藤原公光は歌を能くし、若くして後白河院に重用されもした公達。ただ四十歳を目前に、平清盛の義妹である後白河院の寵姫・滋子の不興を買って失脚し、そのまま失意のうちに亡くなったと聞いている。

その遺児ともなれば、父親同様、平家によって傷つけられた南都の衆を哀れみ、こうして施しを行なうのも理解できる。だが「そういうことか」と呟いた範長を瞬きもせずに見つめ、「ですが——」と公子はゆっくりと続けた。

「包み隠さず申しますと、三年前に父が没してより、わたくしは遠縁の藤原輔子さまに是非にと望まれ、今は蔵人頭・平重衡さまのもとに引き取られてございます」

　あまりに意外な話に、範長は我が耳を疑った。

「つまり今のわたくしは、平重衡が養女。名を平公子と申します」

　その表情は水のように澄み、一片の恐怖も浮かんでいない。むしろなよ竹と小萱の二人の方が、あからさまな狼狽を面上に走らせ、「公子さまッ」とその言葉を遮ろうとした。

「重衡の養女だと――」

「はい。さようでございます」

　耳の底でごおと風が渦巻き、天に向かってそびえ立つ炎の柱が眼裏を射る。地獄と化した興福寺の境内で、為すすべもなく焰に呑み込まれ、消し炭となって息絶えた男女。そして他ならぬこの般若坂で、馬の蹄に踏みにじられ、太刀で膾の如く切り刻まれて死んでいった悪僧たち。

　あのおぞましき二夜二日の間、幾度となく身内を焼いた憤怒が全身を貫き、かえって身動きが叶わない。範長はただただ大きく目を見開いた。

「清盛入道さまより追捕を命じられたとはいえ、我が養父が南都に火を放ち、天下の社寺や無数の道俗を焼き払った罪は許しがたきものでございます。ならばせめて娘として、少しなりともその罪を償わんと思い、わたくしはこの地に通っているのでございます」

　激しい怒りと惑乱が、腹の底でぐるぐると渦を巻く。他人のもののように強張った両の手を拳に変えたのが、公子に殴りかかろうとしていると映ったのだろう。

「しばし、しばしお待ちください、範長さま。どうぞ公子さまのお話をお聞きください」なよ竹が決死の形相で、二人の間に割って入る。再び公子の前に立ちふさがり、「お願いでございます」と喚いた。

「公子さまは確かに今は、平家のご一門。ですがそれもこれもすべては、父君が平家によって職を解かれればこそ。このお方は決して、南都の敵ではございませんッ」

見れば胸の前で握りしめられた公子の手は、節が白くなるほどに力が込められている。懸命に平静を装って己の出自を語ったものの、その心中は激しい恐怖に塗り込められているのだ。

「――分かった」

大きく息をつき、範長はその場に音を立てて坐りこんだ。立ちすくむ三人をぐるりと見回し、しかたがない、と吐き捨てた。

「とりあえず、話だけは聞いてやろう。そもそも何故、権中納言さまの娘が平家に引き取られることになったのだ」

範長の言葉を信じかねるように、なよ竹が唇を引き結ぶ。だが公子はそんななよ竹の肩越しに、「そもそもの始まりは、平重衡さまの奥方が生まれながら病弱の身でいらしたことでございます」とゆっくりと話し始めた。

重衡の妻・輔子は、藤原公光の又従兄妹。幾度も子を孕みながらも、流産を繰り返し、医師からもはや子は望めぬと告げられていたという。

「そんな最中に我が父が亡くなり、当時十二歳になったばかりだったわたくしは、身寄りを失いました。そうでなくとも、わたくしが生まれた年に権中納言の職を免じられ、長らく不遇をかこち続けていた父だけに、手放すべき家財も家僕と呼べる者もほとんどなく、残るは乳母の一人っきり……そこに手を差し伸べてくださったのが、輔子さまだったのでございます」

輔子は当初、公子を宮城かどこぞの女院に女房として上がらせ、その身が立つよう計らおうとしたらしい。しかしながら藤原公光がかつて平滋子の不興を買った人物である事実が災いし、公子を引き受けんとする者は都のどこにもいなかった。そこで輔子は遂に公子を養女とし、彼女の今後を助けようと決めたのであった。

「当初は重衡さまも、わたくしを迎えることに渋い顔をなさったそうでございます。ですが輔子さまの熱心さに折れ、渋々、わたくしを受け入れてくださいました」

当時、重衡と輔子は共に二十一歳。十二歳の少女を養女とするには、いささか年若に過ぎる夫婦であった。しかしながらそのときすでに輔子にとって、公子は身内にも等しい存在となっていたのであろう。一つ家に共住みを始めてからは、始終、公子を傍らに置き、その仲睦（なかむつ）まじさは実の姉妹の如く映るほどであった。

「そこに起こった、あの南都炎上……。まだ父も母も健勝であった幼い頃、幾度も共に訪れた南都が焼亡したとの噂に、わたくしは胸がつぶれるかのような哀しみを覚えました。輔子さまに後生でございますとお願いし、年が明けるとともに内々に奈良を訪（おとの）うたのです」

確かに南都焼き討ちの直後には、卑しからぬ風体の人々が輿に打ち乗り、焼け果てた境内を恐る恐る眺めていた。あの時はその物見高さに怒りすら覚えたが、ではあの輿のいずれかにこの娘も乗っていたわけか。

「なよ竹は――あ、いえ、わたくしはたまたま信円さまのお使いで東大寺に出かけた折、輿に従っていた乳母さまを見かけ、もしやそこにおいでなのは公子さまではとお声をおかけしたのです」

なよ竹がもはや諦めきった様子で口を挟む。化粧が落ち、髪も乱れたその横顔は、年相当の少年にしか見えなかった。

公光邸の家従であったなよ竹の親が主から暇を出されたのは、公光の死の五年前。長きに亘る凋落の日々に、邸内の者に給金すら払えぬ日々が続き、泣く泣く公子の乳母以外の従僕と女房たちに屋敷を去らせたのであった。しかしそれから間もなく、なよ竹の父は主の不遇を哀しみながら病没し、槙太と呼ばれていたなよ竹は残された母や妹を食わせるため、自ら人買いに身を委ねたのであった。

「なよ竹の案内で興福寺に東大寺、更には近隣の寺々まで見て回り、わたくしはその有様に衝撃を受けました。かつて南都に足しげく通った実の父母がこの有様を見たならば、どれだけ哀しむだろうとも考えました」

すでに朝廷は南都復興に手を差し伸べ、間もなく作事が始まるとの風評もしきりである。さりながら仮に寺の作事が始まっても、沿道の家々はどうなるのだろう。着の身着のままで焼け出され、茫然と焼け跡にたたずむ人々は。

ふと見れば、裸足で両手に火ぶくれを拵えた少女が、干上がった猿沢池にうつろな目を落としている。その瞬間、言いようのない悲しみが胸にこみ上げてきた、と公子は語った。

「もし輔子さまがお助けくださらなければ、わたくしも家屋敷を失い、流浪の身となっていたかもしれません。そう思うと、火傷だらけのその子が他人とは映らず、わたくしはその場に輿を止めさせたのです」

「その娘が、小萱か」

範長の問いに、傍らの小萱がこくりとうなずいた。

「小萱はあなたさまに命を救われて以来ずっと、生き別れた弟を捜し続けていたそうです。ですがどれだけ歩き回ってもその行方は知れず、途方に暮れて、池端に立ちつくしていたとやら」

その日は輿に乗せて加茂の別邸まで連れ帰り、湯を使わせ、食い物を与えた。しかし如何に公子が輔子に可愛がられているとはいえ、素性も知れぬ娘を勝手に雇い入れはできない。

翌日、公子は再び、南都を訪れると、乳母を使ってなよ竹を呼び出し、小萱の処遇を相談した。その結果、なよ竹が提案したのが、人々の去った般若坂に小萱を住まわせて養うとの策だった。

「一年もすれば門前郷の店々はほぼ元に戻り、小萱が奉公するはずだった酒屋も商いを再開するでしょう。当初はそれまでの間、小萱だけを食わせればよいと考えたのでございます」

ただ、となよ竹が傍らから、公子の言葉を引き取った。

「お養父(ちち)ぎみ、養母(はは)ぎみの手前、公子さまとてそうそう頻繁に南都を訪れられはいたしません。そこでわたくしが小萱の食い扶持(ぶち)を預り、月に数度、般若坂に様子を見に来ることで話はまとまりました」

だがそんな二人の腹積もりとは裏腹に、なよ竹がいざ禅定院から般若坂に通い始めれば、辻々には痩せ衰えた孤児が幾人も坐り、道行く者を恨めしげに眺めている。

空(す)きっ腹を抱えてか細く泣く赤子、弟を膝に坐らせて己の指をしゃぶらせる女児……。そのあまりの哀れさに、小萱とも計らった末、特に哀れな四人の孤児を引き取り、般若坂で共に養うことに決めた、となよ竹は語った。

三月後、般若坂を訪れた公子は、当然、小萱だけだと思っていた養い子が計五人にも膨れ上がっていたことに仰天した。とはいえすぐに一人も五人も同じだと腹をくくり、こうしてしばしば国境を訪れるようになったのだ、と言葉を添える公子の表情はまっすぐで、不安の欠片(かけら)すらない。そのあまりの純粋さに、範長はほとほと呆れ返った。

あれほどの偉容を誇った興福寺・東大寺ですら灰燼に帰するこのご時世、確かなものなぞ何ひとつない。それにもかかわらず子供たちを廃屋で養い、面倒を見ようと考えるとは、まったく無謀にもほどがある。

だが少なくともこの娘は、南都の苦しむ人々に目を向け、拙(つたな)いなりに彼らを救おうと奮闘している。それはもしや、興福寺のみの復興しか念頭になかった自分や信円よりも、はるかに御仏の御願に叶った行為ではあるまいか。

「あの、御坊――」

微かな声にはっと我に返れば、公子が先ほどよりも更に顔を青澄ませて、こちらを仰いでいる。その小さな顔が、灰燼に帰した諸仏の穏やかな面容と不思議に重なった。

「とはいえどのように言い訳をしましても、今のわたくしが平家の一員である事実に変わりはございません。御坊がわたくしを憎いとお思いであれば、どうぞ打つなり蹴るなりお好きになさってください。それだけの非道を重衡さまがなさったことは、わたくし、よくよく承知してございます」

憎悪を受けても構わぬと言いながらも、殴打程度の呵責(かしゃく)しか考えておらぬとは、いかにも姫育ちの小娘らしい甘さである。青臭さを留めているとはいえ、すでにいっぱしの娘。女ならではの辱めを受けるやもしれぬであろうに、そんなことは微塵も考えていないと見える。

平家は憎い。興福寺の悪僧の中にはおそらく、焼き討ちの怨みを少しでも晴らせるのであれば、どんな真似でもしようという者もいるだろう。

とはいえこの娘に手を上げたとて、それで劫火の薪と化した者が甦るわけではない。そう、憎しみに憎しみを以って報いたとて、得るべきものは何一つありはしないのだ。

（それに――）

あのおぞましい大火を南都に呼び込んだのは、他ならぬ我が身。しかもこの娘は自分や信円が目もくれなかった衆庶の苦しみに思いを馳せ、幼き子らを救おうとしている。かような菩薩の如き娘を、怨みゆえに傷つけてなるものか。

まだ何か続けようとする公子を、範長は「愚かを仰いますな」と静かに遮った。

「公子どのの行ないは、本来であれば我ら南都の大衆が成さねばならぬ慈悲業。伽藍の再興にばかり気が逸り、そこまで思い至らなかった我らの代わりに孤児に手を差し伸べてくれるおぬしに、手を上げることなぞ出来ようか」

その途端、それまで強張っていたなよ竹の肩から、ふっと力が抜けた。公子が平重衡の懸人と知り、範長がどれだけの狼藉を働くかと恐れていたのだろう。糸が切れたように一、二歩よろめくや、「あ――ああ、よかった」と言いざま、その場に尻餅をついた。

そんななよ竹を見下ろし、「だがな」と範長は声を低めた。

「寺の厨から食い物を持ち出すことだけは、感心せんぞ。実を言えばおぬしの夜歩きに、信円や禅定院の者たちが勘づいておる。子らに余計な罪を着せぬためにも、かような真似はやめろ」

「なんでございますと。別当さまが」

なよ竹が弾かれたように、範長を仰ぎ見る。それと同時に公子と小萱が、まあ、と高い声を上げた。

しまった、と思ったがもう遅い。形のよい眉をきりりと吊り上げ、公子がなよ竹に詰め寄った。

「そなた、寺から運んで来る食べ物は、すべてお仕えしている御坊からの下されものと言っていたではないですか。それがまあ、厨から盗み取ったものとは」

「まあまあ、公子どの。それぐらいにしてやってくれ。なよ竹も腹では悪いと思いつつも、幼な子に少しでもうまいものを食わせてやりたかったのだろう」

あわてて公子を制し、範長は「いいか、なよ竹、よく聞け」と頬を強張らせた稚児に正面から向き直った。

「おぬしが孤児のために心を砕いているのは、よく分かった。されどおぬしは仮にも信円の側仕え。これ以上、勝手な外歩きを続けていては、いずれ厳しい咎めを受けることになろう」

「ですが」

なよ竹が目を尖らせる。それを軽く片手を挙げて制し、「いや、分かっておる」と範長は首肯した。

「苦しむ者や弱き者を救うは、御仏の本願。おぬしが知らぬ顔を出来なかったのも道理だ。そこでどうだ。明日よりこの般若坂の子らの面倒は、この範長が見させてもらおうではないか。幸い、おぬしに比べれば、一介の悪僧に過ぎぬわたしは、気ままが利くからな」

なよ竹と公子、小萱が驚いた面持ちで目を見交わす。その戸惑いの表情を眺めながら、範長は胸の中で「欺瞞だ」と呟いた。

分かっている。自分は公子たちの善行に手を貸すことで、南都に大火を呼び込んだ罪を——寺の復興のみに目を奪われ、家や血縁を奪われた人々の苦しみを忘れていた咎を償おうとしているのだ。

自らの意志で、苦しむ子らに手を差し伸べた公子やなよ竹に比べれば、その務めを取って代わろうとする自分はあまりに狡い。だがなよ竹がこのまま般若坂通いを続ければ、いずれ信円たちはその行く手を突き止めるだろう。そうなれば厨からの盗みまでが露見し、なよ竹は寺を追われるかもしれない。

（それに——）

範長は横目で公子をうかがった。いかにその志が尊かろうとも、公子は結局のところ、平家の人間。なよ竹の行き先から、般若坂の子供の存在が知れ、そこから公子の存在までが興福寺の衆に気取られれば、どうなることか。あの法難の報いを受けよとばかり、興福寺衆が内々に二人を捕らえ、無惨な責めを科すおそれとて充分にあるのだ。

なよ竹はしばらくの間、範長の内奥を見透かそうとするかのように、白目を光らせていた。だがすぐに大きく一つ息をつき、「承知いたしました」と苦しげに言った。

「信円さまに知られては、どんな騒ぎになるか知れませぬ。ここは範長さまに従いましょう」

「そうか。そうしてくれるか」

範長は、ほっと安堵の息をついた。

「では、そう決まれば、御坊を子供たちにお引き合わせいたしましょう。明日、ここを訪ねてくださった途端、このお方は誰と泣き喚かれては大変でございますから」

公子が小萱をうながして、踵を返す。なよ竹がそんな二人を守るかの如く、あわてて先に立った。

闇の中に煙る水干の淡い色は、範長の後ろめたさを照らす御仏の白毫の光に似て明るかった。


薮をかき分け、半町ほど歩いた先に建つ廃屋に赴けば、膝切り姿の童が三人、車座になり、争うように粔籹を頬張っていた。

いずれも戸の脇に生えた痩せた梅木の枝そっくりにやつれ、目だけを炯々と光らせている。魁偉な範長の姿にそろって警戒の表情を浮かべ、かたわらで赤子を抱く四十がらみの女にすがりついた。

「阿波と申します」

深々と辞儀をした肉づきのいい女は、どうやら公子の乳母らしい。なよ竹がことの次第を手短に説くのに、丸い顔をにっこりとほころばせた。

「それはなんと、ありがたいこと。いくら槙太が通ってきてくれるとはいえ、小萱一人でこの子らの世話は大変だろうと、案じておったのでございますよ」

「ほうら、みな。御坊にご挨拶をなさい。前にも話したでしょう。あたしをあの焼き討ちから助けてくださった、ありがたいお方よ」

粔籹の欠片を口のぐるりにこびりつかせた子供たちを、小萱がうながす。まだ怯えを顔に走らせつつも、上目遣いにこちらをうかがう彼らに、範長は懸命に作り笑いをした。

なにせ寺内には稚児こそいたが、これほど幼い子供たちに接する折はほとんどない。ぎこちない範長の態度に公子がくすりと笑って、阿波が膝に抱いていた乳児を抱き上げた。

「この子は小虫、そこにいる綾女の弟です。残りの二人は、男の子が惟丸、女の子が双葉。共に五つと聞いていますが、双子というわけではありません」

綾女と呼ばれたもっとも大柄な女児が、範長を仰いで、ぴょこりと頭を下げた。他の二人より一、二歳年上と覚しきその動きに、惟丸と双葉が倣う。

「いい子たちでしょう」

と公子は我がことのように破顔した。

たった一度だけ見かけた小萱の弟の姿は、子供たちの中にない。つまり杜麻呂とかいったあの男児は、やはり興福寺を襲った焔の中に消えたままなのか。

「範長さま。水がめはここ、米はあそこでございます」

土間でごそごそ働いていたなよ竹が、わざわざ水がめを隅から引きずり出して、説明をする。ああ、とうなずきながら見回せば、師走の戦の際に、火をかけられたのだろう。建物は棟の半ばまでが焼け、庭に面した庇（ひさし）も崩れ落ちている。

　実際に寝起きに用いているのは、火難を逃れた二間のみと見え、壁際には寝藁が積み上げられている。近隣の家々から盗み取ってきたのか、竈（かまど）にはひびの入った鍋釜（なべかま）まで据えられていた。

「普段の生活は、あたしたちでどうにかやって行けます。食い物も、それ、ここに」

小萱が大事そうに縁の下から引きだした壺（つぼ）には、麦まじりの米が口元近くまで詰め込まれている。公子が与えた金銭で買い求めているのか、その他にも塩や醤（ひしお）の小壺まで蓄えられているらしい。

　これほどの食糧を備えながらも、子供たちに食い足りた気配がないのは、公子からの支援やなよ竹の訪れがいつ絶えるか分からぬと、小萱が不安を抱いているからだろう。小さな両手で粔籹をすくい取る必死さに、範長の胸は痛んだ。

「よし。ではその米壺は、万一の時のために手をつけずに取っておけ。明日の晩、とりあえず二、三斗、米を買ってきてやる。さすがに毎日とはいかんだろうが、四、五日に一度は様子を見に来るゆえ、明日からは心配せずに腹いっぱい食うがいい」

　それに家だ。いくら人気の絶えた般若坂とはいえ、壁が落ち、焼けた床から地面が見える有様は、あまりに不用心に過ぎる。近隣の廃屋から板を引っ剥がして修繕をしてやろうと告げるや、公子が「まあ」と感に堪えぬ面持ちで声を漏らした。小萱の手を握り締め、「よかったですね」と大きな目にうっすら涙を浮かべた。

「なにせ子供ばかりの廃屋暮らし……。槙太が様子を見に来てくれるとはいえ、物盗りに押し込まれでもしたらどうしようかと案じていたのです」

範長のような男が頻繁に出入りしていれば、仮に盗賊がここに目をつけても、押し入りを諦めるだろう、と公子は嬉しげに語った。

「わたくし自身は、二月か三月に一度ほどしか、ここを訪れられません。代わって、阿波を遣わすときもありますが、それもせいぜい月に一度……。何卒(なにとぞ)、この子たちを、よろしくお願いいたします」

公子はそう言って深々と頭を下げた。だが二、三ヵ月に一度と言っても、ここは都から何十里も隔たった大和国。仮にも従三位左中将の養女が、そんなに頻繁に自邸を離れて平気なのか。

物言いたげな範長の眼差しに気付いたのか、公子は哀しげな笑みを唇に浮かべた。

「重衡さまは昨今、東国の蜂起を鎮めるべく都を離れておいでですし、輔子さまは典侍(てんじ)として帝のお側に侍っておられます。たまにであれば、わたくしが家を抜け出しても気付かれはいたしません」

平家の権勢が磐石(ばんじゃく)であった頃は、三人で団居(まどい)の時を持つ折も頻繁だったのだろう。だが反平家の挙兵は今や諸国に飛び火し、平家の主立った公達は転戦を重ねていると仄聞(そくぶん)

する。

重衡を悩ませる敵の中には、南都焼亡の恨みを抱いて諸国に散った悪僧も多数含まれているはずだ。一つの火種が、いまだ終わることなき苦しみの連鎖を生んでいるようで、範長は返答に窮した。

腹が空いたのか、公子の腕に抱かれていた小虫がこの時、身体を弓なりに反らして泣き始めた。

「おお、よしよし。小虫はまだ粔籹が食べられませぬものねえ」

「どれ、姫さま。粥を炊きましょう」

阿波が小虫を抱き取り、慣れた手つきであやしながら、土間へと下りる。水を汲むつもりか、なよ竹が桶を摑み、勝手知ったる様子で外へ駆け出した。

いつの時も、戦の犠牲になるのは貧しき者だ。各地で繰り広げられる戦いの中でも、力なき百姓は田畑を焼かれ、塗炭の苦しみを味わっている。そんな数えきれぬほどの苦衷に比べれば、たった五人の子供の養育なぞ、あまりに些細な善行だろう。しかし南都の誰もが手を差し伸べなかった彼らに、公子だけは目を留めた。ならばその志を、自分は何としても守らねばならぬ。

風が出て来たのだろう。夏とは思えぬほど冷たい風が崩れた壁から吹きこみ、襟元を撫で上げる。小虫が急に泣き止んだかと思うと、くしゅんと小さなくしゃみをして、すぐに再びか細い声を上げ始めた。

第三章

朦々たる黒煙が、一列に並んだ瓦窯から噴き上がっている。暦はとっくの昔に冬を迎えたはずだが、辺りには汗が噴き出るほどの熱気が垂れ込め、むしろ北風の冷たさが恋しくてならない。

これでは眉毛までが焼けてしまいそうだと思いながら、範長はたくし上げた法衣の袖で額の汗を拭った。

「もっと薪をくべろ。ぐずぐずするなッ。この程度の火の勢いじゃ、丈夫な瓦にならねえぞッ」

瓦工の怒声におおッと応じた雑人が、窯脇に積み上げられた薪を一斉に火中に放り込む。範長もまた、彼らを手伝って薪を小脇に抱え込み、いがらっぽい煙に目をしばたたいた。

「おおい。誰か、手が空いている奴はおらんか。食堂の縄張りを行なうのに、工人だけでは手が足りぬそうだ」

煙をかき分けるようにしてやってきた悪僧が、げほげほと咳き込みながら四囲を見回す。「無理だ、無理だ」とそれに手を振り、範長は顔をしかめた。

「瓦場は見ての通り、到底、手が離せん。人手が要るなら、講堂の作事場に行ってみろ。あそこはここのところ、ほとんど作事が中断しっぱなしで、工人も手持ち無沙汰と聞くぞ」

「確かになあ。まったく、こんなに何か所も同時に作事を行うより、一宇ずつ順に完成させていった方がよかろうに」

悪僧がまた激しく咳き込んで、踵を返す。薪を手当たり次第、窯に突っ込みながら、

「まったくだ」と範長はその背中に向かってうなずいた。

興福寺の作事が本格化して、すでに半年。鐘楼や経蔵、僧房に諸門といった小規模な建物は、すでに完成の目処がついている。しかし真っ先に着工したはずの食堂・講堂は上棟を終えた時点で作事が中断し、集められた工人は自らに割り当てられた仕事を途中にしたまま、他の作事場を手伝ったり、堂内仏具を拵えたりして日を過ごしているのであった。

作事中断の最大の理由は、大伽藍に用いるに足る木材が、なかなか集められぬため。なにせ東大寺・興福寺の作事に加え、五年前に焼失した大内裏の再興がようやく始まったせいで、畿内諸国はいま未曾有の良材不足に陥っている。信円がほうぼうの領国に触れを出し、深山から巨木を切り出させているが、なにせ木材は伐採後、数年がかりで乾燥させる必要があり、すぐに使うことができない。

間口二十九丈（約八十八メートル）もの大仏殿を再建せねばならぬ東大寺は、長年の興福寺との交誼をかなぐり捨てて、畿内の主立った山々に勧進衆を派遣し、杣工（木材の伐採・管理を行なう工人）から直の材木買い付けを行なっている。天下総国分寺の威信を笠に着たそのやり口には、大内裏の建造に当たる木工寮からも苦情が出ているとの噂であった。

瓦は焼かせればよいし、釘は打たせればよい。しかし肝心要の木材が足りなくては、どうにもならない。

加えて、この数年来の飢饉のせいで藤原氏一門に呼びかけた勧進も思うように進まず、興福寺作事はどこも中途半端なまま新たな年を迎えようとしていた。

それにしても寺の中心伽藍である講堂の完成がまだ先となれば、悪僧たちのより処でもある東西両金堂の作事はいつ始まることか。金堂が完成せねば、当然、堂衆の暮らす小子房も出来上がる道理がなく、この分ではあと一、二年は仮小屋暮らしをせねばならぬのかもしれない。

立て続けに薪をくべたおかげで、窯から吹き出す煙は更に激しさを増している。しゃがみっ放しだった腰をううんと伸ばして空を仰げば、空には鉛色の雲が垂れ込め、吹く風にも淡い土の臭いが含まれている。

この分では、明日は雨。ここ数日、瓦工の手伝いが忙しく、寺から出かける暇がほとんどなかったが、今夜は般若坂に出かけても大丈夫そうだ。

（米はまだあるはず。菜も前回、豆を持って行ったから十分だろう）

胸の中で算段する間にも、最近言葉らしいものを発するようになった小虫のむずかり声や、惟丸と双葉の舌ったらずな口調が思い出され、範長はわずかに口元をほころばせた。

あの日、般若坂で見聞きした一切を、範長は信円に告げなかった。そうでなくとも興福寺再興を第一に考える信円は、貧しい孤児の去就なぞ歯牙にもかけぬだろう。ましてやそこに平家の懸人である公子が関与しているとなれば、かえっていらぬ騒動を呼ぶだけだ。

「信円には、なよ竹はただ気まぐれに夜歩きをしていただけだと話しておこう。ただ、いきなり夜歩きを止めては、かえって不審を招く。おぬし、今後あと二、三度は、禅定院を抜け出し、ふらふらとそこここを歩き回ってから帰ってこい」

なよ竹にそう言い含めたのがよかったのか、数日後、禅定院に顔を出した範長の説明に信円は皆目疑いを示さず、ただやつれた顔で安堵の吐息をつくばかりであった。

思えばまだ三十歳にも満たぬ若さで、あれほどの法難の尻拭いをさせられている信円も、哀れな男である。しかも朝堂や藤原摂関家は南都の窮状のほんの一端しか顧みぬ上、作事は思うように進まない。それに加え、諸堂の造仏を行なうために集められた仏師たちは、それぞれの担当を巡っていざこざを繰り返し、中には檀越たる藤原氏に相次いで直訴を行う者すらいるだけに、あれからまだ半年余りしか経っていないにもかかわらず、信円はもちろん禅定院の学侶たちも、もはやなよ竹の夜歩きの件なぞ忘れ果てた様子であった。

境内北門の内側に据えられた瓦窯は、計八基。今後、建てられるすべての堂宇の瓦を拵える窯だけに、傍らには仕上がった瓦を納める急ごしらえの蔵まで作られている。

今朝方、火を入れた窯は、丸一昼夜、薪をくべ続け、明日の夕方近くになってようやく瓦が焼き上がる。今夜は窯守りをすると悪僧仲間に告げておけば、姿が見えずとも誰にも怪しまれまい。

しかしながら範長がそう一人決めしたとき、「おおい、乙法師。いるか」という声がして、今度は玄実が煙に顔をしかめながら瓦窯に近づいてきた。

「まったく、いつ来てもここは暑いのう。わしのような年寄りは、火の番だけで干からびてしまいそうじゃ」

袖でばたばたと顔を扇ぎ、玄実は「ここで働いている悪僧は、おぬしだけか」と四方を見回した。

「はい。さようでございます」

「ふうむ、そうか。いやな、実は仏師の成朝どのより、東西両金堂の堂衆にお召しがあってな。今夕、金堂の前庭に集まってほしいとのお声がかりじゃ。もし悪僧仲間を見かけたら、おぬしからもさよう伝えてくれ」

「成朝どのでございますと。いったい我らに何の用なのでございます」

首をひねった範長に、おお、と玄実はうなずいた。

「それ、先日来、諸堂の造仏を誰が手がけるか、仏師衆が揉めておったじゃろう。成朝どのは我らにその助けになってほしいのじゃよ」

奈良仏師・成朝は、康慶の師である康朝の一人息子。血統から言えば、名仏師・定朝の血を引く男ではあるが、康慶より十五歳も年下であるためか、いまだ僧位僧官を有さず、弟子筋たる康慶の後塵を拝している。

当の本人も、その事実が腹立たしくてならぬのだろう。四ヵ月前、金堂・講堂・食堂・南円堂の四宇に安置する諸像造立の仏師を信円が選定した際、成朝はそこに自分の名がないと異を唱えた末、円派仏師の明円と手を携えて、檀越である摂関家に直訴すらしていた。

「確かその結果、成朝どのは食堂の造像のお役目を獲得したのでしょう。それなのに、まだ足りぬと仰っているわけですか」

当初、信円が主たる堂宇の造像を任せようとした院尊は、僧綱の最高位・法印の位を持つ院派仏師。摂関家との交わりも深く、その手になる諸仏は定朝の作にも劣らぬと評判であった。そんなところに直訴を行ない、結局、金堂は法眼明円、講堂は法印院尊、南円堂は法橋康慶、そして食堂は成朝に任せると変更させただけではあきたらず、いまだ作事の目処も立っていない東西両金堂の造像の任まで占有しようとは。およそ仏師とは思いがたい欲深に、範長はほとほと呆れ返った。

「まあまあ、そうむくつけな事を申すな。仏師衆からすれば、こたびの御寺再興は生涯に二度と出合えぬやもしれぬ大造仏。どれだけ多くの御像を諸堂に安置できるかで、この先の官位も変わってこよう。俗人の如く根回しを行ない、目の色を変えて奔走する御仁がいても当然じゃ」

実際、堂衆からすれば、南都に縁の薄い院派・円派の仏師の作より、奈良仏師の手になる御像の方がなじみ深いのも事実。それだけに食堂の仕事を獲得した成朝は、今度は堂衆たちの賛同を取り付け、やがて始まる東西両金堂の造仏への布石としたいのに違いない。

「それにな。今夜出て来られるのは、成朝どのだけではない。同じ奈良仏師の康慶どのもお越しじゃと。つまり両金堂の造像は、奈良仏師が総出で当たるというわけじゃなあ」

いずれにしても、夕刻から悪僧が集まっての談合が開かれるとなれば、今夜、寺を抜け出すのは困難だ。落胆を押し殺し、範長は「承知いたしました」と応じた。

「では、ここの仕事が一区切りつき次第、うかがいましょう」

「おお、そうしてくれるか。ありがたい」

満足げに笑って玄実は引き上げて行ったが、いざ日が落ちるのを待って出向いた金堂の前庭では、どういうわけか悪僧たちが物見高げに人垣を拵えている。その頭越しに口汚い罵声が響いてくるところからして、喧嘩が起きているようだ。

「おい、どうした」

範長が顔見知りの堂衆の肩を叩いたとき、「ふざけるな、この野郎。親父どのの名を勝手に使いやがって」という、聞き覚えのある声が人垣の向こうで轟いた。

「若造めが。口を慎め。わしが我が身を賭して訴えなんだら、康慶とて南円堂の務めを仰せ付けられなかったのだぞ。奈良仏師の面目を保つことができたのは、いったい誰のおかげと思うておるのだ」

「馬鹿野郎。うちの親父どのはな。人と争ってまで仕事を得たいとなんざ、考えちゃいねえんだよ。薄汚い企みもいい加減にしやがれ」

範長はとっさに、野次馬のただなかに飛び込んだ。「すまん、退いてくれ」と喚きながら仲間をかき分ければ、水干の袖を肩までまくり上げた運慶が、三十過ぎの小男と人の輪の中心で睨み合っていた。

固唾を呑む四囲には目もくれず、「だいたいな」と運慶は成朝と覚しき男に向かって吐き捨てた。

「学侶がたがわざわざ、都の仏師にお役を仰せ付けんとなさった理由を考えやがれ。頼助さま以来の御寺仏師の本流であるてめえが、あまりに不甲斐ないからに決まってるだろうが。それをまあ、うちの親父どのの名まで使って文句をつけ、お情けの仕事をねだり取りやがって。へん、なにが奈良仏師の面目だ」

立て板に水の運慶の雑言に、成朝の顔が真っ赤に染まる。「お、おのれ――」と呻き、太い眉を吊り上げた。

「誰に口を利いているのか、分かっているのか。わしはおぬしの父の師匠、康朝のたった一人の息子だぞ」

「ふん、つまらねえ口を叩きやがる。仏師は腕がすべてだろう。いつ建つかも知れねえ御堂の造像御役の根回しなんぞしている暇があったら、木取りの稽古でもしやがれ」

運慶はわざとらしく、仏所の方角に顎をしゃくった。その折、人垣の中に範長の姿を認めたのか、ぎょろりとした眼を一瞬大きく見張ったが、すぐに何事もなかったかのように「いずれにせよ」と声を張り上げた。

「同じ奈良仏師とはいえ、うちの親父どのはまだいつ始まるかも知れねえ造仏になぞ興味はねえ。てめえが堂衆がたに何を頼み込もうが勝手だが、親父どのの名を出すのだけは許さねえぞ」

どうやら成朝は、両金堂の御役獲得の企みに、無断で康慶の名を用いていたらしい。運慶はそれに勘付き、談合の場に乗り込んできたのだろうが、まだ年若の仏師の身で奈良仏師の嫡流たる成朝に嚙み付く胆力に、範長は啞然とした。

成朝はわなわなと身体を震わせて、運慶を睨みつけている。運慶はそれにはお構いなしに鼻を鳴らし、不意に人垣に飛び込んだ。微かなざわめきとともに、堂衆たちがぱっと道を譲る。そのただなかを平然と走り抜け、そのまま境内の仏所へと引き上げて行った。

「やれやれ、まだ両金堂造立の目処もついておらぬのにと思えば、そういう次第だったのか」

「まったく気の早い話だよなあ。まあ、それだけ院派や円派の仏師が恐ろしゅうてならんのじゃろ」

堂衆のうちの幾人かが、あからさまに吐き捨てて踵を返す。「ま、待ってくれ。話を聞いてくれ」という成朝の声が、ざわめく堂衆の頭越しに聞こえた。

「済まぬのう、乙法師。わしもこんな有様とは、知らなんだわい」

人垣をかき分けて近づいてきた玄実が、必死に悪僧を呼び止める成朝を顎で指す。いえ、と小さく頭を振ってから、「しかたありません。あの仏師も懸命なのでしょう」と範長は小声でつけ加えた。

「確かに、それもそうじゃ。諸国ではいま、大小の戦が相次いでいるが、御仏を造るあ奴らにとっても、当節は戦の真っただなかなのかもしれぬのう」

ところでな、と玄実は声をひそめた。周りをうかがうように眼を配ってから、範長を人気のない境内の隅に導いた。

「つい今しがた、そこで新薬師寺の悪僧と一緒になったのじゃがな。半月前、近江国高島郡の荘園に出かけた雑人が、街道で永覚坊らしき男を見かけたそうじゃぞ」

「なんですと」

焔と血によって真っ赤に染め上げられた般若坂の光景が、脳裏に目まぐるしく明滅する。

あの夜、国境で亡くなった南都の悪僧・雑人は、二百名とも三百名とも言われている。一帯に放たれた焰のせいで面相すら分からなくなったその骸は、後日、辛うじて生き残った般若寺の僧たちが境内に大穴を掘り、まとめて埋葬したと聞いていた。当然、永覚もまた寄せ手によって討ち取られ、仲間ともども冷たい土の下に埋められたとばかり思っていただけに、範長は信じられぬ思いで玄実に詰め寄った。

「まことに永覚だったのですか。どうやってあ奴は、般若坂の戦を生き延びたのでございます」

勢い込む範長に「いや、間違いなくあ奴かどうかは定かではないぞ」と玄実はあわてて言葉を補った。

「ただ、ここのところ、北陸道がきな臭いのは、おぬしも知っておろう」

「はい。噂には聞いております。なんでも信濃・越後に拠点を置く源義仲さまとやらが平家と小競り合いを続けているせいで、越前や加賀近辺にも反平家勢が増えつつあるとか」

源義仲は元は、河内源氏。一族の闘争の中で父を失うも、郎党の助けを受け、木曾に地盤を築いたもののふである。

昨年、以仁王の令旨を受けて挙兵した義仲は、今年六月、平家の末族である越後国・城氏を打ち破ったのを皮切りに、北陸道へと進軍。九月には京より義仲追討のために派兵された平家の軍勢に大勝していた。

　無論、平家も意気軒昂な義仲軍を危険視し、平経正・通盛に率いられた大軍を再び北陸に派遣。しかしながら折しも越前・加賀諸国で、在地豪族による反平家運動が高まっていることもあり、その勢力は明らかな劣勢に陥っていた。

「その男は目深に笠をかぶり、雑人が声をかける暇もない早足で、街道を北へ北へと向かっておったそうじゃ。横顔があまりに永覚坊に似ておったとの話じゃが、昨今の北陸の様を思うと、なるほどあ奴であったのやもしれぬな」

　つまり般若坂の戦を生き延びた永覚は、北陸道の戦に身を投じているのだろうか。もしかしたら街道を急いでいたのは、都を偵察に行った帰路とも考えられる。

「何はともあれ、敵の勢いに陰りが出て来たのはありがたいことじゃ。あの憎き重衡めも、追捕に出ていた信濃国で負け戦が重なり、軍を都に引き上げたそうな」

　平家に反旗を翻す者は北陸のみに留まらず、坂東では昨夏挙兵した源頼朝が、すでに駿河以東を征圧。肥後や豊後、美濃・尾張の諸国でも、頼朝の動きに呼応する者は多く、戦火は各地で絶えることなく燻り続けていた。

「どうせであれば、重衡めが北陸道に討って出てくれればのう。もしかすると永覚坊がその首を挙げ、南都の衆の仇を取る僥倖もあるやもしれぬのに」

　自分の言葉が気に入ったのか、「うむ、まことにそうじゃ。そうなればのう」と繰り返しながら、玄実が寝小屋に戻って行く。範長はそれを見送って踵を返し、まだ堂衆で混雑する境内を斜めに横切った。

「おや、範長坊。どこに行く」

「これから瓦窯の火の番か。仕事熱心じゃのう」

仲間の呼びかけに曖昧に応じ、夜目にも黒い煙を上げる瓦窯の傍らを走り抜ける。見張りの雑人があくびをした間に、築地塀の破れをくぐって、夜の大路へ転がり出た。

吹く風は身を切るほどに冷たく、澄み渡った空に星影が小さく瞬いている。この分では幼児たちはとっくに寝藁にもぐり込み、安らかな寝息を立てているだろう。

子供たちが住まう廃屋の焼け落ちた床や庇は、範長が暇を見ては取り壊し、急ごしらえの木壁を外から打ちつけた。素人だけに、さすがに屋根までは修繕が出来ず、いまだに荒天時には雨漏りがするが、それでも普段の暮らしにはなんの障りもない。

小萱は手先が器用な質らしく、月に一度、訪れる阿波から裁縫を教わっては、子供たちの縫い物を一手に引き受けている。そればかりか最近では範長の衣の破れを目ざとく見つけ、「お帰りになるまでに直します」と星明かりを頼りに繕う折もあった。

もしかしたら惟丸や双葉たちは寝こけていても、小萱だけはまだ起きているかもしれない。そんなことを考えながら冬枯れの斜を上れば、通い慣れた道の果てに小さな明かりが灯っている。

竈の火はともかく、灯火はとかく火事を招きやすい。それだけに子供だけの時は、決して明かりを用いるなと、範長はこれまで口が酸っぱくなるほど言い聞かせていた。

坂を登る足が、おのずと速くなる。残る道を土を蹴散らして駆け上がり、節の目立つ板戸を一息に押し開けた。

「まあ、範長さま。今宵は遅うございましたねえ」

板の間で針を持っていた阿波が、にっこり笑って振り返る。壁際に置かれていた燭台の灯が、その影を黒々と土間に這わせていた。

「阿波どのか。これほど足繁くお運びとは、珍しいな」

阿波はつい半月前にも、般若坂にやってきた。これほど頻繁な訪れはついぞなかっただけに、挨拶より先に疑問が口をついた。

小萱を含めた子供たちは、すでに寝間で休んでいるらしい。耳を澄ませば、吹きすさぶ風の音に入り混じり、すうすうという寝息が聞こえてくる。

範長の問にはすぐには答えず、阿波はその愛らしい寝息に聞き入るように、眼を宙に据えていた。だがやがて、縫いさしの単の裾に針を留め、範長に向かって軽く身を乗り出した。

「今日は、公子さまから範長さまへのお言付けを仰せつかって参ったのです。実はこの一年あまり、お屋敷を留守がちにしておられました重衡さまが、先日、都にお戻りになりまして。どうやらしばらくの間は、公子さまがお屋敷を出られるのは難しいそうなのです」

「重衡さまの件は、先ほどわたしも寺で聞いた。ずいぶんな負け戦を強いられているとか」

ええ、と暗い顔で首肯してから、目の前にいるのが誰であるかを思い出したのだろう。阿波は狼狽したように眼を上げたが、結局、適切な言い訳が見つからなかったのか、そのまま口をつぐんだ。

「噂に聞いた限りでは、平家の公達は今、諸国の戦に奔走なさっているとか。されば京のご一門も、さぞお心安らかならぬ日々を送っておられよう。小萱たちの事は、心配いらぬ。阿波どのも、なるべく公子どのに付いていて差し上げた方がいいのではないか」

範長の言葉が意外だったのか、阿波はぽかんと口を開けた。だがすぐに膝の上に手を揃え、「ありがたいお言葉、この阿波、心より御礼申し上げます」と頭を下げた。

「正直申し上げて、公子さまが初めて南都にお越しになった日から、阿波はずっと不安でございました。なにせ南都の衆からすれば、公子さまは憎き平家の一門。槙太と巡り合い、小萱らをここに住まわせられてからも、いつその御身に危難が及ぶかと、夜も眠れぬほどでございました」

いつの間にか、阿波の眼には薄っすら涙が浮かんでいる。それを指先で素早く拭い、「ですが」と語を継いだ。

「範長さまとお目にかかり、わたくしはそれが南都の方々へのひどい侮辱であったと気付きました。御坊がたはわたくしどもの知らぬうちに、重衡さまや公子さまをお許しくださっていたのですね」

範長が公子に手を差し伸べたのは、自分一人の思いゆえであり、南都の僧としてではない。他の興福寺の衆は公子の存在を知れば、間違いなく彼女に危害を加えんとするだろう。しかし今の阿波にそれを告げても、せっかく忘れ果てた不安を呼び起こすだけと考え、範長は口をつぐんだ。

「わたくしはまだ公子さまが幼い頃、北の方さまのお供をして、叡山（えいざん）の貴き御坊の説法を聴聞したことがございます。その折、うかがったお話では、怨（うら）みごころは怨みを捨てることによってのみ消ゆるとか……。あの時はよく分からなんだ御仏（みほとけ）のお慈悲のありがたさが、この年になってようやく分かりました」

鋭いもので胸をえぐられるに似た感覚に襲われ、範長は息を詰めた。阿波はそんな範長には気付く素振りもなく、まだ双眸（そうぼう）を潤ませながらしゃべり続けている。

怨みに怨みを以（も）って報いるならば、決して怨みは息（や）まず、ただ怨みは捨ててこそ息む——それは、釈尊が弟子に語った訓話集『法句経（ほっくきょう）』の一節だ。

この世に怨みの応酬が続けられる限り、怨みが真に消え去ることはない、という釈尊の教えは頭では理解できる。さりながら諸国で戦が相次ぎ、血で血を洗うこの乱世、かような法句を信じる者が、果たして南都にいるのだろうか。

現実の世に照らしてみれば、哀しいかな、それはただの世迷言（よまいごと）。所詮（しょせん）、人間は他者を傷つけずにはいられぬ愚かな存在だ。ましてや成朝の如く、御仏を形に成す仏師ですら他人を蹴落とそうとするこの時節、誰がそうそう容易に怨みを捨てられようか。

ただそう自らに呟く一方で、怨みは捨ててこそ息むという一句が不思議なほど強く胸に響き続けている。

無言になった範長を仰ぎ、阿波は「どうぞ、小萱たちをお願いします」と続けた。

「わたくし自らうかがうことが叶わずとも、米や金子はできる限り、ここに送るように致します。何卒、何卒、公子さまのためにも」

「分かっている。心配するな。この先、世がどのように移り変わろうとも、小虫が立派な青年になる日まで、間違いなくわたしが面倒を見てやる」

ありがとうございます、と頭を下げる阿波の声が、嗚咽にくぐもる。

風が強くなったのだろう。壁の隙間から冷たい風が音を立てて吹き込み、黒々と伸びた二人の影を心もとなげに揺らした。

この夜を境に、公子はもちろん、阿波の般若坂への訪れはぱたりと絶えた。後日、興福寺の堂衆から聞いた話によれば、源義仲は越後国府を占領し、信濃・越中、更には越前にまでその支配を拡大。周辺の目代たちを配下に加え、都から遣わされる平家軍に一歩も譲らぬ戦を続けているという。

ただいかに各地の争いが激しくとも、平家一門が当今の外戚として朝堂の要職のほとんどを占める昨今、すぐさま平家の権勢が翳るとは思い難い。とはいえ武勇で知られる平氏が幾度となく敗北を喫しているその事実に、範長はこの国の趨勢が大きく変じつつあると感じずにはいられなかった。

「ねえねえ、範長さま。公子さまは今度はいつ、ここにお越しくださるの」

諸国の情勢など知らぬ双葉や綾女は、範長の顔を見る都度、不満げに口を尖らせる。その訪れがどれほど稀であれ、芳しい香を焚きしめ、艶やかな髪を揺らした公子は、少女たちには憧れの女性なのだ。

いつぞや、公子が置いていった絵巻を広げ、

「この人、公子さまに似ている」

「違うよ、綾女。こっちの方がそっくりだよ」

と言い合うこともあった。

「しばらくはご用事があり、お越しになれぬそうだ。されど心配はいらん。決しておぬしらを忘れられたわけではないぞ」

それが証拠に、阿波が約束した通り、般若坂には月に一度、物堅そうな老爺が訪れ、銭の入った袋を無言で置いていく。範長は顔を合わせたことがないが、毎度、彼を出迎える小萱によれば、かつて藤原公光家の牛飼いをしていた老人らしいとの話であった。

範長が般若坂に出入りを始めて、間もなく一年。乳飲み子だった小虫は片言を話し始め、小萱は見違えるほどに大人びた。南都焼き討ちの前日、酒屋に奉公に行くと聞かされたときは、こんな少女がと思ったものだが、もはやいっぱしの娘と言ってもいい落ち付きぶりだ。

本来であれば先々を考え、どこぞに働き口を見つけてやるべきなのだろうが、なにせ

妹分の綾女はまだ八歳。その幼なさで悪戯盛りの惟丸と双葉、まだ頑是ない小虫の世話を一人で担うのは無理がある。

とはいえこのまま年下の面倒ばかり任せ、それで小萱の将来は開けるのか。これで範長に並みの世間解があればともかく、なにせ物心ついてより寺で暮らし続けてきた身だけに、庶人の暮らしは今一つよく分からない。

あれこれ悩み抜いた末、範長はこっそり禅定院を訪れ、雑人に頼んでなよ竹を呼び出させた。この一年間の般若坂の様子をつぶさに告げた上で、「なよ竹、おぬしはいかが考える」と意見を求めた。

「そりゃあもちろん、すぐにどこかにご奉公に出すべきでしょう。いったい何を迷っておいでなのですか」

なよ竹もまた、この一年で驚くほど手足が伸び、背丈も範長とさして変わらぬほどとなった。こればかりは変わらぬ切れ長の目で範長を睨み、「小萱をいつまでも般若坂に縛り付けるのは、可哀想でございますよ」と続けた。

「折良いことに、なよ竹はこの秋には前髪を下ろし、興福寺楽所の伶人となると決まっております。そうなれば小萱の代わりに、惟丸たちの面倒を見に行くこともたやすいでしょう」

「そうか。おぬし、稚児勤めを辞すのか」

白粉を塗って誤魔化しているが、目をこらせばなよ竹の口元にはうっすら髭の跡が浮かび、喉仏が半分、襟元から顔を出している。

　指折り数えれば、なよ竹もすでに十六歳。焼き討ちで稚児のほとんどが亡くなり、側仕えの者が減ったとはいえ、むしろこの年まで童髪姿だった方が奇妙といえる。

　興福寺の楽所は新薬師寺・元興寺などの寺々ともゆかりが深く、伶人の中には飛鳥や宇陀の諸寺まで出かけて、楽を奏する者もいる。確かになよ竹の言う通り、禅定院を離れ、寺外に暮らす伶人となれば、休みの日にどこに出かけても咎められはせぬ道理だ。

「どうせであれば、般若坂の麓に家を構えることにいたしましょう。それなら子供たちに何かあったときも、すぐに駆け付けられましょうから」

　範長にそう語った通り、秋風が日に日に冷たさを増し始めると、なよ竹は一条南大路に小家を借り、名を狛長竹と改めて伶人勤めを始めた。範長と一日交替で子供たちのもとに通う一方で、稚児稼業をしていた折に親しくなった門前郷の経師屋にかけ合い、小萱をその店に奉公に出す手筈まで整えてきた。

「店の主には、親兄弟を亡くして南都にやってきた、わたくしの遠縁と告げてございます」

「大丈夫か、なよ竹。そんな話、楽所に問い合わされればすぐに嘘と知れるぞ」

　小虫を膝で遊ばせながら案じた範長に、なよ竹はまだ身に馴染まぬ直垂の袖をぽんと突き、「心配はいりません」と笑った。

「店の者は、主も奉公人もみな穏やかな質。小萱さえ真面目に働けば、万に一つも怪しまれはしませんよ」

「ありがとうございます、なよ竹さま」

　礼を述べる小萱の肩を軽く叩き、「それにしても」となよ竹は板の間で飯をかきこむ子供たちに目をやった。

「ほんの一年来ぬだけで、みな大きくなりましたなあ。綾女と双葉は目に見えて器量よしになりましたし、惟丸もはやいっぱしの少年ではないですか」

　飯椀（めしわん）に顔を突っ込まんばかりにしていた惟丸が、箸（はし）を握りしめたままこちらを顧みる。真ん丸な顔をにっと自慢げにほころばせてから、

「綾女はともかく、双葉のどこが器量よしだい」

　と大声で言った。

「この夏もおいらと二人、外の木によじ上って、一人でさっさとてっぺんまで行っちまったんだぜ。女の癖に、お転婆にも程があらぁ」

「ちょっと、惟丸。何を言うのよ」

　綾女と共に互いを肘（ひじ）で突き合い、恥ずかしそうになよ竹の様子をうかがっていた双葉が、狼狽しながら腰を浮かせた。

「あれは鳥の巣から落ちた雛を、親の元に戻しに行っていただけよ。綾女が高い所が嫌いだから、あたしが頑張ったんじゃない」

　小萱が奉公に出るのは、十日後。なよ竹が般若坂まで迎えに行き、奉公先まで付き添

うと打ち合わせ、範長はなよ竹と連れ立って子供たちのもとを辞した。

子供たちの家の裏手は崖になっているため、間口から仰ぐ空はひどく広い。

折しも中秋十五夜の夜だけに、中天の月は冴え冴えとした光を四囲に振りこぼし、秋枯れの野にすだく虫までがはっきりと見えそうな澄明さだ。雁か、それとも鶴か。鳥影が二つ、三つ、月の面をかすめて飛び、その軌跡を追うかのように薄い絹雲が夜空の端にたなびいた。

「公子さまには、小萱の件をお知らせになったのですか」

坂を下りながらのなよ竹の問いに、ああ、と範長は首肯した。

通い慣れた道が常にも増して歩きやすく感じられるのは、隣になよ竹がいるからか。そういえばこの坂を誰かとともに下ったのは、これが初めてであった。

「文に記し、いつも金子を届けてくれる老爺に預けたそうだ。まだ返事はないが、きっとお慶びくださっているだろう」

それはよかった、と呟いてから、なよ竹は突然、「ところで」と声を堅くした。草深い峠道にもかかわらず、念には念を入れた様子で四囲を見回し、

「かつて平家追捕の令旨を出された以仁王さまの遺児が京を抜け出し、北陸に向かったとの噂はお聞きですか」

と続けた。

「平家の手勢が跡を追うのを振り切り、ついには若狭国のある郡司の助けを得て、源義

仲さまの膝下に逃げ込んだとか。北陸宮と名乗り、かの地で元服を果たされるとの風評もしきりらしゅうございます」

「おぬし、それをどこで聞いた」

「先だって、宇治に出かけた伶人仲間が、越前から来た商人から教えられたと申しておりました。どうやら義仲さまとやらは、その北陸宮を旗印に掲げるつもりらしゅうございますな」

平家が現在、厳然たる勢力を維持している最大の理由は、当今・言仁の母が平家の娘であるため。義仲はそれに対抗するために、後白河法皇の孫にあたる北陸宮を擁すると決めたわけか。

「もともと以仁王さまは、帝位にもっとも近いと評判であったお方。異母弟であらせられる憲仁さまが平家腹でさえなければ、今ごろ、北陸宮さまは皇子として朝堂で重きをなしておられたはず……そんな噂まで京には飛び交っているそうでございますよ」

そうでなくとも敗戦がたび重なっている最中だけに、平家は今度こそ義仲を叩きのめさねばと、戦の支度に余念がないという。兵粮米を西国の所領から集め、六波羅では多くの家人を召して、武具を整えさせているらしい、となよ竹は語った。

「なるほど、それでは公子どのもしばらくは都を離れられまいな。いや、むしろそれだけであればいいが――」

範長が宙に目を据えるのに、「その通りでございます」となよ竹は相槌を打った。

「京と北陸は、近江をはさんでさほど離れておりませぬ。万一、義仲さまが北陸道から攻め寄せれば、都が戦場となることもありえます」

「とはいえ、平家とて愚かではない。その辺りの仔細も承知で、北の守りを固めていよう」

「それであればよろしいのですが」

　不安げに眼をしばたたき、なよ竹は下りてきたばかりの坂を振り仰いだ。

　興福寺の稚児であったなよ竹にとっても、平家は憎き法敵。しかし旧主の姫君がその懸人である以上、平氏一門の苦難に諸手（もろて）を挙げて喜ぶ気にもならぬのだろう。元服を終えたばかりの横顔には、大人びた愁いが漂っていた。

　なよ竹はしばらくの間、国境の果ての都に思いを馳（は）せるかのように立ちすくんでいたが、やがて大きな溜め息を一つつくと、「そういえば、東西両金堂の作事がいよいよ始まるそうでございますな」と自分から話題を転じた。

「ああ。他の堂宇に比べれば、ずいぶん遅れての着工だがな。八日後の七月二十三日に手斧（ちょうな）始めだ。とはいえ、中金堂（ちゅうこんどう）ですらいまだ完成しておらぬのに、またも作事を増やしてどうするつもりやら」

「よろしいではありませんか。槌音（つちおと）や工人たちの声が賑やかに聞こえれば聞こえるほど、門前郷の衆も御寺が日に日に出来上がって行くと喜びます。そうすれば小萱も奉公先で、張りあいが出るというものでございましょう」

さりながら範長の懸念通り、東西両金堂は、翌月、かろうじて上棟まではこぎつけたものの、その後の作事は遅々として進まず、遂には四隅の柱と屋根だけが乗った伽藍とも長堂ともつかぬ建物が、両の基壇に放置されるままとなった。

理由は例によっての良材不足。信円が西国で買い付けた五百本の木材が、手違いから都の木工寮に納入されてしまったためであった。それでも興福寺の工人たちもしばらくの間は、あり合う木材を用いて、僧房や蔵、四方の小門などを造り、少しでも作事を進めようとしたが、二月、三月と日が経つうちに、それらの仕事もどんどん終わって行く。

やがて年が改まり、微かな梅の香りがどこからともなく漂い始めると、境内のそこここでは暇をもてあました堂衆が、「やれやれ、今日もやることがないなあ」と言い合いながら、車座で雑談に興じる姿が散見されるようになった。

そんな折、話題に上るのは決まって現在の平家の動向であり、諸国における源氏の去就である。

北陸における源義仲の隆盛は言うに及ばぬ上、東国ではすでに源義朝の嫡男・頼朝が、駿河国以東常陸国以西にまで支配を広げている。また紀伊の熊野三山では衆僧が親平家派の別当を追い落とし、寺を上げての挙兵を行なおうとしているとの噂もあった。

「平家は北の雪が溶け次第、追討軍を再度北陸道に派遣するつもりらしいな」

「おお。すでに伊勢神宮以下諸国十六社に、戦勝祈願の使いを送っているとか。南都の御仏にああも恐れげもなく火を放つ一方、諸神には祈願を捧げるとは、あ奴らの考えることはよく分からん」

　そう語り合う堂衆の口調には、一様に戦を待ち望む気配がにじんでいる。しかし今の範長には、彼らの声高なやりとりが、何とも耳障りでならなかった。

　興福寺に現在残っている堂衆は、いずれも平家への憎しみを脇に措き、寺の復興のみに心を砕くと決めた者ばかりのはず。それがなぜ、遠い戦の噂に一喜一憂するのだろう。

　諸寺の復興に合わせ、南都には少しずつ人が戻り、門前郷もかつての活気を取り戻しつつある。しかしだからといって、罪なくして家を焼かれ、親兄弟を失った者たちの苦しみまでが消えてなくなるわけではない。にもかかわらず堂衆たちは今、平家への憎しみのあまり、再び戦火を待ち望み、寺に身を置きながらも戦場に思いを馳せている。それは果たして本当に、南都の悪僧の成すべき行ないなのか。

　範長とてかつては薙刀を取り、仲間とともに幾度も都に攻め上った。行く手を阻む平家の軍勢を斬りたて、その命を奪ったことも一度や二度ではない。

　とはいえ、何故だろう。脳裏にはあの禍々しい大火の光景が鮮明に焼き付いているのに、敵に対する憎しみがどうしても胸に湧いてこない。その代わりに浮かぶのはただ、戦によってもたらされる混乱と悲哀を嘆く思いばかりだ。

（私はどうしてしまったのだ――）

　いつの間に自分の胸には、こんな怯懦が巣食ったのか。激しい混乱に、視界が歪む。範長は何かから逃れるように、仲間の輪より抜け出した。

ほうぼうに縄張りされた境内を過ぎり、黒煙を噴き上げる瓦窯の列へと走り込む。折しも焼き上がった瓦を蔵へと運び込む工人の手から、瓦の納められた叺をひったくろうとしたその時である。

「おい、お前」

野太い声が窯の脇で弾け、背中に鈍い衝撃が走った。同時に襟元から頭の後ろに、べちゃっと冷たいものが撥ねかかった。

「てめえだよ、てめえ。俺を見忘れたとは言わせねえぞ」

とっさに後頭部に手をやれば、白い土が掌にべったりこびりつく。土の塊を投げつけられたのだと気付き、範長は声の方角を振り返った。

もっとも手前の瓦窯の脇から、手の中の泥の塊を足元に叩きつけて立ち上がったのは、あの仏師・運慶であった。ただ、その全身は細かな泥にまみれ、頬にも髪にも細かな土が飛んでいる。その姿はおよそ、鑿を握り、木材から御仏を彫りだす仏工とは思いがたかった。

「久しぶりだな。顔色が悪いがどうしたい」

薄笑いを浮かべて近づくや、運慶は睨めつける目で範長を見回した。傲岸ではあれ、不思議に敵意の感じられぬその口調に面食らいながら、範長は咄嗟に「おぬしこそ、なんだそのざまは」と問い返した。

すると運慶は、そんなことも分からぬのかとばかり鼻を鳴らし、「見りゃあ分かるだろう。土を集めているんだ」と足元に顎をしゃくった。

なるほどそこには一抱えもある桶が置かれ、肌理の細かい土が塊となって盛り上げられている。太腿までたくし上げていた括り袴の裾を下ろし、運慶は両手でよいしょと桶を持ちあげた。

「ふん、久々に見かけたかと思えば、しみったれた面をしやがって。おめえがそんなしおらしくっちゃあ、こっちもやる気が出ねえじゃないか」

これまた剝き出しの肘で、範長の胸をどんと突く。北門の外に顎をしゃくり、「ちょうどいいや。おめえ、ちょっとついて来いよ」と言って歩き出した。

同じ興福寺内に寝起きしているだけに、これまでも時折運慶の姿を見かけはしていたが、まともに言葉を交わしたのはあの焼き討ちの翌朝の一度きりだ。その折の罵詈の凄まじさを思い返すと、どういう気まぐれだとしか思えない。

「なにをでくのぼうみてえに突っ立ってやがる。置いてっちまうぞ」

困惑する範長に吐き捨てるや、運慶は、足元をよろめかせながら、大路を西へと向かった。

興福寺仏所は現在、境内の東北に構えられ、康慶や成朝たち奈良仏師はそこで造像に励んでいるはず。それなのになぜ運慶はいま寺外に向かおうとしているのだろう。

それに昨今の造仏は、ほとんどが木を鑿で刻んで拵えた木彫。奈良に都が置かれていた古には、仏師は自ら土を捏ねて塑像を作り、そこに木屎漆を盛り上げて仏像を拵えたというが、現在ではたまに補助的に漆を使う程度で、土を用いることは皆無のはずだ。

運慶はいったいあの土をどうするのだ。怪訝な思いに突き動かされ、範長はあわてて運慶の後を追った。

西に向かって下る二条大路の左右には、真新しい小家がびっしりと建ち並んでいる。もともとこの界隈に住んでいた人々に加え、東大寺・興福寺の再興に携わる番匠や工人も仮住まいをしているのだろう。非番なのか、軒先に坐りこんで槍鉋の手入れをしていた中年男が、運慶と範長をじろりと横目でうかがった。

やがて一軒の小屋の前で足を止めると、運慶は「おおい、帰ったぞ」と大声を張り上げた。

待つ間もなく板戸が開き、小柄な女が一人、転がるように飛び出してくる。範長の姿に目を丸くすると、乱れた裾から伸びる足を恥ずかしげにすり合わせた。

「ちょっと、あんた。お客人がいるなら、言っておくれよ」

「ふん、似合わねえ猫をかぶりやがって。それより、須賀女、また土を擂っておけよ。しばらく上天気が続くみてえだから、水は少なめにするんだぞ」

言い捨てて三和土に踏み込む運慶の後に従い、範長はその場に立ちすくんだ。

猫の額ほどの小さな土間には、いたるところに木材が積み上げられ、檜の匂いが濃く垂れ込めている。だがそれよりもなお範長を驚かせたのは、板の間の中央に見覚えのある仏像が五、六体も並べられていることであった。

三面六臂の阿修羅像、獅子冠を被った乾闥婆像、鳥顔人身の迦楼羅像。左の袂をもう一方の手で引っ張っている立像は確か須菩提像で、その隣に立つは富楼那像だ。いずれもすべて、西金堂に安置されていた八部衆・十大弟子の御像である。

だがあわてて足駄を脱ぎ捨てて諸像に駆け寄ってから、範長は「違う」と独言した。西金堂にあった諸像は、確かいまだ修理もされぬまま放置されていると聞くが、目の前の御像の彩色は鮮やかで、戦火をくぐった跡なぞどこにもない。

それによく目を凝らせば、阿修羅像の眉は範長の記憶よりずいぶん険しく歪められているし、穏やかに伏せられているはずの乾闥婆像の眸は、こちらを睨み付けるかのようにうっすら開いている。

範長の驚き顔が、よほど面白かったのだろう。運慶はにやりと頰を歪めて、須菩提像の前に腰を下ろした。むっくりと太い須菩提の足の指を掌で撫で、

「どうだ。よく出来ているだろう。おめえですら、一瞬、だまされたんだ。薄暗い御堂の中に並べれば、見分けがつかねえ奴もいるに違いないぜ」

と、愉快そうに肩を揺らした。

「あんたァ、この土は全部擂っちまって、いいのかい」

須賀女と呼ばれた女が、小屋の奥から怒鳴る。

「おお。そうだ。風が吹けば散るほどに細かくしろよ」

とそれに喚き返してから、運慶は改めて範長に向き直った。

「言っとくが、御寺の学侶衆には内緒にしておいてくれよ。これが露見しちゃあ、偽物造りをしていると叱責されても、言い訳できねえからよ」

確かに何も知らぬ者が見れば、運慶が古仏造りで稼ごうとしていると疑うだろう。だがあの大火の中、命がけで諸像を助け出したこの仏師が、さような悪事を働くわけがない。

「習作か」

「ああ、本仏は木屎漆で造られているんだけどな。俺は形だけが学べりゃそれでいいんで、全体を土で拵えたのさ。ああ、これァ仏所の奴らにも秘密だぜ。親父どのはともかく、あの成朝になんぞ知られたら、どんな口を叩かれるか分かりゃしねえ」

天平の古に造られた十大弟子・八部衆は、塑像に漆を沁み込ませた麻布を貼り、その後、胎内の土を抜き取って体表に木屎漆を施している。このためその質感は生ある者の如く瑞々しく、指の一本一本まで細やかな造形が可能であるが、一方で制作にはあまりに時間と手間がかかる。

運慶は古い技法を学ぶべく、記憶を頼りに諸像の写しを造っているのだ。造瓦所から土を持ち帰り、須賀女に擂らせているのも、それですべて合点がいった。

「一度、おめえに見せてえと思っていたんだ。今日、あそこで会えたのは幸いだったぜ」

「何を言う。おぬし、拙僧を怨んでいるのではなかったのか」

「おお、怨んでいるともよ。今でも許されるなら、ぶち殺してやりてえと思っているさ」

平然と言ってのけてから、運慶は眉間に深い皺を刻んだ。

「けどよ。おめえは嫌えだが、御寺の学侶衆はもっと気に入らねえ。別当の信円さまときたら、俺に仇への憎悪はさっさと捨て、次なる造像への思いだけを胸に生きろと仰ったんだぜ。ふん、ふざけるな」

まるで目の前に信円がいるかのように、運慶はせせら笑った。

「俺は、怨みも憎しみも捨ててなんぞやらねえ。あの忌々しい成朝への腹立ちも、おめえへの憎しみも、すべて腹の中に呑みこんで、それを糧に仏像を拵えるんだ」

およそ仏師には相応しからぬ剣呑な物言いに、範長は「憎しみを糧に、だと」と問うた。

「おおよ。御仏ってのは、人の世の迷い苦しみとは縁のねえ、それはそれはありがたいお方らしいな。けど、その形を拵える俺たち仏師にも、御像を拝む世の奴らにも、腹の立つことは数えきれねえほどあらあ。だから俺は御像を拵えるときは決まって、自分の怒り苦しみを骨の髄まで味わい尽くし、血反吐の出そうな憎しみにのたうち回ることにしているんだ」

そうすると全身に行き渡った激情のただなかで、不意にぽかんと醒めた感情があると気付く。それを懸命に追い続けていると、おのずと御像の姿が浮かんでくるのだと運慶は語った。

「親父どのは、俺のやり方を邪道と言うけどよ。俺はそうは思っちゃいねえ。だってこの世ってのはもともと苦しくて辛えもんだ。だったら仏師がそれを見つめずして、なんで真の御仏が造れるものか」

範長は傍らの阿修羅像を仰いだ。

西金堂の阿修羅像は、亡母追善の建立目的にふさわしく、甲冑はおろか弓箭一つ携えず、少年の如く清純な容姿をしている。しかし運慶が古仏に学んで拵えたこの塑像は、見かけは西金堂の本仏にそっくりでも、その眼差しは運慶の胸中に燃え滾る怒りを宿したように険しい。それは阿修羅像と並んで立つ乾闥婆像や迦楼羅像も、同様であった。

「おめえを許したわけじゃねえぜ。ただ、おめえへの憎しみは全部、この御像を造るのに使っちまっただけだ」

「おぬしは……おぬしは自らの怒りを造仏に託してしまい、それで恐ろしくはないのか」

運慶は瞬時、表情のない目で範長を見つめた。だがすぐに、団栗を押し込んだように大きな双眸を眇め、「べつに恐ろしかねえよ」とからりと言い放った。

「何が起きようが、俺ァ俺だ。それにこれから先、俺がどうなったって、後には造った御像が残らあ。——なあ、あんた」

胡坐をかいた足を組み変え、運慶は範長に向かってぐいと顔を突き出した。

「あの焼き討ちじゃお互い命拾いしたが、このご時世、いつどこで命を失ったっておかしかねえ。もし仮に六十、七十まで長生き出来たとしても、何百年も昔から伝えられてきた御像と比べれば、俺の命なんざちっぽけなものだ」

だけどよ、と続けながら、またも須菩提像の足指を撫でる手は、綿でも詰めたのかと思うほどに厚く、逞しい。

鑿や鉋で傷つけたのだろう。そこここに古傷の残るその手を、範長は無言で見つめた。

「俺が死んじまったとしても、俺が拵えた御像は、うまく行けば何百年も先まで残らあ。だとすれば、今、自分がどんな風に生きるかなんぞ、大したことじゃねえ。なにかを成し終えた後の人間なんざ、ただの抜け殻だろうが」

人は愚かしく、その命は短い。運慶はその事実をよく承知していればこそ、自らの信じるように生きようとしている。明快なその口ぶりに、範長は微かな羨望(せんぼう)を抱いた。自分もまたこの男のように、怒り苦しみを捨てることに迷わずにいられれば、どれだけ楽になれるであろう。しかし己の心のままに邁進(まいしん)するには、南都焼き討ちを招いた罪と悔恨はあまりに大きい。

黙り込んだ範長の表情の暗さに、なにかを察したのだろう。運慶はしばらくの間、須菩提像の足に手を置いていたが、突然、「おおい、須賀女」と小屋の奥に怒鳴った。

「先だって、俺が市で買ってきた酒があっただろう。あれを出してくれ。土器(かわらけ)は二枚だ」

範長はあわてて、「待て、運慶」とそれを止めた。

「わたしはこれでも僧だ。酒は飲まん。だいたいおぬしとてわたし同様、御仏に仕える身ではないか」

「まあ、いいじゃねえか。器の小せえ奴だな」

須賀女が運んできた小壺(こつぼ)から酒を注ぎ分け、運慶は範長の手に強引に土器を握らせた。

「おめえがいったいどういう奴か、俺はまったく知らねえ。けどいずれにしても、あまりに遠くまで目が利くってのは、不幸の始まりだぜ。人間、自分の足元だけ見て歩いてりゃ、そのうちどこかに着くってもんだ」

白く濁った酒をぐいと呷り、運慶は自分の土器に新たな酒を注いだ。

「──足元だけ、か」

「おおよ」

範長は手の中の土器を置くのも忘れて、運慶を凝視した。

自分がいま、成すべきなのは何か。それは決して、堂衆とともに平家を呪うことでもなければ、己の怯懦を嘆くことでもあるまい。

運慶は己の憎しみを造像の力に替え、幾体もの塑像を拵えた。ならば自らの罪に戸惑う自分にも必ずや出来る事があるはずだ。

よほど酒が好きなのだろう。運慶は範長にはお構いなしに、立て続けに杯を重ねている。範長は握りしめていた土器を、床に叩きつけた。

「邪魔をしたな、運慶」

おおよ、という声を背に往来に飛び出せば、いつしか日は大きく西に傾き、大路の果てを朱色に染めている。よし、と一つうなずき、もと来た道を駆け出した。

興福寺の作事場を望むあたりで道を折れ、門前郷へと走り込む。日暮れ前の町筋は大勢の男女で賑わい、沿道の店々から投げかけられる売り声が、その喧騒を更に浮き立たせていた。

三条大路と東五坊大路の辻から、西に六軒目。なよ竹から告げられていた経師屋の前に立てば、数人の男たちが忙しげに経紙を接ぎ、水に溶いた糊を刷毛で一面に施している。

「おおい、水が足りねえぞ」

男の一人が、誰にともなく叫ぶ。瞬きほどの間を置いて、「はい、ただいま」と走り出て来たほっそりとした影に、範長は向かいの店の陰にあわてて身を寄せた。

「何をしていたんだ、小萱。男衆が糊を打っているときは、つきっきりで手伝えと教えておいただろうが」

店の主と思しき初老の男の小言に、すみません、と頭を下げながらも、小萱の横顔は明るい。三年前の師走、弟の手を摑んで恐怖に打ち震えていた少女と同じ人物とは、到底思えぬほどだ。

運慶の言う通り、この乱世、我と我が身がどうなるかなぞ、もはや誰にも分からない。ならば自分は般若坂の子供たちの笑顔のために、生きることにしよう。小萱の今後を見守ると共に、坂に暮らす四人を育て上げ、公子の意を守る。たとえ怯懦であろうとも、それこそが自分がいまここにいる意味ではないか。

辺りはすでに血を流したような紅に染まり、忙しげに立ち働く小萱の横顔までがうっすら緋色を帯びていた。

一日の勤めを終え、帰路を急ぐ人々が蹴立てる土埃が、四囲を淡く霞ませる。まるで薄い帳に隔てられたかに見える小萱の姿に、範長はいつまでも目を当て続けた。

とはいえ子供たちを育てるとは、ただ飯を食わせるだけでは足るまい。あれこれ考えを尽くした末、範長は翌日、門前郷で筆や墨を求め、般若坂へと運び込んだ。

すでに公子はこれまでに美しい絵巻や草紙をたびたび子供たちに与えており、範長みずからそれを読み聞かせた折もある。しかし綾女を筆頭とする彼らはいまだ字は読めず、般若坂の家以外の暮らしを知らない。

いずれ彼らはここを出て、大人になる。その日を迎えても困らぬだけの知恵をつけさせるのが肝要と考えてであった。

そんな範長に、なよ竹は「ふうむ、なるほど」と考え込む顔を見せた。

「では、なよ竹は笛や歌を教えましょう。どれだけつらく悲しい目に遭おうとも、音曲のひと節でも知っていれば、少しは心慰められますからなあ」

「待て待て。こんな山中で笛を鳴らしては、通りがかった者に怪しまれまいか」

「肺の腑の小さい童でございます。人の耳につくほどの音は出せませぬよ」

そういってなよ竹が教えた音曲にもっとも興味を示したのは、意外にも惟丸であった。見よう見まねで笛を鳴らし、口伝えで教えられた催馬楽や今様を明るく歌う。その様は啼き方を覚えたばかりの鶯が、嬉しげに囀るのにひどく似ていた。

――女の盛りなるは　十四五六歳　廿　三四とか　三十四五にし成りぬれば　紅葉の下葉に異ならず

「おい、なよ竹。変な歌を惟丸に歌わせるな」

「よろしいではありませぬか。これもまた、世間解でございますよ」

顧みれば、綾女と双葉は真剣な表情で筆を握り締め、見よう見まねで字の稽古をしている。その愛らしさに、範長は子供たちの横顔を笑みを含んで見詰めた。

年が近い二人の女児は、その実、気性が水と油ほどに異なる。年上の癖に怖がりで、家の裏の崖を覗き込むことすら嫌がる綾女と、朝夕、惟丸とまっ黒になって近隣を走り回っている快活な双葉。

公子が再び般若坂を訪れれば、子供たちの成長ぶりにどれほど驚くだろう。もう少し子供たちの手習いが上達したならば、彼ら自身の手蹟で公子に文を書かせてもいいかもしれない、と夢想していた矢先、思いも寄らぬ知らせが南都にもたらされた。

「平家が、平家が北陸で大敗したぞ――ッ」

悪僧の一人が絶叫とともに興福寺に持ち帰ったのは、平維盛を大将に北陸に派遣されていた追討軍四万騎が、越中・加賀両国の境である礪波山（倶利伽羅峠）で、源義仲軍に惨敗したとの報であった。

しかも退却した平家は、追いすがる義仲を加賀国篠原で迎え撃とうとした末、再度敗北。戦上手で知られた平清盛の七男・知度を死なせたばかりか、わずか一万余騎にまで兵力を激減させて、かろうじて都に逃げ戻ったという。

無論、平家とてこれまで合戦に破れたことは幾度もある。だがそれはあくまで地方での小競り合いであり、北陸全域を支配する義仲を相手にしたものとはまったく質が異なる。

しかも南都諸寺に巻き起こった歓喜の声も収まらぬ中、勢いに乗った義仲は越前を経て近江、勢田へ進軍。比叡山延暦寺、大和国金峰山寺の僧徒もそれに併せて相次いで蜂起し、畿内には瞬く間に戦の気配が満ちた。

「こうなっては、我らも寺を挙げて呼応すべきではあるまいか」

興福寺の堂衆の間には、当然、そんな声も起こった。しかしなにせ寺内に蓄えられていた武具のほとんどは、焼き討ちの際にただの焼け金に変じてしまっている。

義仲の側もまた、焦土と化した南都にはもはやなんの力もないと考えているのだろう。延暦寺や金峰山寺とは密な連携を図る一方で、興福寺や東大寺には使者一人すら送って来ない。

だとすれば果たしてここで南都が蜂起しても、義仲は自分たちと手を組まぬかもしれない。そんな意見が諸寺に巻き起こるうちにも、義仲は琵琶湖を渡り、坂本から比叡山へと行軍。その直後、これまで以上に南都の衆を驚愕させたのは、都の後白河法皇が御座所である法住寺殿を出て比叡山に向かい、ひそかに義仲との合流を果たしたとの報であった。

長きに亘って院政を敷き続けてきた後白河院は、帝と並んでこの国を動かす双輪の一つ。そんな人物の義仲の陣への動座は、院が平家を完全に見放した事実の表れであった。

「なんだ、あの空は」

その知らせが南都に届いた翌日である七月二十五日の払暁前、はるか北の空に立ちのぼる黒煙に南都で最初に気付いたのは、まだ暗いうちに作事場にやってきた番匠たちであった。

「火事だ。だが、まったく煤の臭いがしないな」

「おお、見ろ。平城山の向こうが、ぼおと明るんできたぞ。これはまた、ずいぶんな大火じゃのう」

番匠の騒ぐ声に、寝小屋から起き出して来た堂衆が相次いで空を仰ぐ。前夜、深夜まで瓦窯の火の番をしていた範長もまた、まだ寝足りぬ目をこすってそれに倣った。

とっさに脳裏をかすめたのは、般若坂の子供たちの安否であった。しかし山にかかる雲を染める焔は、どうやらそれよりもなお遠くで燃え盛っているかに映る。

方角から推すに、火元は泉木津か、それとも宇治津か。もしかしたら、どこぞで戦が始まったのかもしれない。

「おおい、誰か。馬で様子を見てまいれ」

玄実の指示に、悪僧がばたばたと駆け出す。禅定院の厩から勝手に馬を曳きだしたのか、すぐにけたたましい馬の嘶きと蹄の音が南の坂下で錯綜した。

「そういえば以前、都を大火が襲った夜も、深夜というのに北の空が真っ赤に染まっておったなあ」

悪僧の一人が何げなく言った言葉に、まさか、と誰もが顔を見合わせた。

今から六年前の安元三年（一一七七）の夏、京の樋口富小路からの失火が都の半分以上を焼き尽くした折は、南都ばかりか遠く難波からもその焔が見えたという。とはいえあれは深夜、今回は早朝。時刻が違うだけに一概に比べもし難いが、確かにあの不吉な空の色は、大内裏すらを焼き払ったかつての大火と似ておらぬでもない。

義仲の叡山布陣から、すでに三日。もしや都では平家一門と義仲軍が、血で血を洗う戦いを始めたのか。範長はぶるっと身体を震わせた。

かの地には、公子と阿波がいる。義仲が平家に戦を仕掛けたとすれば、彼女たちとて無事では済まぬはずだ。そう思うと矢も楯もたまらず、範長は寺を飛び出した。

子供たちが暮らす家の北は崖になっており、天気がよい日は宇治津辺りまでが一望できる。あの黒煙が本当に都からのものか、そこで確かめようと考えたのである。

同じように、般若坂のてっぺんから火事を見ようと思いついたらしき人々が、範長の前になり後ろになり、坂道を登って行く。

「あれは都が燃えているらしいぞ。木曾から都に攻め寄せてきた義仲とやらが、都に火を放ったそうじゃ」

「いいや、わしは山崎と聞いたわい。都の平家一門を一網打尽にするべく、源氏が南から攻め寄せたのであろう」

そのあまりのやかましさに、範長は道脇の藪に踏み込んだ。生い茂った灌木をかき分けて見慣れた家に駆け寄り、息を呑んだ。

普段であれば、家の向こうには切り立った崖が広がり、滔々たる泉川の流れが一望できたはずだ。だが今、空は真っ黒な煙で覆い尽くされている。はるか北の稜線が、朱を刷いたかの如く赤らみ、明るみ始めた空を汚す黒煙に不気味な輝きを添えていた。

あれは泉木津でも宇治津でもない。都だ。

範長が思わず「公子どの——」と呻いたとき、それまで固く閉め切られていた家の板戸ががたりと音を立てた。

子供たちには、範長となよ竹がいない時は必ず心張棒をするよう厳しく申しつけている。その言いつけを守って戸を閉ざしていた子供たちが、範長の声に気付いたのか。——いや、違う。

細く開かれた戸の隙間に、きらりと光る大きな目が押し当てられている。範長より首一つ小柄なその背丈は、まだ八つの綾女や惟丸や双葉にしてはあまりに高い。

この家に賊が押し入り、子供たちを縛り上げる光景が思い浮かぶ。

「おぬし、何者だッ」

と叫んで、範長は戸口に飛びついた。驚いてとっさに閉め切ろうとする戸口に足を突っ込み、そのまま板戸に身体ごとぶつかる。埃を振りこぼして家が揺れ、範長は板戸を下敷きに三和土に転がり込んだ。

「綾女ッ、惟丸たちを連れて逃げろッ」

ようやく曙光が差し始めたものの、家内はまだ薄暗い。子供たちの泣き喚きが聞こえないのは、家に入り込んだ賊に縛り上げられているからか。

だが素早く起き直って範長が叫んだ刹那、範長の名を呼ぶか細い声が、思いがけぬほど近くから聞こえてきた。

はっと顧みれば、ぽっかりと板戸の無くなった戸口の陰に、小柄な人影が突っ立っている。壺折の裾を乱し、小刻みに肩を震わせた公子であった。

信じられぬ思いで、公子どの、と呟いた途端、「あ――ああ、よかった。範長さまでございましたか」と家の奥で声が響いた。

腰の周りに子供たちをひきつけた阿波がよろよろと歩み出てきて、小虫を腕に抱いたままその場にぺたりと坐りこんだ。頬に大粒の涙を伝わせ、よかった、と啜り泣くように繰り返した。

「誰かが外で歩き回っている物音に、まったく生きた心地がいたしませんでした。しかも公子さまが、止める暇もなく様子を見に行かれるのですから――」

二人の女の全身は真っ黒に汚れ、強い煤の臭いを放っている。紙の如く白い顔色といい、恐怖に強張った目尻といい、公子たちがただ般若坂を訪れたわけでないことは、一目にして知れた。

「何が、何が起きたのです、公子どの。北の方角のあの火事は、いったい何なのです」

「あれは――」

と応じようとした公子の唇はひび割れ、その頬は鮮やかな朱色に染まっている。思わず摑んだ腕が燃えるように熱いと感じた刹那、公子の首が壊れた木偶のように傾ぐ。範長は「しっかりなされよッ」と叫んで、その身体を支えた。

荒い息が喉から漏れているところからして、風病か咳病（インフルエンザ）であろうか。いずれにしても、国境までやってくるべき体調でないのは、明白であった。

「阿波どの、都で何があった。このようにお身体のすぐれぬ公子どのを、何故ここにお連れしたのだ」

「ご、ご一門が――」

恐ろしいことを思い出したかのように、阿波が急に身体を震わせる。胸の前で固く握り合わされた肉づきのよい指の節は、完全に血の気を失っていた。

「平家のご一門が主上を擁し、鎮西へと移ると決まったのでございます」

なにッと問い返したのをいったいどう受け止めたのか。阿波は「お分かりでございますか」と、声を張り上げた。

「げ、源氏どもから、平家は逃げるのでございます。もはや敵が攻めて来るのは、明らか。都にいては命が危ういと、帝をお連れして逃げねばならぬのですッ」

ひと息にまくし立て、阿波はうわあッとその場に泣き伏した。その腰にしがみついていた惟丸たちが怯えた様子で後じさり、阿波と範長の顔をせわしく見比べた。

天皇の動座とは、本来、行幸と呼ぶべきもの。しかしすでに叡山まで義仲が迫っている以上、今回のそれは平家の血をひく帝を奉じての、ただの敗走だ。

青ざめた瞼を強く閉じた公子を両手で抱えたまま、範長は阿波に詰め寄った。

「詳しく話せ。つまりあの火事は、義仲軍が都に放ったものなのか」

「いいえ。そうではありません。あれは都を立ち去るに際し、前内大臣（平宗盛）さま自ら、六波羅邸にかけられた焔でございます」

涙にむせぶ阿波をなだめて聞き出したところによれば、源義仲の進軍を前に、平家の主たる公達の意見は、都を戦場に敵を迎え撃つべきと説く主戦派と、北陸道の敗戦による兵力消耗を鑑み、今は兵力の回復に傾注すべきと主張する退却派に二分した。そんな最中、西国の反平家派の一党が、鎮西から上納されるはずだった年貢米を筑前で強奪。その奪還のため、西国への派兵が必須となったのをきっかけに、一門の意見は「ならば帝を奉じて西へ」と合致したのであった。

亡き清盛入道は、若い頃、西国諸国の国司を歴任しており、かの地には肥後国の菊池氏・筑前国の原田氏など平家と強い紐帯で結ばれたもののふも多い。それだけに平家が自らの権力の権化たる帝を奉じ、勢力回復のために西に向かうのは、やがて来たるべき反撃の日に備えてであったのだろう。

さりながら平家が都に根を下ろしてから、すでに数十年。ましてや幼い帝を奉じての西国行きは、一門を不安のただ中に突き落としたのだろう。阿波の狼狽え切った口調は、まさにこの一夜に平家を襲った動揺そのものであった。

「帝に従うことと決まったのは、ご生母・建礼門院さまを始め、一門の上卿七十余名に女子供二百名近く……神璽宝剣内侍所（八咫鏡）を始めとする重宝はすでに牛車に移され、帝の御後を追っている、早くそれに続けとの重衡さまからのご下命に、わたくしはこれは悪い夢ではとすら疑いました」

六波羅第の火はもはや消しようがないほど大きくなり、近隣の一門の邸宅に眩い金色の火の粉を降りこぼし始めていた。すでに重衡は帝のもとに駆けつけ、輔子は建礼門院の側に引き留められている。

重衡がわざわざ留守宅に使いを走らせたのは、公子を都に残しては、どんな目に遭わされるか知れぬと案じてだったのだろう。一族の命運に関わる混乱の最中、一滴の血もつながらぬ養女のために牛車を寄越した点から推すに、もはや公子のことを実の血縁同様と考えていたのかもしれない。

ですが——と阿波は、真っ青な唇を震わせた。

「公子さまは、ご一門とは共に参らぬと、そうお決めになったのでございます。たまたま風病に臥せっておられたのを口実に、必ず御後を追うと言って使いを戻されると、厩に残されていた馬を曳き出し、この般若坂に——」

床に横たえた公子の頰は火照り、唇から荒い息が漏れている。そうでなくとも、ひ弱な女二人。国境までの道中がどれほど病身の公子に辛いものだったのかは、考えるまでもない。

「馬鹿な。何故、お止めしなかったのだ。下手をすれば、二度とご一門と落ち合えぬやもしれんのだぞ」

実の親兄弟を持たぬ公子が、庇護者なしで生きていけるものか。そうでなくとも平家が雪崩を打って凋落に向かいつつある今、重衡夫妻の養女であった事実は、公子には危険しか及ぼさぬはずだ。

あまりに愚かすぎる。なんとしても公子は、平家一門とともに西に去るべきだったのだ。

「阿波は悪うございません。全て、わたくしが決めたことでございます」

不意にかすれた声が、公子の唇からこぼれた。潤んだ目を弱々しく見開き、公子は範長を仰いだ。

「この二年、わたくしはずっと考え続けておりました。血の繋がりはないとはいえ、我が身は父を失ってよりこの方、重衡さまのお屋敷に暮らし、そのお優しさの羽のもとに憩うてまいりました。ならば南都の方々を苦しめた罪の一端は、わたくしも背負わねばならぬはずです」

「公子さま、かようなことは――」

阿波があわてて、公子の言葉を遮ろうとする。だが公子は小さく首を振ってそれを止め、「愚昧な女子の戯言なのかもしれません」とほろ苦く笑った。

「お許しくださいい、範長さま。わたくしは初めて小萱と会うた時、ああこれで重衡さまの罪を少しでも雪ぐことが出来る、と安堵いたしました。ですからここで小萱や惟丸たちを養うていたのは、誰でもない、わたくし自身のためだったのです」

ですが、と続ける双眸に、大粒の涙が盛り上がる。目尻からこぼれた澄明なものが、静かにこめかみに伝った。

「御仏はどうやら、わたくしのそんな欺瞞をご承知だったご様子です。ご一門が都を追われるのはきっと、南都を焼き払った仏罰なのでございましょう。ならばわたくしはこれから、己自身のために子供たちを利用しようとした罪を償わねばなりません」

「愚かを申すな、公子どの」

それが欺瞞だとすれば、南都焼き討ちの罪を忘れるために子供たちの世話に邁進した自分はどうなる。人とは誰しも、己の心を偽り、綺麗ごとを口にするもの。ましてやこの動乱のただなか、公子の如く己の真意ばかりを見つめ続けては、いずれはその命すらも奪われてしまおう。

「はい。公子は愚かでございます。されど、わたくしにはもはや、そうするより他ありません」

お願いします、と公子は胸の前で弱々しく手をあわせた。

「どうぞ、わたくしをここに置いてください。小萱が南都に奉公に参った旨は、いただいた文にて知っております。ならば綾女を惟丸を双葉を……小虫を一人前にする日まで、わたくしに本当に己の罪を雪ぐ機会をお与えください」

公子さま、と呻いて、阿波が板の間に泣き伏す。その歔欷を遠くのもののように聞きながら、「――承知した」と範長は公子の手を軽く叩いた。

「公子どののお覚悟、この範長、よく分った。そのお気持ちを守るべく、なよ竹と二人、出来るだけのことはさせていただこう」

阿波の話が正しければ、今ごろ平家一門は山崎津（やまさきのつ）あたりで船に乗り込み、一路、摂津（せっつ）を目指していよう。公子を重衡の許（もと）に戻すことはもはや叶わない。ならば公子自身が望むように、この家で主従を守るより他ない。

「とにかく今は、身体を休められよ。話はそれからだ」

この坂に暮らす子らを助けることが、自分の務めだと思っていた。だがもしや我が身が真になすべきは、平家の罪に戦（おのの）くこの娘の救済ではあるまいか。

ぽっかりと開いたままの戸口を顧みれば、四角く切り取られた空はますます黒く沈み、北山の稜線だけが場違いなほど明るく輝いている。

あの黒煙の下では、かつての南都同様、罪なき者たちが焔に追われ、生きながら焼かれんとしているのだろう。その後に広がるであろう荒涼たる焦土や、家や肉親を失い涙にくれる人々の姿が、ありありと見えるかのようだ。

この時、外に軽い足音が立ち、「範長さま、そこにおいででございますか」という押し殺した声が聞こえてきた。一瞬誰もが身を堅くしたが、すぐにそれがなよ竹のものと気付き、ほっと息をついた。

「おお、いるぞ。公子どのと阿波どのもご一緒だ」

がさがさと家を取り巻く藪が揺れ、髪をざんばらに乱したなよ竹が血相を変えて転がり込んでくる。「ご無事でございましたかッ」と喚きながら、板の間に横たわる公子にすがりついた。

　風向きが変わったのだろう。門口から吹き込む風は、いつしか薄い煤の臭いを孕んでいる。それがいつ果てるとも知れぬ人々の憎悪のくすぶる臭いのように、範長には思われた。


　平家都落ちの詳細はその日の昼には南都にもたらされ、街区には人々の快哉の声が満ちた。

　相次いで都からもたらされた噂によれば、後白河法皇は平家が去るや否や都に戻り、院御所で議定を開始。三種の神器の返還を平氏に命じるとともに、入京した義仲に平家追討を下命したという。

　その一方で言仁帝の異母弟・尊成親王（後鳥羽天皇）を院宣によって即位させ、都の治安回復を図ったのは、さすが清盛入道と長らく対等に渡り合った治天の君らしい迅速さであった。

「水鳥が逃げるにも似た勢いで、都を捨ててしまうとは、平家もあっけないものだなあ」

「長年の怨念を晴らそうといきり立っていた叡山の悪僧も、これではさぞ拍子抜けしておろう」

　興福寺の堂衆はそう言いあうことで、平家に一矢も報い得なかった溜飲を少しでも下げんとした。

寺内で取り沙汰される風評は、一門の総帥たる前内大臣の無能さから、南都の宿敵である左中将・重衡の右往左往ぶりに始まり、果ては恋人の許に通っていたせいで都落ちに取り残された若公達や、下穿きも着けぬ無様な姿でかろうじて牛車に乗り込んだ女房の話……逃げ出すぎりぎりまで重宝を屋敷から運び出し続けた欲深や、あまりに急ぎすぎて足を滑らせ、庭の石で頭を打って亡くなった愚か者にすら及んだ。その凄まじいまでの姦しさとそれに伴う悪口は、この寺の者たちの平家に対する憎悪の現れであり、範長はそれらが聞こえてくる都度、耳をふさぎたい衝動に駆られた。

もっともそんなことを露知らぬ堂衆たちは、

「まったく、平家って奴らは最後まであさはかだったわけだな。なあ、範長もそう思うだろう」

と、笑いながら範長に同意を求める。

その都度、範長は「あ、ああ」とあわててうなずいてから、公子の苦しみに思いを馳せ、皆に気取られぬよう一人俯くのであった。

風病を押して般若坂までやって来たのが悪かったのか、あれ以来、公子は高熱が下がらず、範長となよ竹はこれまで以上の頻繁さで般若坂に通い詰めていた。ただ少なくともあの家に寝起きする限り、公子の耳に平家にまつわる風聞が届くことはない。今の範長にとっては、それだけが唯一、安堵できる事柄であった。

都落ちから約一月後、平家一門は鎮西に到着し、大宰府(だざいふ)に入府。だが平家の思惑に背いて、鎮西の武士団は助力を名乗り出ず、一門は孤立状態にあるという。

　このままでは遠からず、彼らは鎮西にも居場所を失うだろう。そうなれば平家はいったいどこで兵力を復し得るのか。かの一門が再び都に戻れたらよいとは、決して思っていない。とはいえ仲間たちの如く、その滅亡を願い、挙動を嘲(あざけ)る真似はどうしても出来なかった。

範長がそんな激しい惑乱に苦悶していたある日である。おおい、と野太い声が境内にこだましたかと思うと、四、五十人の男たちがどやどやと境内南の石段を上がって来た。みなそろって俗体で、手に手に武具を携えている。古びた胴丸を何領も重ね着した者や、柄の折れた薙刀を肩に担いでいる男もいた。

「何者だ」

思いがけぬ闖入者(ちんにゅう)に、噂話に花を咲かせていた悪僧が面上に警戒を漲(みなぎ)らせて立ち上がる。仲間たちの間で居心地悪く肩をすぼめていた範長もまた、それに従って頭を巡らした。しかしすぐに、もっとも遠目の利く堂衆が男たちを指差し、「ああッ」と声を筒抜かせた。

「お、おぬしら、戻って来たのかッ」

　その途端、高足駄をがらがら鳴らしながら近づいてきた男たちが、どっと笑う。真っ黒に焼けた面と逞しい四肢に相応しい濁(だ)み声であった。

「おおよ。平家を都から追い落とせば、もはや我らの出番はないでなあ」
それは三年前の焼き討ちの直後、道俗の仇を取ると息巻いて南都を飛び出して行った悪僧たちであった。

どれだけの合戦をくぐり抜けて来たのか、その武具は古び、顔や腕に明らかな古傷をのぞかせている者も多い。ばらばらと駆け寄って来た堂衆と肩を叩き合いながら境内を見回し、「ずいぶん堂宇が建ったではないか」と懐かしげに頰を緩めた。

「おぬしらいったいどこに行っておった。それに、これほど多くが行動を共にしておったのか」

「おお、当初は鎮西におる者、東国に走る者、様々おったのじゃがな。やがて源義仲さまが真っ先に平家を打ち破りそうだと知り、三々五々、北陸に集まっていったのじゃ」

南都の恨みを晴らさんとする悪僧衆は武勇に優れ、どこに行っても重宝された。平家が遁走した後の都に攻め入り、逃げ遅れた一門の衆を捕らえたのも自分たちだ、と彼らは我がちにしゃべり立てた。

「とはいえ次の春が来れば、南都を後にして丸三年。もはや平家の凋落が明らかな今、強いて西国まで追う必要もあるまいと思うてな。皆で協議し、この辺りで南都に引き上げると決まったのじゃ」

「そうそう。それに、なにせ長らく首領を務めてくれた永覚坊が、加賀国篠原の戦で大怪我を負ってのう。幸い命拾いこそしたものの、これ以上、打ち物取って戦えぬ身となってしもうたのじゃ」

　ちらりと背後を顧みた悪僧の視線を追えば、永覚が二人の男にはさまれながら、よろよろと石段を登ってくる。別人かと疑うほど痩せ衰えた姿に、範長は思わずその名を呼んで疾駆した。

「怪我とは、どこを痛めたのじゃ」

「右の脛を薙刀で払われた上、手当をした医師が下手で、回りの肉を腐らせてのう。おかげでもはや杖がなくては、歩けぬ身となってしもうた」

　悪僧たちのやりとりが、耳を叩く。石段の上から見下ろせば、永覚の右足は膝から下が欠け、ひと足ごとに大きく身体が左右に傾ぐ。しかしそれでも片手の杖にすがりすがり、一人で必死に石段を登る様に、範長は胸を突かれた。

「永覚坊――」

「おお、範長か」

　石段を振り仰ぎ、永覚は髭に覆われた頬をわずかにほころばせた。

「どうじゃ。日数はかかったが、ちゃんと生きて戻ったじゃろうが」

「お、おお。確かにその通りだ。よく戻ったな」

　あわてて駆け寄って範長が差し伸べた手を断り、永覚は一歩一歩踏みしめるように石段を登り切った。すでに仲間の悪僧たちは作事半ばの金堂の前に寄り集まり、声高に久闊を叙し合っている。永覚はそれを尻目にその場に音を立てて坐り込み、肩で息をしながら眼下に広がる南都の街並みを見下ろした。

「先ほど新薬師寺にも寄ったが、あちらは焼け跡の片付けすら終わっておらなんだ。あれでは堂宇の再興が叶うのは、まだまだ先だな」

そう寂しげに笑ってから、「さすが、興福寺の御寺は違うわい」とつけ加えた。

「かつての如くとは到底ゆかんが、それでもこのご時世にこれだけの作事が出来るとは大したものじゃう」

「寺に戻れぬのであれば、うちに来い。寝小屋にはどれだけでも空きがあるぞ。御寺に寄寓しながら、新薬師寺の再興を待てばいい」

財力の乏しい新薬師寺は再興の目処が皆目立っておらず、焼き討ちを生き延びた僧たちは、現在、そろって東大寺に身を寄せている。南都一の悪僧たる永覚が戻ったと知れば、皆、さぞ喜ばれよう、と続けた範長に、

「悪僧、悪僧のう。わしはもう、そう呼ばれることに飽きてしもうたわい」

と、永覚はぽつりと呟いた。

「なにせこの三年、わしは戦につぐ戦に身を置いてきたでなあ。おかげで人の愚かさも醜さも、ようよう見させてもらった」

平家を追い落とすまでの戦いは、無惨に殺された南都の衆の敵討ち。しかしそれが果たされた今となっては、もはや戦はこりごりだ、と永覚は軒先から滴る雨滴に似た調子で語った。

「新薬師寺が再興されておらずば、むしろ都合がよい。これからは鄙の地に引っ込み、寺の堂守でもして暮らそうと思うておる」

「何を言う。おぬし、本気なのか」

「おお。わしは十指を優に越える人間を、この手で屠ってしもうた。他の奴らの中には、まだ戦に飽き足りておらぬ者もいるようじゃが、わしはもう十分だ。ただ、足の傷が完全に癒えるまでは、もうしばし南都に留まりはするがな」

　永覚、と呼びかけようとした声が、喉に詰まった。

　南都悪僧が太刀薙刀を取って戦うのは、本来、三法を守らんがため。時折、都に強訴に押しかけはしても、自ら敵を探して戦を挑むのはその本分に背く。それだけに焼き討ちの仇を取るために戦に身を投じながらも、永覚は心のどこかで己の戦いに疑念を抱いていたのだろう。右足を失い、平家を都から追い落としたことで、自分の為すべき戦はここまでと見切りをつけてしまったのに違いない。

「行く先はあるのか」

「城下郡の山田寺に、伯父がおってな。ひどい荒れ寺だが、わし一人ぐらい置いてもらえよう」

　興福寺から南に五十里の場所に建つ山田寺は、舒明天皇十三年（六四一）、讃良女帝（持統天皇）の祖父・蘇我倉山田石川麻呂が造営を始めた古寺である。まだ都が藤原京にあった頃には累代の天皇から厚い崇敬を受け、奇異荘厳なる伽藍を幾棟も構えていたというが、今から五十年ほど前、風雨によって複数の堂舎が倒壊。現在はかろうじて残る堂院を、数名の僧侶が守るばかりと聞く貧乏寺であった。

「そうか……達者で暮らせよ」

永覚であれば、公子とそれを取り巻く困難を――このどうにもならない胸の裡を打ち明けられる気がしていた。しかし南都を離れ、破れ寺の堂守として生きんと決めた朋友を、知れ切った困難に巻き込めはしない。

膝に置いた手をぐいと握りしめ、範長は明るい口調を繕った。

「せめてもの餞別代わりに、山田寺に行く折は、わしが送って行ってやろう。おぬしの伯父上とやらにも、一度会うておきたいでな」

「ああ、それはありがたい。ならば道々、積もる話もできるな。かの寺の講堂本尊の薬師三尊像は、それはそれは優美な古仏だ。ついでにあれもおぬしに見せてやりたいのう」

遠い目になった永覚の顔には拭いきれぬ憂いが満ち、彼が生きてきたこの三年の修羅の激しさを如実に物語っている。

風が出てきたのだろう。猿沢池の面がさざ波立ち、薄い秋日が玻璃をちりばめたように砕けた。永覚は大きな唇をわずかに笑みの形に歪めたまま、静かな眼差しを眼下に落とし続けている。それはまるで、自らの手で彼岸に送った無数の命を惜しんでいるかのような、寂しげな横顔であった。

第四章

猛り狂う風雨が、ようやく人の背丈ほどまで伸びた松樹を激しく揺らしている。南都の空を重苦しく塞ぐ暗雲と、地面を叩く驟雨のせいで、興福寺境内はおよそ昼とは思い難い薄闇に覆われていた。

「おおい。誰か、作事場を見に参れ」

「東金堂の扉は、しかと閉ざしておろうな。万一大風が中に吹き込めば、載せたばかりの屋根が飛んでしまうぞ」

板塀の向こうで怒号が弾け、数人が降りしきる雨を突いて急ぐ気配がそれに続く。

信円は声の方角を仰いで、軽く腰を浮かした。しかしそれが堂衆たちの声であると確かめると、すぐにどさりと音を立てて円座に坐り直した。苛立ちを堪えて唇を舐め、雨の降り入る縁先にまたも目をやった。

信円の御座所である一乗院が再建されたのは、昨年末。材木不足を見かねた都の異母兄・兼実が讃岐国の所領から良材二百本を東金堂・西金堂の作事場に寄進した折、その余った柱を用いて、かつての半分ほどの規模でこの院家を建て直したのである。

もっとも、西金堂は一乗院とほぼ時を同じくして、無事に落慶にこぎつけたが、東金堂は大雨の日に番匠が無理をしたせいで柱が崩れ、ようやく数日前に仮屋根が載ったばかり。しかも本来であれば二、三年をかけて陰干しにすべき木材を無理やり作事に用いたせいで、柱はそこここに節が目立ち、晴れた日にはまだ乾き切らぬ木が爆ぜた音を響かせる。

だがそれでも、中金堂の左右にそびえ立つ東西両金堂は、長年、興福寺の威容を支えてきた双の大伽藍。それだけに完成間近の東金堂の危難は、西金堂の衆にもよそ事ではないのだろう。ぬかるむ境内を駆け、作事場へと急ぐ堂衆の数は、刻々と増えつつあるようだ。

とはいえ今の信円には、そんな境内の様子を気にかけている暇はなかった。しばらくの間、眉間に皺を寄せて垣根の外を凝視していたが、やがて両の手を打ち鳴らし、側仕えの僧を呼んだ。

「今日も都からの使いは着かぬのですか。誰ぞ、国境まで様子を見に遣らせなさい」

「は、はいッ」

従僧があわてて頭を下げたとき、雨風の音を圧して、馬の嘶きが響き渡った。「使いじゃ。都の摂関家さまよりの使いでございます」という叫びが、それに続いた。

「来ましたかッ」

信円がそう怒鳴ったのと、一乗院の門内が慌ただしくなったのはほぼ同時。待つ間もなく、雨と泥に全身汚れきった水干姿の男が、従僧に左右を支えられながら簀子へやってきた。

ぜえぜえと荒い息をつきながら、男はその場にがばと両手をついた。血走った目で信円の顔を仰ぎ、「ほ、本日払暁、都に西国よりの使いが参りましたッ」と告げた。

「三月二十四日の午刻（正午頃）、先帝及び平家一党は長門国と豊前国の境の海に、ことごとくお沈みになられたそうでございます。ただ先帝の弟君・守貞さま、母君の建礼門院徳子さま、前内大臣・宗盛さまは救い出され、この月のうちにも都に連れ戻されるご様子です」

簀子に詰め掛けていた従僧たちが、おおっとどよめく。そんな中で信円だけが唇の端をひきつらせ、「なんですと。先帝はお助けできなんだのですか」と呻いた。

「はい。祖母に当たる二位尼さまが神璽と宝剣ともども先帝をお抱きになり、海に入られたとか。せめてご遺骸だけでもお掬いせねばと、近隣の海士や漁を雇い、水底を探させているそうでございます」

信円は両手を左右について、後ろに倒れ込みそうな身体を辛うじて支えた。

現在、帝位にある尊成は、この国始まって以来の神器を手にしたことのない天皇。このため都の異母兄や甥たちは、その威光を一日も早く不動のものとせんと苦慮し、後白河法皇とも計らって、再三、平氏に神器返還を求め続けていた。それだけに今ごろ彼らはこぞって、その紛失に慨嘆しているだろう。

人の心とは、単純なものだ。南都を灰燼に帰した平家が暴虐であればあるほど、人々は南都の惨状を嘆き悲しみ、諸寺へ寄進を行なう。さりながらそんな平家が今、幼い先帝もろとも、哀れに西国に滅んでしまったとなればどうだ。彼らは必ずや、これまでの平家の行ないを忘れ果て、今度はその悲惨な滅亡の様に涙するに違いない。

そうでなくとも南都の再興は今、大きな転機を迎えている。東大寺ではつい先日、約一年の歳月を費やして、毘盧舎那大仏の鋳造が終了。大衆は盛大な開眼供養をこの夏に控え、その準備に余念がないという。

一方で興福寺はと言えば、東金堂の完成こそ間近ではあれど、講堂・南大門・食堂といった伽藍の再建は計画すら整っていない。かつて康慶たち諸仏師に命じた造像もまだ仕上がる気配がなく、有体に言って再興作事はまだまだ道なかば。つまり人々にはこれから先も、平家の横暴を嘆き、この寺への寄進を行なってもらわねばならぬのに、ここで平氏がこうも悲惨な滅び方をしては、これまで興福寺に寄せられていた人々の哀れみは、一度に敗者の側に向けられてしまうではないか。

平家が都から立ち退いて以来、南都にもたらされる知らせは、栄華を極めた彼らの哀れな落魄の報ばかりだった。頼みにしていた鎮西の諸氏は、加勢を求める平家の使者を冷淡に追い返し、遂には一門が仮の宿としていた大宰府に攻め寄せようとした。しかたなく平家は鎮西を離れ、讃岐国屋島を経て、かつての一族の本拠地であった福原に移動。一時は都への攻撃を検討し得るほどの兵力を蓄えたものの、後白河法皇の不興を買った義仲に代わって平家追捕を命じられた源義経軍の奇襲に遭い、一ノ谷の戦で散々な敗北を喫した。

薩摩守・平忠度を筆頭に、左馬権頭・平経正、若狭守・平経俊、越前守・平通盛など名だたる公卿が討ち取られたこの戦によって、平家の兵力は半減。都の異母兄・兼実などはわざわざ信円に文を送り、「次の夏までには、長らく続いた戦も収まるだろう」との見通しを告げ知らせていただけに、このひと月、信円はやがて訪れる平家滅亡日を今日か明日かと待ち続けていたのであった。

平家が激闘の末に滅びれば、人々はきっと悪事の限りを尽くした彼らの末路に、御仏への帰依の念を厚くするはず。そうなればきっと興福寺への寄進も増え、作事の進みも早くなろうと考えていた。それなのに――。

信円は血がにじむほど、唇を嚙み締めた。

癇性にこめかみをひくつかせたその横顔に、これ以上、機嫌を損ねてはならぬと考えたのだろう。従僧たちが使者をうながして立ち上がる。身をかがめてそそくさと退いていくその気遣いが、かえって信円の胸を逆なでした。

自分がどれだけ尽力しようとも、作事は思うままに進まず、興福寺の境内の様はいまだかつての威容とは程遠い。平家がどのように滅ぶか次第では、かつてないほどの寄進が寺に集められようと踏んでいたのに、そんな信円の目論見すら、彼らは易々と踏みにじる。

こうなればどんな手を使ってでも、諸国の人心を再び南都に向けさせねばならない。そのためには、あの南都炎上の凄まじさを人々に思い出させるのが肝要だ。

「こうなれば、三位中将さまを利用させていただくか——」

重衡は昨年、一ノ谷の合戦において捕縛され、現在は源氏棟梁の本拠地である鎌倉に拘束されている。

南都攻めの大将であった重衡は、あの恐ろしい焼き討ちの記憶を刺激する何よりの人物。平家が先帝ともども西海に没したとなれば、間もなく諸国では今回の戦の後始末が始まるだろう。武門の戦においては、敗軍の将は斬らるるが習い。だとすれば重衡はもちろん、このたび壇ノ浦で捕らえられた宗盛も間もなく源氏によって処刑されるはず。そして鎌倉の源氏からすれば、もはや宿敵を討ち滅ぼした今、誰がどこで殺されようとも、さしたる違いはなかろう。

もし、南都の怨敵たる重衡をこの地に引き渡させれば、どうだろう。人々はかつて南都を焼き払った重衡の姿を目の当たりにすることで、諸寺大衆の苦難に哀れの念を抱くのではあるまいか。

「そうだ。それしかあるまい」

そうと決まれば一刻も早く、南都諸寺の三綱で合議し、重衡引き渡しを鎌倉に願い出ねばならない。信円は逸る気持ちを抑えながら、傍らの文箱に手を伸ばした。

「御仏の——御仏のご加護じゃ——ッ」

雨風に混じって、荒々しい怒号が聞こえた。雨が吹きつけるのも厭わず簀子に走り出れば、先ほどの堂衆の声とは比べものにならぬ激しい叫喚が、境内のそこここで響き渡っている。

「仏罰が当たったのじゃ。幼き帝までがお亡くなりあそばされたのは、一門の悪事の報いを受けられたのだッ」

「鐘を打てッ。南都の衆に、仏罰尽滅を告げ知らせるのだッ」

一乗院の学侶が、堂衆に平家の滅亡を知らせたのだろう。呪詛にも似たその怒号は、焔が風を得て大きくなる勢いで、刻々と大きくなってゆく。

興福寺大衆はこの五年の間、平清盛の死、平家都落ちと、かの一門の凶報を知るたび、喜びの声を上げてきた。しかし今、雨風を突いて響くその雄叫びは、まるで巨大な地揺り（地震）が南都を襲ったかと思われるほどにおびただしい。

腹の底に響く鐘の音が、絶叫の合間を縫って響き、ついでそれに呼応するようにはるか彼方でも鐘が鳴り始めた。

平家滅亡の噂はこれから南都じゅうに伝わり、ついには四囲を山に取り囲まれた奈良全土が一斉に、歓喜の歌を歌うのだろう。

「誰かッ。誰か、傘を持て」

控えの間に向かって命じ、信円は御座所と仏堂を結ぶ渡廊に向かった。あわてて駆け付けてきた従僧に傘を差しかけさせ、横殴りの雨の降る境内にひた走った。

灰色の雨の帳の奥で、何十人もの堂衆が全身ずぶ濡れになりながら、激しくばたつく東金堂の板戸を押さえている。一方で東金堂と向かい合って建つ西金堂は、すべての扉が大きく開かれ、基壇の下に十重二十重の人垣が生じていた。

堂衆に雑人、仏師に工人……あるいはぬかるみに額をこすりつけ、あるいは激しく数珠を押し揉む彼らの口からは、そろって御仏への感謝と平家へのいまだ収まらぬ呪詛が漏れていた。

「やっと。やっと、じゃ。わしらの戦いは、無駄ではなかったぞッ」

仲間と抱き合っておいおいと声を上げて泣いている一団は、昨年、長きに亘る戦いに区切りをつけて戦場から戻って来た堂衆か。ずぶ濡れの全身から立ち昇った湯気が、怒号とないまぜになって、そこここで渦を巻いていた。

境内に満ち満ちた歓喜の熱気が移ったかのように、信円の身体がじわじわと熱を帯びてくる。いま興福寺が一山を挙げて再興にかかり切りになっているのも、すべては重衡による焼き討ちゆえ。だとすれば重衡をこの南都の手で断罪できれば、大衆の心は更に一つにまとまるはずだ。

しかし、問題はその方法だ。仮にも南都を焼き払った罪人を、この地に入れるわけにはいかない。ならば処罰の地には泉木津界隈がふさわしかろうが、では誰を興福寺の代わりとしてそこに遣わし、重衡を斬らせるべきか。

思いを巡らせる信円の眼の隅を、何かがよぎった。不審を覚えて顧みれば、帳のごとく視界をふさぐ雨のただなかを、二つの影が慌ただしく駆けて行く。人目を忍ぶかのように堂宇伝いに駆けるその背に見覚えがある気がしたのは、はてどういうわけだ。

水たまりに足を取られたのだろう。転倒しかけた細い影を、もう一方が支える。また風が吹き、降りしきる雨が押し流されるかの如く途切れた一瞬、その二つの横顔が露わになった。

（乙法師どのではないか）

そして範長の後に従っているのは、かつて自分付きの稚児だったなよ竹だ。

三、四年前、なよ竹が夜ごと寺を抜け出した折、範長は、彼の外出はただの夜遊びだと言い、実際しばらくして、その外出はぱたりと止んだ。あの時は素直に従兄の言葉を信じたが、この豪雨のただなか、もつれ合って走る二人の姿に、忘れ切っていた不審が水面に落とした墨のようにじわじわと広がった。

境内では今、堂衆がこぞって歓喜の叫びを上げている。一つの時代の終焉を誰もが寿ぐ最中、範長は寺に背を向け、いったいどこに行こうとしているのだ。

立場こそ異なっていようとも、藤原氏の血を引く範長と自分だけは、常に同じものを見ていると思っていた。それだけにこの騒ぎの中、ただひたすら雨中を駆ける姿に、胸に鈍い痛みが走った。

背後から傘を差しかける従僧を、信円は顧みた。これ、と呼ぶ声が己でも奇妙なほどかすれた。

「あの二人の跡を追いなさい。どこに行くのか、確かめるのです」

「あれは……範長さまでございますか」

目を眇める横顔に、そういえばいつぞや範長を寝小屋に訪ったのもこの従僧だったと思い出す。

「そうです。さあ、早く」

戸惑い顔の従僧の手から傘を奪い取り、信円は雨の帳の奥に顎をしゃくった。低頭して駆け出す背に、いっそ自分もその後を尾けたい気にすらなった。

範長が自分を苦手としているのは、よく分かっている。だが自分はそれでもなおあの従兄を信頼し、寺内随一の朋友とすら考えているのに。範長は何故、こうも己をないがしろにするのだろうか。

（やがて来たるべき三位中将さまの処断とて、寺内でそれをお任せできる血筋にあるのは乙法師どののみというのに——）

胸の中でひとりごちた途端、それまで茫漠としていた思考がはっきり形を成す。そうだ、と信円は目を見開いた。

重衡は仮にも、先帝の叔父に当たる公達。幾ら憎き仏敵であっても、春宮亮として言仁帝の傅育に当たりもした人物を、出自も定かならぬ悪僧の手で殺めるわけにはいかない。

その点、範長は元左大臣・藤原頼長の四男。興福寺はおろか南都一円を探したとて、あれほど重衡の処罰に相応しい人物はおるまい。

もし範長が見事、その務めを果たしたならば、口うるさい興福寺の三綱衆も少しは彼に対する認識を改めよう。もしかしたら遅まきながら、学侶としての栄達の道も開けるかもしれない。

なかなか作事が進まぬといっても、いずれ必ず境内には、元の威容が戻る。その時、範長が自分の側にいてくれれば、どれほど心強いことか。

（ならば三位中将さまには、古き怨みを掻き立てるとともに、乙法師どのの新たなる門出の寿ぎ役となっていただこう）

また風が吹き、境内のそこここに植えられた松樹がどうとどよめく。荒れ狂う雨風に揉みしだかれて枝をはなれ、あるいは虚空に舞い飛び、あるいは地面に叩きつけられる松葉の惨めさは、冷たい海のただなかで翻弄される無数の亡骸に似ている。しかし今の信円にはそれすらが、興福寺の輝かしい未来を祝う天花かと映った。

従僧が一乗院に帰ってきたのは、それから一刻あまりも経ってからであった。そろそろ臥所に入ろうとしていた信円が急ぎ御座所に取って返せば、全身泥まみれになった従僧は、庭先に膝をついている。

「御前を汚します。どうぞここで」

そう言って低頭する彼に言い淀む気配を覚え、信円は唇を引き結んだ。

いったいどんな山中に踏み入ったのか、その衣の裾には木の葉が幾枚もからみつき、手足や頰には小さな擦り傷まで出来ていた。すでに雨風は止み、厚い雲の切れ間からは小さな星が瞬いている。乾きかけた水の匂いが、微かに信円の鼻先にたゆたった。

従僧はしばらくの間、逡巡する様子で地面に目を泳がせていた。しかしやがて覚悟を決めたように咳払いをして、申し上げます、とかすれ声を絞り出した。

「範長さまたちが向かわれたのは、般若坂でございました」

般若坂、と信円は繰り返した。

「あの界隈は先の焼き討ちの折に焼かれ、住まう者は絶えたと聞いていますが」

「はい。さようでございます。ですが範長さまたちは慣れた足取りで街道を逸れ、焼け残りと思しきあばら家に入って行かれました」

折しも晩春、しかも雨が上がったばかりだけに、小家の戸口は開け放たれていた。それだけに灌木の茂みに身を隠して様子をうかがえば、範長たちが案内も請わぬまま家に駆け込むさま、板の間から若い娘が立ち上がり、親しげに二人に近づく様子がはっきり見えた、と従僧は語った。

「年の頃は十七、八歳、人品卑しからぬ女性でございました。乳母でございましょうか、四十がらみの女子、それに十歳前後の子供たちが三人ほど、そこに暮らしているかに見えました」

とっさに信円の頭をよぎったのは、範長が妾を住まわせているのでは、という疑いだった。しかしだとすれば、幾人もの童の共住みが理解できない。

考え込む顔になった信円をちらりと仰ぎ、従僧は、「それがしは戸口がよく見える藪陰に身を隠し、家内の様子をうかがいました」と続けた。

上がり框に膝をついた娘に対し、範長は三和土に立ったまま、二言、三言なにかを述べた。すると女性は突然、顔を蒼ざめさせ、その場に突っ伏したという。

「何分離れておりましたせいで、範長さまが何を仰せられたのかまでは分かりませんでした。ですがその女子に向かって、乳母が公子さまと叫んだのだけは、かろうじて耳に届きましてございます」

乳母を従えているところからして、それなりの家の娘であろう。だが廃墟と化した般若坂で寝起きするとは、よほどの剛胆かはたまた世間知らずとしか思えない。

範長の父・悪左府頼長が失脚した折、その血縁はことごとく捕えられ、諸国に配流されたと聞く。それでもいまなお畿内に留まっている者がいるとすれば、それは信円の父たる藤原忠通にも縁続きの人物となるが、信円の知る限り、公子という名に心当たりはない。

「どうにか女たちの身元が分からぬかと、それがしはじりじりと家に近づきました。戸口の傍らに張り付き、中をうかがっておりますと、公子なる女性をみなで懸命に慰めているとおぼしきやりとりが聞こえて参りました」

従僧の額には、いつしか玉の汗が浮かんでいる。それをぐいと拳で拭い、「もしかすれば、何かの間違いやもしれません。ですが、確かにそれがしにはこのように聞こえました」と彼は軽く咳払いをした。

「幸い、重衡どのはまだ鎌倉にて命永らえておられるではありませんか。ご一門の女子の中には、海中より救い上げられた者も多いと聞いております。輔子(すけこ)さまとて、もしかしたらご無事でおられるやも――と」

背筋が氷で撫(な)でられたように総毛立ち、ついで内側から火で焙(あぶ)られたかの如く、じわじわと熱くなる。信円は我知らず、その場に跳ね立った。

「重衡さまと、本当にそう言ったのですか。つまり、その女子は三位中将の血族なのですか」

「そ、それがしには実のところは分かりませぬ。ただ確かに範長さまは確かにそう仰せられました」

がたがたと身体を震わせて、従僧が面伏せる。わななくその背を瞬(まばた)きもせずに見下ろし、信円は声にならぬ呻きを漏らした。

なんという真似を、という思いが脳裏をぐるぐると駆け廻(めぐ)る。その一方で頭の隅では、その事実を不思議に当然のものと受け止めている自分がいた。

いつから彼らが、その公子とやらを匿(かくま)っていたのかは分からない。しかしその事実さえ受け止めれば、少なくともあの豪雨をついて彼らが寺を抜け出した理由は得心が出来る。

普段の信円であれば、人の目を慮り、目の前の従僧に退けと命じただろう。だが今は、そんなことを考える余裕すらない。どす黒い感情がゆるやかに胸の底で渦を巻き、あっという間にそれは激しい怒りと変わって、全身を満たした。

幾ら親同士が敵であろうとも、この興福寺において自分と範長は、たった二人だけの摂関家の血族。どのような境涯にあろうとも、自分たちには他者にうかがい知れぬ紐帯があるのだと信じていた。それがよもや、仏敵の一味を匿うとは。

「範長どのを――」

およそ自分のものとは思えぬしゃがれ声が、喉を突く。信円はわななく手で、般若坂のある北を指した。

「範長どのを連れ戻すのです。あの御仁は、今なお南都を脅かさんとする魔性に誑かされておいでと見えます」

この南都を焼き払った平重衡が仏敵であれば、その公子とやらは仏陀を誑かさんとした天魔同然。同じ摂関家の者として、なんとしても範長をかような悪から救い出さねば。

「悪僧を集め、すぐに般若坂に向かわせなさい。忌まわしき仏敵が、この御寺をまたも狙っておりますぞッ」

喉も嗄れよとばかりの信円の声に、控えの間に複数の足音が立つ。呆然と自分を凝視する従僧を、信円は目を吊り上げて睨み据えた。

「なにをしているのです。そなたは悪僧たちを、その天魔の家まで案内なさい」

時ならぬ別当の下知に、稚児や学僧までが目を覚ましたのだろう。いつしか庭の右手に建つ対の屋にも灯が点り、

「般若坂に仏敵がおるらしいぞ。今すぐ討ち取れとのお下知じゃ」

「荒事であれば、西金堂の玄実に指揮を執らせよ。老いたりとはいえ、一騎当千の荒法師じゃ」

「おお。それに先年、戦場から戻って来た悪僧たちを呼び召すのだ。あ奴らであれば、どのような輩であろうとも不足はなかろうて」

との叫びが響いてくる。

従僧が怯えを走らせた顔で後じさり、そのまま控えの間に走り入ったのも、最早、視界にはなかった。信円は足をよろめかせて立ち上がり、雨に濡れた簀子に向かった。

なぜだ。なぜ、範長は仏敵の一味なぞを身近に置いていたのだ。その体を流れる血は、この寺を統べ、南都の道俗を導くための貴種の血。それにもかかわらず、何故みすみす己が血を汚す真似をする。

厩から馬が曳き出されたのだろう。猛々しい馬の嘶きが夜陰をつんざき、塀の外で松明が二つ、三つと揺れ始める。どどど、と地鳴りの如く響くのは、そこここから起き出して来た悪僧たちの足音か。

「愚かでございますぞ、範長どの」

その轟きにまぎれるほどの小声で呻き、信円は両手で頭を抱えた。不快な水の感触が

じわじわと爪先に染み通り、それはまるで範長の心を蝕んだ魔性そのもののように感じられた。

雲の切れ間に覗く星が、妙に冴え冴えと輝いていた。


微かな声で名を呼ばれた気がして、上がり框に腰かけていた範長ははっと顔を上げた。いつの間にか、居眠りをしていたようだ。明かり一つない屋内は闇に沈み、阿波の白い面だけがそのただなかにぼんやり浮かび上がっている。

両目を拳でこする範長にぐいと顔を近づけ、「公子さまは、ようやくお休みになりました」と阿波は囁いた。

「そうか。それはよかった」

先ほどまでか細い笛の音のように続いていた公子の歔欷は止み、微かな寝息のみが奥の間から聞こえてくる。

それにまとわりついてごうごうと響くのは、範長のすぐ傍らに臥すなよ竹の鼾だ。整った面差しとは裏腹の豪放な寝息にまぎらせ、範長は大きく嘆息した。

「公子どのが、あれほど取り乱されるとはな」

「中将さまご夫妻は、実の妹か娘かと疑うほどに公子さまをご鍾愛くださいました。お悲しみは当然でございます」

阿波がくすんと洟をすする。申し訳ありません、と横を向いて目許を拭ったのは、平家一門の末路を哀しんでというより、幸薄い養い子の今後を案じてに違いなかった。

「しばらくは公子どのから眼を離さぬ方がいい。綾女(あやめ)たちにも、そう伝えておけ」

この春、小虫(こむし)の姉である綾女は十一歳に、惟丸(ただまる)と双葉(ふたば)は九歳になった。そろそろ彼らの奉公先を見つくろわねばと考えていた矢先であったが、公子が心身ともに回復するまでは、それも棚上げにすべきだろう。

「いずれにせよ、夜が明ける前にわたしは寺に戻らねばならん。塩梅(あんばい)のいいことに、雨風もすっかり治まった様子だな」

「では、槙太(まきた)を起こしましょう」

「いや、構わん。よく寝ているようだ。そのままにしてやれ。こいつは夜明けとともにここを出ても、楽所の勤めには充分間に合うはずだ」

かしこまりました、と首肯して、阿波が土間に下りる。手さぐりで足駄を探す背は、ほんのわずかの間にひどく薄くなったかのようであった。

いつかこんな日が来ようとは、範長とて覚悟していた。だがいざそれが現実となると、これまで考えまいとしていた不安が一度に胸に去来する。

幸い、やりくり上手だった小萱(こがや)とその教えを受けた綾女のおかげで、この家の床下には公子からの仕送りの半分以上が、手つかずで残っている。加えて、般若坂へと逃げてきた折、公子と阿波は水晶の数珠や真珠の釵子(さいし)、鏡や砂金といった金目の品を幾つも懐に隠し持っていた。それらを少しずつ売り払えば、五年や十年は食って行けよう。

しかしながらこれから諸国では、平家一門の残党狩りが始まるはず。いくら人の住まぬ焼け跡とはいえ、この家は街道からほど近い。南都からも目と鼻の先との土地柄を考えれば、いまのうちに公子と阿波を他の土地に移すべきかもしれなかった。

「今後こそ、永覚に相談をするか」

我知らずの独言に、阿波が何かとこちらを顧る。いや、とそれに首を振り、範長は山田寺のある南の方角に目を据えた。

足の傷が癒えた永覚を送って赴いた山田寺は、南都諸寺を見馴れた目には驚くほど、粗末な寺であった。しかしながらかつての栄華の名残りであろう、堂舎には幾軀もの仏像が残り、ことに講堂の本尊・金銅薬師如来像はその柔和な面差しがどこか公子に似ていることもあって、範長に強い印象を与えた。

叶うならば、寺と田畑のみが広がるあのような地で公子を暮らさせてやりたいが、同じ大和国内となればそれも難しかろう。三年の間に諸国を転戦した永覚なら、公子を匿うに適切な地を知っているかもしれない。様子を見て、一応、山田寺を訪おうと範長は考えた。

「ああ、ようやく見つかった。範長さま、どうぞお気をつけてお戻りくださいまし」

足駄を三和土に揃え、阿波がうううんと腰を伸ばす。それに礼を言おうとして、範長ははっと顔を上げた。どどどど、と大勢が列を成して駆ける足音が、彼方で響いたからだ。

こんな時刻にいったい何者だと思う間にも、その音はまっすぐこちらへと近づいてくる。馬の嘶き、武具の触れ合う微かな金音までがそこに混じっていると気付いた途端、うなじがかっと熱を帯びた。

阿波、と呼ばわる声が、自ずと低くなった。

「わたしが外に出たら、板戸を閉ざせ。しっかり心張棒をあてがい、何があろうとも外に出るな」

「は、はい」

阿波が肩をすぼめるようにして、幾度も小さくうなずく。その背をぐいと押し、範長は突っかけたばかりの足駄を脱ぎ捨てた。

風雨のただなか、取るものもとりあえず寺を出てきただけに、薙刀はもちろん、小太刀すら佩びていない。せめて裳付衣の袖をからげ、そろりそろりと板戸を開ける。家の四囲に人影がないと確かめてから、小走りに外へ飛び出した。

見通しのよい坂の頂上まで駆けて見渡せば、南都へと続く長い坂の中腹に複数の松明が揺れている。その周囲では、星の瞬きにも似た小さな光がしきりに瞬いていた。

似た光景は、かつて都に強訴に訪れた折に幾度も見た。あの光は、太刀や薙刀、靫の金具が焰を映じて輝いているものだ。だが昨今の南都で武具を携え、徒党を組むのは、みな諸寺の悪僧ばかり。どこの寺の者かはともかく、それがなぜこんな深更に般若坂へと押し寄せるのだ。

背筋を駆け上がる冷たいものを、範長は懸命に堪えた。そんなはずはない。よりにもよって平家滅亡の報せが届いたその日に、公子の居場所が露見するものか。

　だが範長の内奥を言い当てるかのように、松明はまっすぐにこちらへと近づいてくる。微かな星明かりに照らされたその影は、三十——いや五十人はいるだろう。

　こらあッと大声で喚(わめ)きながら、範長は押し寄せる男たちの前に飛び出した。諸手(もろて)を広げて道を阻み、待て待て待てッと怒鳴った。

「おぬしら、いったい何者だッ。かような夜中に徒党を組み、どこに参るッ」

「おおッ、乙法師かッ」

　瞬時に返ってきた大声は、範長にはひどく馴染みがあった。男たちをかき分けて歩み出て来た悪僧の顔を、赤々と燃える松明が照らし付ける。周囲に比べれば背は曲がっているものの、刃区(はまち)の厚い薙刀を引きそばめたその厳つい顔は、まぎれもなく玄実のものであった。

　いや、彼だけではない。忙(せわ)しく目を配れば、その背後には栄照(えいしょう)を始めとする興福寺の悪僧の顔が連なっている。だがそのいずれもが胴丸に身を固め、物々しく武具を携えているのはどういうわけだ。

「こ、これは如何なる仔細(しさい)でございます」

　範長が声を上ずらせるのに、悪僧たちが目を見交わす。玄実が無言のまま軽く片手を振ったかと思うと、その後に連なっていた列の半分ほどがいきなり道を逸れて走り出した。

「あちらですッ。あれなる灌木の茂みの奥でございますッ」

という叫びがそのただなかで上がり、おおっという鬨の声が弾ける。灌木を押しひしぎ、藪を突っ切ってひた走る彼らが、子供たちと公子の暮らす家に向かっている事実に、範長の背は粟立った。

「待て、おぬしら。どこに行くッ」

喚きながら追いすがろうとした範長の前に、ぐいと玄実が立ちふさがった。普段は重たげに瞼の垂れ下がった眼を炯々と光らせ、「やらぬぞ、乙法師」と腹の底に響く声で言った。

「おぬしがあれなる坂の上に誰を匿っておるのか、すでに別当さまはご存じじゃ。今であればまだ間に合う。かような仏敵の始末は我らに任せ、疾く疾く寺に戻れ」

信円の名に、激しい混乱が脳裏を襲う。さりながら今は、それを問いただしている場合ではない。

範長は自分を取り囲む悪僧たちに、素早く目を走らせた。慣れた様子で太刀を抜き放つその中には、先年、永覚とともに帰寺した悪僧が幾人も含まれている。

いくら範長が武勇に優れていても、それは所詮、南都諸寺の中での話。もののふに混じって戦場を駆け廻って来た彼らに比べれば、到底、戦慣れしているとは言い難い。ましてやこのように多勢に無勢ともなれば、なおさらだ。

「あれだ。あれなる家だ。取り囲んで、火を放てッ」

坂の上から、胴間声が響いてくる。

こめかみにじんわりと汗がにじむのを覚えながら、「——分かりました」と範長は低い声を絞りだした。

「なぜかような勘違いをなさったのかは存じませぬが、とにかく御寺に戻りましょう。信円の前で申し開きをしますので、話をお聞きくだされ」

殊勝を装ってうなだれた範長の左右を、二人の悪僧が固める。彼らに従って歩み出すと見せかけ、範長は背後に大きく飛びしさった。

右側にいた男に体当たりを食らわせ、腕から薙刀を奪い取る。その折、刃が足をかすめたのだろう。うぐっという悲鳴が相手の口から漏れ、強い血の臭いが四散した。

「手向かいするか、乙法師ッ」

怒号とともに目の前に躍り出てきた玄実が、膝下から薙刀を撥ね上げる。間一髪、地面に身を投げ出してそれを避け、「手向かいではありませぬッ」と範長は叫び返した。

「信円やおのおのがたは心得違いをしておられますッ。あれなる家に暮らすのは、決して仏敵なぞではありませぬ」

「その言葉こそ、天魔に心奪われておる証しじゃ。この愚か者がッ」

まともに手合わせをして勝てる相手ではないが、幸い、地の利はこちらにある。範長は石突で地面を突いて起き直ると、手近な藪に飛び込んだ。

「追えッ。なんとしても捕らえて寺に連れ戻すのじゃッ」

玄実の絶叫に背を叩かれながら、懸命に灌木をかき分ける。彼方にちらつく松明の焔をそれと見定め、ただひたすらに足を急がせた。

だが、通い慣れた獣道に転がり出れば、すでに男たちは家を取り囲んでいる。その手には赤々と燃え立つ松明が握られ、強い油の匂いが鼻をついた。

うおおおッと絶叫しながら、範長は今しも軒下に松明を押し込もうとしている男に体当たりを食らわせた。

「逃げろ、なよ竹ッ。公子どのッ」

しんと静まり返った家の中では、綾女や惟丸らを両脇に抱え込んだ阿波が、恐怖に身を震わせていよう。床についた公子の傍らになよ竹が立ち、外の気配に必死に耳を澄ましているはずだ。

戸締りを厳重にしろと告げたのは誤りだった。まさか身を守るすべ一つ持たぬ女子供を、家ごと焼き払おうとするとは。

さりながら、なよ竹は頭がよい。家の四囲の状況さえ理解すれば、どうにか皆を逃がす方策を考えよう。その耳に届けとばかり、範長は家ごとかばうように両手を広げた。

「やめろッ。女子供しかおらぬ家を焼くとは、それでも御仏に仕える堂衆かッ」

「ふざけるな。その女子が平家の一味であることは、とうに露見しているのだぞッ。されば共におる子供はさだめて、六波羅殿の禿髪に決まっておろうッ」

悪僧の一人が、顔じゅうを口にして喚く。燃え盛る松明を範長に突き付け、「そこを退(ど)けッ」と続けた。

かつて平清盛は十四、五歳の童を集めて都に放ち、平氏を謗(そし)る者の取り締まりに当たらせた。それだけに当時の都の者たちは年頃の童を見ると平家の間諜(かんちょう)かと怯えて口をつぐんだと聞くが、よもや子供というだけでそれを六波羅殿の禿髪と疑おうとは。悪僧たちの胸裡(きょうり)が憎悪と疑念に塗りつぶされている事実に、範長の目の前は真っ暗になった。

「別当さまは、おぬしだけは連れ戻せと仰せだ。残る輩は一人残らず、我らが手で焼き尽くしてくれる」

「馬鹿を言えッ。かような真似をさせてなるものかッ」

範長は薙刀を構え直し、じりじりと近づいてくる悪僧たちを睨み据えた。この家の裏手は崖。さすがの寄せ手もそこまでは塞いでないと見えるが、身軽な子供たちだけであればともかく、公子や阿波までを逃がすには、どうしてもこの者たちを倒さねばならない。

信円の自分への思い入れは、これまではただの迷惑でしかなかった。しかしことここに至っては、それがひどくありがたい。範長のみは殺すなと命じているとなれば、自分さえ家の中に入ってしまえば、寄せ手はここを焼き払えぬ道理である。

このとき、背にしている板戸ががたりと鳴った。「範長さま」というなよ竹の囁きが、わずかな隙間から聞こえてきた。

「みな、起きているか」

はい、という短い応えは、存外落ちついている。今の範長には、それがひどくありがたかった。

「三つ数えたら、板戸をいっぱいに開けろ。そしてわたしが飛び込み次第、すぐに再び閉めるのだ。いいな」

「承知いたしました」

一つ、と息だけで数え、範長はもう一度四方に目を配った。

いったい信円になにを吹き込まれたのか、つい先ほどまで共に資材を運び、枕を並べて眠った堂衆の目は、今や雲母を刷いたかの如くぎらついている。

様々な齟齬こそあれ、彼らを同じく御仏に仕える仲間と思っていた。だがそれは自分一人の思い込みだったのか。ならばやはり興福寺は、自分の在るべき場所ではなかったのか。

激しい孤独が、音を立てて胸を吹き過ぎる。範長は汗でぬらつく薙刀の柄を、強く握りしめた。

玄実たちが追いついてきたのだろう。家と範長を取り巻く悪僧の数は、先ほどの倍ほどに膨れ上がっている。二つ、と呟きながら、薙刀を小脇に掻い込んだ。周囲を睨み据えながら、わずかに身を屈める。

続いて、「三つ」と数えるのと、背後で板戸の開く音がしたのはほぼ同時。だが身を翻して駆け出そうとした刹那、一筋の閃光が激しい風音とともに範長の顔の脇をかすめた。

ぎゃあぁッと血の凍るような叫びが上がり、戸の脇にいたなよ竹が半間余りも吹っ飛ぶ。矢だ。板戸が開くことを見澄ましていた何者かが、その瞬間を狙って家内に矢を射かけたのだ。

三和土にくずおれたなよ竹の喉元には太い鴉羽の矢が射立ち、激しい弓勢を物語るかのように前後に大きく揺れている。首を落とされた蛇の如く、その全身が強く痙攣した。

「ま、槙太。槙太ッ」

公子が裸足のままなよ竹に駆け寄り、その矢を引き抜こうとする。駄目だ、と叫びながら彼らに飛びかかろうとした瞬間、焼き鏝を当てられるに似た痛みが、右足に走った。とっさに目をやれば、なよ竹を射貫いたのと同じ矢が、深々と太腿を貫いている。ついで「捕らえろッ」という怒声とともに、悪僧たちが雪崩を打って押し寄せてきた。

「は、放せッ。近づくな――ッ」

寄せ手の足を払おうとした薙刀の柄を、悪僧の一人が高足駄で踏み折る。それと同時に矢の射立ったままの右足を摑んで引き倒され、あまりの痛みに範長は咆哮した。どこからともなく縄が運ばれてきたかと思うと、悪僧が数人がかりで範長を後ろ手に縛り上げた。

大きな人影が次々と家のただなかへと走り入るのが、視界の隅をよぎった。公子か、それとも綾女か。甲高い女の悲鳴と悪僧たちの怒号が錯綜した。

「逃げろ、公子どのッ。阿波ッ」

と喚く範長の頬を、玄実が拳で殴りつけた。

「事ここに及んでもまだ目が覚めぬか。まこと女子とは恐ろしいものじゃ」

運び出せ、と玄実が顎をしゃくったとき、家のただなかの悲鳴が突如小さくなった。

油の匂いがいっそう強くなり、焔の立ち上がる音が響く。範長の頬を、かっと熱風が叩いた。

「我らが直に手を下すわけではなく、浄火の裁きに任せるのじゃ。女子どもが本当に法敵でなければ、御仏がその苦難をお救いくださるじゃろう」

「馬鹿なッ。なにをぬかすのだ。諸堂諸仏ですら焼き討ちで灰燼に帰したものを、か弱い女たちが助かるものかッ」

身をよじりながら目を凝らせば、早くも緋色の垣と化した焔の奥に、身を寄せ合う人影が見える。戸口が開け放たれているにも関わらず、怯えた獣の如く一団となって逃げ出さぬのは、油を撒かれた床がすでに一面の火の海と化しているからだ。

ごおっと音を立てて風が吹き込み、巨大な蛇の如く鎌首をもたげた焔が、彼らに襲いかかる。その瞬間、範長は確かに公子が両手を広げて、傍らの小さな人影たちに覆い被さったのを見た。

ぎゃあああッという叫泣は、範長の口をついたものか、それとも阿波や子供たちのものか。長い黒髪が熱風に煽られて逆巻き、端から焼け焦げて醜く縮まる。大きく膨らんだ袿の袖がはためき、舞い狂う火の粉を受けて、瞬く間に燃え上がった。

「公子どの、公子どのッ」

焔はもはや家の軒下まで這い出し、かえって家内の者たちの姿はただの黒い影としか見えない。公子の身体が不出来な木偶のように翻り、ひどくゆっくりと倒れ込む。熱気に歪み、もはやその輪郭すら定かでなくなった幾つかの影が、公子から逃げるかの如く立ち上がるのが辛うじて見えた。

範長が修繕した裏の板壁は薄い。なよ竹さえ無事であれば、そこを破って、裏の崖伝いに逃げる手があったかもしれない。しかし、今、三和土に倒れ伏した影はぴくりとも動かず、紅蓮の舌に裾を焼かれるがままになっている。

何故だ。御仏は何故、公子や子供たちから一度ならず二度までも、安寧の暮らしを奪う。ただ、世から隔たったあの小家で、安逸な日々を送ろうとした。それが生きながら身を焼かれねばならぬほどの罪なのか。

言葉にならぬ叫喚と共に、範長は激しく身をよじった。縄尻を握っていた悪僧が引きずられ、たたらを踏む。玄実がそれを顧み、軽く舌打ちをした。

「ええい、うるさいのう。少し黙らせるとするか」

玄実が懐から手巾を取り出し、それを丸めて範長の口に突っ込んだ。ついで己の裹頭を引き剝ぎ、範長の顔をぐるぐると押し包んだ。

何をする、ともがこうとした刹那、鈍い衝撃が首の後ろを襲った。

「これで静かになろう。連れてゆけ。寺に帰ってから正気づかせれば、少しはまともに戻ろうて」

急速に玄実の声が遠退く中、逆巻く風の音、どおと足元を揺らす地響きが妙にはっきり感じられた。

ひどく寂しげな公子の笑顔が明滅し、すぐに真っ黒な火焔に塞がれて消えた。


驟雨を思わせる蟬の声が、一乗院の庭先に響いている。雲一つない青空を陽炎が霞ませ、黒々とした影が地面に蟠る様は、まるで南都そのものが鍋の中で煮られているかのようであった。

「範長さま、具合はいかがでございます」

薫香がたゆたい、枕上に人が坐すのに、範長は無言のまま寝返りを打った。衾に顎先までを埋め、瞼を強く閉ざした。

わざわざ目を遣らずとも、ここに自分を訪ねてくる者に、会いたいと思う者なぞおりはしない。ならば端から知らぬ顔をした方が、お互いのためと分かりきっていた。

「……見ての通り、やはりお加減がすぐれぬご様子じゃ。見舞いは諦めよ」

「ちぇっ、せっかく来たってのにつまらねえなあ」

聞き覚えのあるぼやきが、庭先で弾ける。誰だったか、と訝るそばから、それを思い出すのも疎ましく、範長は更に瞼に力を込めた。

三月前、般若坂から連れ戻された範長を待ち受けていたのは、顔を蒼白に変えた信円であった。

「何という真似をしたのだ、信円ッ」

庭先に運ばれ、水をぶっかけられて正気づかされただけに、その全身は濡れそぼり、衣の裾からぼたぼたと滴が垂れている。

双眸をぎらつかせて吼える範長に、簀子に立った信円は「それはこちらの言葉でございます」と声を震わせた。その面には色がなく、頬はまるで土で塗り固めたように強張っていた。

「仮にも一度は一乗院主に目されたそなたさまが、よりにもよって平家の女子をかばうとは。これが都に知られたら、謀叛人の疑いをかけられてもしかたのない話でございましたぞ」

「平家の一門であれば、事の理非も正さぬまま、家に火をかけても構わぬのか。それが興福寺別当のすることかッ」

もし気さえ失わずにいたならば、何としても悪僧たちを振り払い、あの家の者たちを救ったのに。激しい絶望と自らの不甲斐なさへの怒りが、範長の怒声を更に猛々しく染めた。

矢こそ引き抜いたものの、範長の右腿からはいまだだらだらと血が伝い、白砂の敷き詰められた庭を汚している。それを恐ろしげに一瞥し、「しばし、ここでご養生ください」と信円は溜め息交じりに言った。

「もともと一乗院は、そなたさまのお住まいでもあるのです。範長どのの居室も備えてありますれば、ご不便はありますまい。よろしゅうございますな」

そのまま踵を返そうとする信円を、「待てッ」と範長は制した。

「おぬしは、罪なき女子供を殺めても、何ら心が痛まぬのか。確かに公子どのは平家の懸人であられた。されどあの女性と南都の法難とは、まったく関係がなかろう」

「関係がない、でございますと」

低く吐き捨てざま身を翻し、信円は階の半ばまで早足で下りてきた。唇の端を引きつらせて範長を見下ろし、「そんなはずはありますまい」と続けた。

「懸人であろうが何であろうが、平家の係累はみな滅ぼし去るのが当然の理。こたびの急襲に関わった悪僧はきっと、かつての平家への憎悪を思い起こし、心を一つにしてこれからの作事に邁進できましょう」

「ふざけるな。おぬしは人の心を持たぬのかッ。罪なき女子供の命よりも、御寺の再興が大事というのか」

手負いの獣の如く身をよじる範長に、信円の額が青く澄む。睥睨するかのようにぐいと顎を上げ、「しかたありますまい」と硬い声で言い放った。

「わたくしは興福寺の別当でございます。ならばなにを犠牲にしてでも、わたくしはこの寺を再興せねばなりませぬ」

「愚かな。それで御仏がお慶びになるものかッ」

二人が睨み合ったその時、「失礼いたす」と声がして、玄実が庭の隅に膝をついた。咎人の如く引き据えられた範長を一瞥し、身を屈めたまま信円に近付いた。

「どうしました」

「いま、般若坂に残してきた者どもが戻って参りました」

小腰を屈めた信円の耳元に、玄実が何事か口早に囁く。信円はしばらくの間、考え込むように目をすがめていたが、やがて軽く手を振って玄実を下がらせ、「よろしゅうございましたな、範長どの」と不機嫌に吐き捨てた。

「般若坂の家は先ほど四隅の柱も残さずに焼け落ち、家中から複数の亡骸が出て来たそうでございます。ただどれだけ探しても、見つかったのはなよ竹と思しき男の死骸と、それよりは小柄な亡骸が三体だけ。その家に幾人が暮らしていたかは存じませんが、どうやら逃げ延びた者もおる様子でございますよ」

「なんだと」

もしあの家で逃げ場があったとすれば、それは裏の崖しかない。とはいえ綾女は高いところが苦手であったたし、あの公子が助かったとは思いがたい。だとすれば逃げおおせたのは、惟丸と双葉、それに小虫辺りではあるまいか。

血相を変えた範長に、信円は忌々しげに顔をしかめた。

「亡骸の一つは錦の上衣をまとい、一体はそれを抱きかかえるようにしておったとか。それが恐らく、三位中将どのの縁戚でございましょう」

とはいえ、子供たちが般若坂に戻ることはもはやあるまい。猟師に矢を射かけられた獣の如く、一目散にどこぞに逃げ去るはずだ。だが、それでもいい。命さえ無事であれば、それ以上の僥倖はない。

年に二度の小萱の宿下がりの折、惟丸たちは小萱から、店での奉公についてあれこれ聞きほじっていた。もしかしたら彼らは小萱の勧める経師屋を訪ね、当座の暮らしの相談をかけているかもしれない。こみ上げる安堵を悟られまいと、範長はぐいと奥歯を食いしばった。

「いずれにせよ、もはやそれも範長どのには関わりなき話。とにかく今は、ここでご養生を。いずれおみ足が快癒なされた折には、一つ、ご相談もありますので」

信円がそう言い放った通り、この日から範長は院内の一室に押し込められ、半ば無理やり、療養させられることになった。

堂衆たちはきっと平家の女を匿っていた自分に怒り、公子殺害をむしろ誇っていよう。いったい自分はこの寺の人々の何を知っていたのか。そう思うと一乗院はおろか、寺内のどこにも身の置き場のない我が身に、範長は愕然とした。

こうなると分かっていたならば、もっと早く公子たちを他所に移すべきだった。危惧を抱きつつもそれをなかなか実行に移さなかったのは、ひとえに同輩たちの抱く憎しみを侮っていたからだ。

　自分はまたしても、憎悪を前に立ちすくむばかりなのか。足の傷は半月、一月と経つうちに癒え、杖にすがって、庭先を拾い歩くこともできるようになった。だがそれにもかかわらず範長は一日のほとんどを床の中で過ごし、近侍の従僧はおろか、見舞いに訪れた信円たちとも一言も言葉を交わそうとはしなかった。

「まったく、乙法師は呆けてしもうたのか」

　つい数日前も、様子を見に来た玄実がそう罵って帰って行ったが、この寺の者と言葉を交わす必要なぞ、もはや微塵もあるとは思えない。

　目を閉じれば、公子の淡い笑顔が、惟丸に笛を教えるなよ竹の横顔が浮かんでくる。あのあばら家の貧しくも穏やかな団居の時が、淡雪のごとく消え失せた事実がどうにも信じられない。熱いものが不意に喉を塞ぎ、一人、床の中で胸を掻きむしる夜もあった。

　かろうじての心の支えは、逃げ遂せたはずの惟丸たち。信円はこれからしばらくの間は、陰に日向に自分を見張り続けるだろうが、一年、二年と日が経つうち、いずれはその監視も緩む。いまはただ時節を待ち、いずれ小萱を訪うて彼らの行方を捜そう。範長はそう、己に言い聞かせていた。

「畜生、少しぐらいこっちを向けよなあ。なあ、おい。おめえ、聞こえているんだろうが」

　ああ、やかましい。誰がどれほど呼ぼうとも、自分はもはや寺内の者と関わりたくないのだ。

範長がそう独りごちたとき、びしゃりと冷たいものが襟元に飛んできた。思わず後ろ襟に手を当てれば、たった今、庭の池底からすくい取ったと思しき生臭い泥が、べったりと掌につく。それと同時に「おっと、ようやく動きやがったな」という喚き声が頭のすぐ後ろで弾けた。

「やっぱり起きているんじゃねえか。おい、こっちを向きやがれ。学侶衆に嫌な顔をされながらも、どうにか見舞いに来てやったんだぞ」

気短そうな物言いには、やはり覚えがある。頭蓋をぼんやりと覆っていた霞が、清々しい檜の香を含んだ風で吹き払われた気がした。

「――運慶か」

かすれた声が、唇をつく。鉛が詰まったかの如く重い手足を励まし、範長はのろのろと寝返りを打った。

運慶を案内してきた従僧はとっくに控えの間に引き上げたと見え、すでに姿はない。ただその代わり、肩と言わず胸元と言わず無数の木っ端を付けた運慶が、両足を踏ん張るようにして庭先に突っ立っていた。

臥所からどうにか上体を起こした範長におっと声を漏らしてから、運慶は「なんでえ。案外、元気そうじゃねえか」と薄く笑った。

「おぬしこそ――と言いたいが、おぬし、ずいぶんひどい身なりだな」

久方ぶりに人と話すせいで、喉には痰がからみ、上手く舌が回らない。だが運慶はそれを気にする風もなく、「ああ、これか」と己の身体を見回した。

「ここのところ、ちっと仕事が立て込んでな。おめえに見せた、塑像造りじゃねえぞ。西金堂のご本尊を親父どのが彫り奉ると決まり、俺も手伝いで大忙しってわけだ」

いつぞや成朝は東西両金堂の造像を仰せつかるべく、堂衆を集めて根回しをしていた。しかしどうやらその奮闘の甲斐なく、西金堂の諸像の御役は康慶に下されたらしい。

とはいえ範長は、もはや東西両金堂がどうなろうと興味がない。そんな思いが面上に浮かんでいたのだろう。運慶は浅黒い顔にちらりと苛立ちを走らせると、「おめえの身に起きたこたァ、堂衆どもから聞いたぜ。今やおめえは寺じゅうの裏切り者さ」と静かに言った。

「いったい何を考えて平家の女なぞをかばったのか、俺にゃまったく分からねえ。けどよ。おめえがそんな真似をしたのは、よくよくの覚悟と理由があってなんだろうよ」

目を見張った範長を振り仰ぎ、運慶は懐から麻布の包みを取り出した。簀子の端にそれを乗せて押しやりながら、

「言っとくが、火事場泥棒を働こうとしたんじゃねえぜ。誰かが骨を拾ってやらなきゃ、気の毒と思ってよ」

と口早に続けた。

「悪僧どもは焼け跡の検分をした後、亡骸をそのまま放り出して引き上げたって聞いた

んでな。そのままにしておくのも後生が悪かろうと、手近な梅の木の下に葬っておいたぜ。これも一緒に埋めてやろうかとも考えたんだけどよ。なんとなく、おめえに渡した方がいい気がしたんだ」

四つん這いで床から這い出し、範長は包みの布を引き剝いだ。煤に汚れてはいるものの、欠け一つない見事な八稜鏡が、鈍い光を放ちながら範長のやつれた顔を映し出した。

覚えている。公子が都から持ち出した金品のうちの一つだ。運慶がこれしか持ち帰らなかったということは、その他の品は焰の中で燃え果てたか、それとも堂衆たちが奪い去ったのだろう。

曇りを帯びた鏡の面に指を当てれば、その冷たい感触が頭の霞をよりいっそう吹き払う。

「かたじけない、運慶どの」

と、範長は庭に向かって頭を下げた。

「ふん。礼を言われることじゃねえや。死人を弔うのは、当然だろうよ」

そっぽを向いて吐き捨ててから、「そういえばよ」と運慶は続けた。

「西金堂のご本尊は親父どのが木彫で拵えるが、東金堂の方は御首だけ見つかった釈迦如来像に御身体を鋳足し、ご本尊に代えると決まったらしいぜ。もし死んだ奴らの菩提を弔いてえなら、その鏡を鋳込んじまってもいいかもな。何なら預かって行って、こっそり鋳物師に頼んでやるぞ」

かつて東金堂後戸に安置されていた釈迦三尊像は、新羅国より奉られたとの所伝を持つ金銅三尊像。その巨大さから焼き討ちの際に助け出せず、わずかに御首だけが焼け跡から掘り出されたのであった。

とはいえ、自分を殺めた寺の本尊に形見を鋳込まれ、果たして公子が喜ぶものか。範長は軽く首を横に振り、鏡を丁寧に麻布で包みなおした。夜着の懐深くに収めれば、持ち重りする銅鏡にもかかわらず、それはまるでよく慣れた犬の仔を懐に抱きでもしたかのような懐かしさを範長に与えた。

叔父と姪ほど年の離れた公子を、女性として見たことは一度としてない。むしろ彼女に憧れ、渇仰していたのはなよ竹だ。﨟たけた公子と、ただまっすぐにそれを思慕する従僕……。そんな微笑ましい若人たちの魂をすっぽり受け取めたかに感じながら、

「これはわたしが持っておこう。いずれ所縁のお人に、渡す折もあるかもしれん」

と、範長は己に言い聞かせるように告げた。

「まあ、おめえの好きにしろや。そこまでは俺の知ったこっちゃねえ」

運慶が小さくうなずいた時、軽い咳払いが広縁の端で響いた。

「これは珍しい。起きておいでとは」

驚いて顧みれば、学侶を二人従えた信円が、眉をひそめて範長と運慶を見比べている。あわててその場に膝をつく運慶には目もくれず、目だけで従僧を退かせた。

「わたくしや堂衆がどれだけ見舞いに訪うても、声一つ聞かせてもらえませなんだに。

珍しい輩とは、親しく言葉を交わされるのですね」

と、言いながら孫廂に上がり込んできた。

「何の用だ」

咄嗟に懐を押さえたのは、信円にどこから話を聞かれていたかと不安を覚えたからだ。だが信円は肩を怒らせた範長を瞬きもせずに見つめ、「ご相談がございます」と褥の際に膝を揃えた。

静かな口調を装ってはいるが、唇の端はぴくぴくと動き、眸が落ち着きなく揺れている。範長は運慶と目を見交わした。

「本日、鎌倉の源家公文所より文が参りました。昨年より彼の地に捕らわれておいでの三位中将（平重衡）さまが、鎌倉に送られた従一位前内大臣（平宗盛）さまと右衛門督（平清宗）さま父子ともども、都に戻されるそうでございます」

あまりに唐突な話に、範長はとっさにその意味が理解できなかった。しかし信円はそれにはお構いなしに、訥々と言葉を続けた。

「実はこれまで我が寺は、東大寺を始めとする諸寺と計らい、三位中将さまのお引き渡しを鎌倉に請願して参りました。こたびの押送は、それを受けてのもの。おそらく近江国あたりで、堂衆が身柄をお預かりする手筈となりましょう」

「それはつまり、重衡さまを南都の衆の手で斬るというわけか。なんと愚かな真似を」

「愚かと仰せられますか」

をかいた。

信円の眉間(みけん)に、深い皺(しわ)が寄る。「当然だろう」と一蹴(いっしゅう)し、範長はその場にがばと胡坐(あぐら)をかいた。

「三位中将さまは現在、源家の虜囚だぞ。斬刑(ざんけい)に処するのであれば、敵であった源氏が手を下すのが当然。我らがしゃしゃり出るなぞ、まったくの筋違いではないか」

それに不殺生戒は、あらゆる戒律の中でももっとも重い戒め。重衡がどれほどの悪行を犯したとしても、御仏に仕える諸寺が表立って人を処断するなぞ、聞いた例(ためし)がない。

「いかに焼き討ちの怨みがあろうとも、僧が仏法の本質を失うてどうする。おぬしはこの清浄なる仏都たる南都を汚すつもりか」

「いいえ。南都とこの寺を案じればこそ、我らの手で三位中将さまを斬らねばならぬのです」

珍しく声を荒らげ、信円は範長の言葉を遮った。

「よろしゅうございますか。武門の戦において、敗者は悉く(ことごと)斬らるるが定め。それは範長どのとて、ようご存じでございましょう」

そもそも、虜囚となった重衡がいまだ命永らえているのは、かつて朝堂の公卿たちが、平家が運び去った三種の神器と重衡の身柄を交換せんとしていたため。だが協議は決裂した上、平家は滅び、神器のうち神鏡・神璽が奪還されたとなっては、もはや重衡を生かしておく意味はどこにもない、と語る信円の唇はぬらぬらと赤く、青ざめた顔の中でそこだけが別の生き物のようであった。

「南都が動かずとも、遠からず源家は三位中将さまを処刑なされましょう。同じ斬られるのであれば、あの方にはせめて南都の憎しみを引き受けていただかねばなりませぬ。さすれば、焼き討ちで亡くなった何千もの人々の御霊も、少しは鎮まりましょうほどに」

信円は、焼き討ちで死した人々の苦難を、新たなる血で雪がんと考えているのか。全身が瘧のように震え、馬鹿な、という呻きが、おのずと範長の口から漏れた。

矢に射貫かれて倒れたなよ竹。生きながら焔に焼かれた公子。彼らを殺めずにいられなかった堂衆の憎しみも、頭では理解できる。さりながら憎しみに憎しみで応ずるそのやり口は、新たなる哀しみと怒りの連鎖を呼ぶだけだ。

「確かに、愚かやもしれませぬ。怨みごころは怨みを捨ててこそ、消ゆる。かつて釈尊はそうお説きになり、わたし自身、同じ法句を用いて運慶を説き伏せんとした折とてございます。ですが世の中には、どうしても捨てられぬ大いなる怨みもあるのでございます」

信円は範長に向かって、ぐいと身を乗り出した。もともと血の気の薄い頬は紙を思わせるほど白く、そのただ中で双眸がぎらぎらと光っている。焼き討ちの夜、興福寺を包んだ紅蓮の焔を映じたが如き目の光に、範長は言葉を失った。

「そこで、範長どのにお願いがあるのです。今日は六月の二十日。三位中将さまはすでに鎌倉を出られ、おそらくは四、五日もせぬうちに、近江国に入られましょう。ならばいずこかで三位中将どのの身柄を引き取り、南都に連れ帰らねばなりませぬ」

「おい、待て。まさか、おめえ――」

庭先にひざまずいていた運慶が、顔色を変じる。それを冷たく一瞥し、信円は範長の肩を両手で摑んだ。

「わたくしはそなたさまに、三位中将さまをお出迎えいただきたいのです。山内にはいまだにそなたさまの過ちを論い、範長坊は女子の色香に迷ったと世迷言を申す輩がおりまする。ですが範長どのが三位中将さまの身柄を受け取り、立派に務めをお果たしくだされば、かような噂もすぐさま消え去りましょう」

その務めとやらが、まさかただの出迎えで済むはずがない。般若坂から連れ戻されたあの日、信円は「いずれそなたさまに頼みたいことがある」と口にした。あれが今回の務めの意とすれば、それはよほどの大任のはずだ。

喉の奥から、ぐうと冷たいものがこみ上げる。まさか、と問い糺す語尾が揺れた。

「おぬし、わたしに三位中将さまを斬れと申すのか」

応えはない。だが血走った双眸が、信円の真意を如実に物語っている。

肩を押しひしぐ信円の腕を、範長は静かに振り払った。大きく息をついて信円を仰ぎ、

「さような真似はできん」と一息に言った。

「わたしが匿っていた公子どのは、重衡どのの養女だ。かつての法難を忘れたわけではないが、重衡どのを殺めはできぬ」

範長の拒否の弁にも、信円はひるまなかった。双の眸を更に暗く光らせ、「ならば諸

寺の悪僧たちに、中将さまをなぶり殺しにさせてもよろしいのでございますな」と畳みかけた。

「三位中将さまを殺める機会が与えられれば、奴らはよろこんで打ち物取って馳せ参じましょう。鎌倉から中将さまがお越しになるのは、もはや決まった話。範長どのがこの務めをお断りになっても、いずれは誰ぞがあの方を手にかけるのでございますぞ」

「ふざけるな、てめえ」

たまりかねた様子で、運慶が跳ね立つ。階に駆け寄ろうとするのを、「待て、運慶」と留め、範長は信円に向き直った。

確かにこの従弟の言う通り、自分がこの務めを辞しても、重衡の命運に変わりはない。そして重衡を殺す機会が与えられれば、玄実を始めとする悪僧たちは喜び勇んで太刀を手にするだろう。あの大火で亡くなった数千の道俗の怨みを思い知らせんと、あえて刃引きした刀を用い、その苦しみを長引かせる輩も出てくるかもしれない。

だが、自分であればどうだ。なにせ信円は同じ藤原氏の出である自分に、絶対の信頼を置いていると見える。ならばそれを逆手に取り、重衡を衆徒の手から救い出しすら出来るのではないか。

公子は般若坂に身を置きつつも、最後まで重衡とその妻の去就を案じていた。ならば虜囚の身である重衡を救えば、それは公子にとって何よりの供養になるはずだ。

怨みごころは怨みを捨ててこそ消ゆる、という阿波の言葉が耳の底に甦る。

この寺の堂衆はいまだ平家を憎み、公子を殺された範長自身、その憎悪を完全に捨て去っているとは言い難い。しかしながら今ここで重衡を助けられれば、これまで自分が犯してきた過ちや、諸寺の悪僧が御仏に仕える身でありながらも犯し続ける過ちを、少しなりとも償い得るかに思われた。

「何が待てだ、ふざけるな。こいつはてめえに人殺しをさせる気なんだぞ」

運慶が階の下で仁王立ちになり、遠慮をかなぐり捨てた口調で喚いている。そんな彼に向かって小さく首を横に振ってから、範長は「分かった」とかすれ声を絞りだした。

「そういう次第であれば、しかたがない。わたしが使者を務めよう」

「そのお言葉をうかがい、安堵いたしました」

よそ目にもはっきり分かるほど肩の力を抜き、信円は小さく目をしばたたいた。ただ興福寺の再興をつつがなく済ませたいとの執念に囚われたその姿が、哀れとも愚昧とも映った。

「それで、わたしはどうすればいいのだ」

「先ほども申した通り、中将さまの畿内ご到着は、おそらく四、五日後。諸寺の三綱衆とも相談し、その身柄引き受けには御寺と東大寺よりそれぞれ人を出す手筈となっております」

だが何分、範長は病み上がり。近江国における身柄引き渡しには東大寺の者のみ立ち合わせ、範長は泉木津でその一行を待ち構えればよいよう計らおう、と信円は機嫌をうかがう口振りで続けた。

かつて南都焼亡に先だって戦場となった泉木津は、作事に伴う物資の流入に従って復興し、その繁栄ぶりはかつてを凌ぐとも評されている。

仏都である南都は、本来、死穢を厭う街。罪人の処罰を行なう際も、諸寺から遠く離れた佐保川端で執行するのが慣例である。それだけに範長を泉木津に遣わすとはすなわち、場合によってはそこで重衡を斬れとの意味に違いない。分かった、と範長は顎を引いた。

「仔細はおぬしに任せる。よろしく計らってくれ」

幾月にも亘って、範長にどうこの話を切り出すか悩み続けていたのだろう。信円がほっとした顔で立ち上がる。小走りに簀子を歩み去る背を見送り、「おめえ、本気かよ」と運慶は階にどさりと尻を下ろした。

「あんな野郎のために、人を殺めるのか。般若坂で死んだ女ってのは、その中将さまの懸人なんだろうが」

「よく知っているな」

「おめえが知らねえだけで、堂衆どもがそこここで声高に話し合ってら。まったく、あの別当さまの腹黒さと言ったらねえな」

忌々しげに足元に痰を吐く運慶は、本当に範長のために腹を立てているのだろう。とはいえ重衡を救い出そうなどとの腹案は、どれほど信頼できる相手であってもそうそう打ち明けられるものではない。

「しかたあるまい」

と、範長はわざと苦々しげな声音を装った。

「あのように言われては、断るに断れん。それにわたしは結局のところ、一介の堂衆だ。別当さまのご下命には逆らえぬからな」

「別当さまねえ」

疑わしげに範長を眺めまわし、「まあ、いいや。俺には、寺門のこたあ関係ねえ」と運慶は吐き捨てた。

「ともあれ、ちっとは元気が出たみてえで安心したぜ。おめえにくたばられちゃ、俺も造仏の張りがなくっていけねえや」

ひやりとしたものが胸を吹き過ぎる。藤原氏の血の尊さを信じて疑わぬ信円なぞより、なまじ地下人（じげにん）である運慶の方が、曇りのない目で自分を見通している気がしたからだ。

公子は死んだ。始終、子供たちの笑いがこだましていたあの家は、真っ黒な柱のみが天を突く焼け跡と化していよう。自分にはもはや失うべきものは何もなく、この身がどんな目に遭おうとも、哀しむ者もまた皆無である。ならばこの先、何が待ち受けているとしても、今更、躊躇う必要はない。

「本当はおめえに話があったんだがな。まあ、別当さまのご下命なんぞ受けちゃあ、忙しくってならねえだろ。またにするぜ」

立ち上がろうとする運慶を、あわてて範長は引き留めた。

「気になるではないか。今夜のうちに泉木津に発つわけではなし、話であれば聞くぞ」

そうかい、と運慶が再び階に腰を下ろす。庭先から拾い上げた小石を手の中で弄びながら、「なんとなく、おめえには告げておきてえと思ったんだけどよ。いまの造仏が終わったら、東国に行こうかと考えているんだ」と、まるで野遊びに行くと告げるかのような口調で語った。

「伊豆国韮山の願成就院って寺から、親父どののところに造像の依頼が来てよ。けど親父どのもいい年で、東国までの旅は辛いときた。それで代わりに俺に行かねえかと話が回ってきたのさ」

願成就院は、かの地の豪族・平時政（北条時政）の発願になる小寺。まだ堂宇の棟上げとて終わってはいないが、願主たる時政はどこでその評判を耳にしたのか、康慶のもとに使いを寄越し、本尊・脇侍を始めとする諸仏の造像を頼んで来たという。

「三尊像に四天王像、五大明王像まで拵えるとなりゃあ、御衣木（造仏の用材）を集めるだけでもひと苦労だ。半年や一年じゃ、帰って来られねえかもしれねえ」

運慶の如く才長けた男にとって、仏師同志が足を引っ張り合う南都はさぞ息苦しかろう。父親の康慶はそれをよく承知の上で、しがらみの乏しい東国で修行を積ませんと考えたのかもしれない。

「それは寂しくなるな」

我知らず、そんな思いが口を衝く。するとその途端、運慶は大きな口をにっと歪め、

「なにを殊勝な面をしていやがる」と嘯いた。

「まだ西金堂の本像も造り終わっちゃいねえし、東国での仕事が済めば、すぐに帰って来らァ。どうせおめえはこれから先も、この寺にいるんだろうがよ」

「――ああ、多分な」

重衡を逃がせば、疑いの目は真っ先に自分に向く。だとすれば範長が再び興福寺に戻れる可能性は、極めて低い。

もしかしたらこの男にだけは、真実を打ち明けてもよいのかもしれない。だがそうと考えつつも口をつぐんだのは、己の腕のみを恃みに生きる運慶があまりに眩しく、自らとは遠く隔った男と映ったからだ。

「だったら東国の土産話を肴に、また酒でも酌もうぜ。ああ、おめえは一滴も飲まねえんだっけ」

まったくつまらねえ奴だなあ、と苦笑して、運慶が立ち上がる。澄明な夏の陽射しが、その半身を白々と照らしつけていた。

翌日、日の出とともに起き出すと、範長は長らく伸び放題だった髪と髭をあたり、身支度を整えた。

「どうぞ、これをお召しください」

と、従僧から差し出された衣は練絹で、普段、身に着けている麻衣とは比べものにならぬほど柔らかい。

香が焚きしめられているのだろう。爽やかな薫香が、庭から吹き込む熱風をほんの一瞬だけ忘れさせた。

次いで捧げられた太刀は黒漆塗に蛭巻を施した豪奢な品で、柄には獅子が彫り出されている。いずれ世に知られた名工の作に相違ないが、これほど華々しい太刀はかえって手に馴染まない。

「薙刀はないのか」

「さように下品な武具は、こたびは不要でございましょう。この太刀がご不満であれば、他の刀をお持ちしますが」

それ以上なにを命じる気にもなれず、黙って太刀を帯びて部屋を出れば、門前には葦毛の駒がつながれ、堂衆が二人、傍らに膝をついている。そのうちの一方を栄照と気付き、範長はわずかに唇を歪めた。

信円の意図はどうあれ、悪僧たちはやはり自分を信じていないのだろう。妙な動きをしたなら即刻斬り殺せとでも、玄実から言い含められているのかもしれない。そう疑わずにはいられぬほど、栄照の頬は強張っていた。

「ご苦労。よろしく頼むぞ」

ぎこちなく頭を下げる栄照を一瞥し、範長は馬にまたがった。栄照はその手綱を取ると寺の北門を出、奈良坂越へ向かうべく大路を西に向かおうとした。しかし範長は強く手綱を引いて馬を止め、無言で馬首を東へと転じた。

「範長さま、どこに向かわれます」

「泉木津までは、こちらの方が近かろう。なにも遠回りする必要もあるまい」

無表情に言い放ち、東大寺の脇を過ぎ抜けて夏草の茂る坂を登る。般若坂へと至る小道に、そのまま馬を乗り入れた。

折しも昇り始めた陽が、足元に黒々と影を曳く。道の左右の草はすでに往来を塞ぐほど放埒に茂り、通い慣れたはずの細道をひどくよそよそしげに変えていた。

一乗院を出る際、懐深くに収めてきた鏡が、肌に冷たい。むせ返る草の香の中に、あの夜、最後に鼻を突いた煤の臭いが混じっているかに思うのは、果たして気のせいか。

どうすれば公子たちを守れたのか、それはどれだけ考えても分からない。しかしながら公子やなよ竹、惟丸たちの逆境とは裏腹に、自分だけは柔らかな衣に身を包み、こうしてのうのうと生き延びている。その事実があまりに理不尽と感じられた。

廃屋に向かい、運慶が作った墓の前に額ずくのはたやすい。だがそれで栄照たちの好奇の目に亡き人々を晒すにしのびず、範長はひたすら道の先だけを見つめて般若坂を越えた。

怯える馬をなだめながら坂を下り、ふと背後を顧みる。重なりあった木々のてっぺんに、ちぎれ雲が一つ、まるで何かに心を残したかのようにひっかかっていた。

もはや顔も忘れた祖父の膝に抱かれて南都に入った日は、こんな思いとともに国境を越える日が来ようとは夢にも思わなかった。自らが出家であることは、一度として疑った折はない。だがいつしか、自分にとって御寺や南都はひどく遠いものになってしまったようだ。

虚ろな孤独に胸を揺さぶられながら、泉川の土手道を北上し、山城屈指の津（湊）である泉木津に到着したのは、午刻過ぎ。興福寺直轄の木屋所（貯木施設）に馬をつなぎながら、範長ははるばると広がる川に目をやった。

五年前、この地は平家の夜襲を受け、五百とも八百とも言われる住人が亡くなった。だが今、夏陽を受けて輝く川面には無数の筏が浮かび、水中下帯一つで材木を引き上げる木守や津人の顔には、かつての凶事の影は微塵もない。

どのような苦難に遭おうとも、人はそこから立ち上がらねばならない。額に汗し、今日の糧を得る彼らには、かつての怨み苦しみなぞ、炎天に飲む一杯の清水よりもなお無価値なのだろう。ならば、かつての怨恨に囚われたままの信円や南都の衆は、あの凄惨な夜のただなかで今も足踏みを続けているのではないか。

「では、我々は勢田まで、様子を見て参ります。範長さまはどうぞここでご休息を」

慇懃に頭を下げる栄照たちを見送り、範長は木屋所の脇に設えられた船着き場へ歩み出た。

泉木津を南北に貫く街道は、奈良と都を結ぶ京上道。それだけに往来は荷牛や駄馬を曳いた男たちで賑わい、そのけたたましいしゃべり声が街じゅうをうわんとどよもしている。

長い間一乗院に臥し続けていたせいで、ここまでの道中で身体は綿のように疲れ切っているが、反面、院内ではついぞ触れ得ぬ活気が、慕わしくもあった。

川べりに置かれた長床子に腰かければ、川面を渡る風が汗ばんだ身体を快く冷ます。範長は大きく襟元をくつろげ、手巾で首を拭った。

宇治津から貨客を運ぶ木津船が、筏の間を縫って遡って来る。水に腰まで浸かって木材を担ぐ木守たちが、艫で櫓を操る男に向かって、「おおい、今日は空舟か。珍しいのう」と手を振るのに、範長は目を注いだ。

「おお、なんでも東国から連れて来られた平家の公達が、今日明日にも近江に着くとかでなあ。近隣の衆が軒並み見物に行ってしもうたのか、船に乗るお人が皆目おらん。まったく迷惑な話じゃわい」

だみ声が風に乗って吹きつけ、そのまま宙へと舞い上がる。木守たちは「それは大変じゃなあ」と、口々に労わった。

「おおよ。街道の衆の噂によれば、その公達は、かつて南都や泉木津に火をかけた平家の中将さま。南都の大衆の手で裁かれるため、はるばる東国から連れて来られたそうじゃ」

「おお、その噂であれば、我らも荷駄衆や津人から聞いておる。つい昨日も悪僧どもが数騎、すさまじい形相で北に向かって行ったわい」

「となれば、二、三日もすれば、わしの船には中将さまの処刑を見物せんとする衆が、わんさか乗って来る道理じゃな。ふうむ、そう思えば今日の空舟にも、あながち文句は言えんわい」

どうやら、重衡は信円の予想よりも早く畿内に入るらしい。船子の言葉が正しければ、今日のうちにも東大寺の衆に引き渡される模様だ。

騒ぎ始めた胸をなだめ、範長は木屋所へ取って返した。ぐるりに竹垣を巡らせた木屋所の広さは、七十歩（約二三〇平方メートル）ほど。中央に木材を集積する広場を構え、西端に木守たちが詰める間口の広い長堂が建てられている。

雑人を使って木材を運ばせる木守を呼び止め、「おい。ここに倉か離れはあるのか」と尋ねた。

「へえ。炭小屋でよろしければ、この裏手にございますが」

木守頭と思しき白髭の男が、長堂の裏をうやうやしく指す。それに分かったとうなずいてから、範長は夏陽の照りつける広場を四顧した。

「では、その炭小屋と長堂を、人が寝起きできるよう整えてくれ。それに四囲の竹垣を検め、壊れている場所があればすぐに修繕させろ。往来の者が押し寄せても倒れぬよう丈夫に作るのだぞ」

何やら思い至ったのか、木守頭が表情を硬くする。それにあえて鷹揚にうなずき、

「見物の衆は何百何千にも及ぼうからな」と範長はつけ加えた。

死穢を避けるべく、重衡を南都の外で処刑しようとの信円の策は、範長にとっても好都合である。何せ三方を山に囲まれたかの地では、国外に逃げるだけでもひと苦労。しかしこの泉木津では繋がれている船を奪って漕ぎ出せば、あっという間に難波まででも逃げ延びられる。

見たところ、川辺には大小の船がびっしりと舫われており、中には江口や宇治津、淡路などから北上してきた荷舟も交じっているかに見える。飾りも華々しい腰の太刀を船子に与えれば、船の一艘や二艘、容易に買い受けられよう。

深更近くになって戻って来た栄照たちによれば、押送使・源頼兼に率いられた重衡は、この日の夕刻、同じく鎌倉から連れ戻された平宗盛・清宗親子とともに、近江国篠原宿に宿泊。明朝、勢田で東大寺の衆に引き渡される手筈という。

「南都に下げ渡されるのは、三位中将さまだけか」

「はい。他の御仁は押送使さまともども、京に送られるそうでございます」

勢田から逢坂山を越えて山科に入れば、泉川はもう目の前。つまり明日の夕刻には、重衡は泉木津にたどり着くわけだ。

突然、修繕が始まった興福寺木屋所の竹垣に、重衡の処刑地は泉木津と勘付いたのだろう。翌朝、範長が長堂から起き出せば、木屋所を囲む柵にはすでに大勢の人々が張りつき、物見高げにこちらを窺っている。

泉木津ばかりか、近郷の里からも次々と押し寄せているのか、その数は日が昇るにつれて膨れ上がる一方であった。

「まだ、中将さまはお越しにならないみたいだよ。処刑はきっと明日だねえ」

「いいや、そうとも限らんぞ。それ、あそこの建物から、悪僧が顔を出している。もしかしたら今宵遅く、人目を忍んでばっさりと斬首してしまわれるのかもしれん」

「それだったら、こんな大仰な柵を巡らすものか。きっと、往来の衆が集まりやすい真っ昼間さ」

昼過ぎになると川面には艜船が徐々に増え、中には艫から人が転げ落ちそうなほど人を乗せた船まで現われた。

あまりに大勢が押し寄せるせいで、木屋所の四囲の竹垣は巡らしても巡らしても倒れてしまう。そのあまりの喧騒に、木守頭は自ら柵を修繕していた範長に駆け寄り、「えらい騒ぎになりましたなあ」と困惑顔を見せた。

「いかがいたしましょう、使僧さま。いっそ柵を木材で拵え直しましょうか」

「いや、その暇はないだろう。いくら用材が目の前にあるとはいえ、これから新たに組んでは夜更けになってしまうぞ」

確かに、と木守頭が眉を寄せた時、長く続く土手の彼方で喚声が弾けた。一瞬遅れて、「来たぞ、来たぞ、来たぞッ」という絶叫とともに、数人の男たちが両手をぶんぶん振り回して、辻の真ん中に駆けてきた。

「中将さまご一行が、もうすぐ狛の辻に差しかかりなさるぞ。先頭は東大寺の悪僧ども。麻の浄衣姿で手輿に乗っておられるのが、中将さまに違いねえ」

なんだって、という声とともに、竹垣に取り着く野次馬のただなかから、ばらばらと数人が飛び出す。その後を追って、大勢の男女がなだれを打って走り始めた。

土手道を行く一行を、川面から見物しようというのだろう。艫いっぱいに人を詰め込んだ船が、我がちに川を下る。茜を刷き始めた空の色が、満々と張られた帆に映じ、まるで西方におわす弥陀如来の許に向かうかのように光り輝いていた。

木屋所を包むざわめきは待つほどに大きくなり、遂には耳を聾するほどの叫びと変じた。それと同時に往来の彼方に雲の如き人の群れが生じ、そのただなかに天に向かって突き立てられた薙刀の刃先がきらりと光った。

「どけどけ、邪魔をするなッ」

腹の底に響く先払いは、東大寺の悪僧のものだろう。道をふさぐ野次馬たちを押しのけながら近づいてくる男たちの姿が、地獄の邏卒とも映ったのかもしれない。沿道の子供が怯えた様子で泣き出した。

「来たぞッ」

「押すなッ。危ないだろうが」

道を空けようとする人々と、更に前に出ようとする者たちが揉み合い、竹垣が大きく揺れる。範長は栄照たちともども、倒れそうな垣をあわてて内側から支えた。

垣根の一角に設えられた柴折戸(しおりど)に、木守が駆け寄る。「こちらへッ」という案内とともに開け放たれた戸の間から、悪僧たちがどっと木屋所になだれ込んだ。

どさくさまぎれに押し入ろうとする群衆を、範長は力任せに突き飛ばした。足元をすり抜けようとする少年の襟首を摑み、無理やり外へと押しやったその時、古びた板輿に乗せられた人影が目の前をかすめた。

「ちゅ――中将さまだッ。南都を焼き払った御大将だあッ」

竹垣の向こうが、大きくどよめく。しかし麻の浄衣をまとった重衡は、まるで周囲に誰一人おらぬかのように、血の気のない顔をまっすぐ正面に向け続けていた。

その瞬間、範長の耳からすべての音がかき消えた。何もかもが夕陽によって真っ赤に染め上げられた中、やつれた顔と川風に揺れる洗いざらされた浄衣だけが、この世のものとは思えぬほど白い。東大寺の悪僧や木守が彼我の間を隔てていたにもかかわらず、まるで荒涼たる野面に自分と重衡の二人しかおらぬような気がした。

形のよい眉といい薄い唇といい、それと教えられなければ、およそ武勇で知られた三位中将とは気付かぬだろう。盛夏の長旅にもかかわらず不思議に青白い顔色が、その姿を年よりも若く見せていた。

「それなるは、興福寺の御使いか」

頭を転じれば、一行の中でも目立って大柄な悪僧が範長を睨みつけている。これまで言葉を交わした折はないが、かつて南都諸寺の悪僧が連れだって都に攻め上っていた頃、幾度か一緒になった男であった。

「拙僧、東大寺僧の叡勒と申す。相役同士、よろしくお願いいたす」

それにしても、と続けざま、叡勒と名乗った彼はわざとらしく四囲に目配りした。その鋭い眼光に、野次馬たちがまたしてもどよめいた。

「すでにああも柵を巡らすとは、いささか手際がよすぎはせぬか」

「お気に障ったのであれば、お許し下され。東大寺の衆が近江国まで中将さまをお迎えに行かれたとうかがい、我らもできる限りのことをせねばと思うたまで。他意はござらぬ」

叡勒からすれば、重衡処刑の差配を興福寺に握られたようで面白くないのだろう。太い眉の下の双眸に不平を湛えて、腕を組む。とはいえすぐ、衆人環視の中、声高に相役を責める愚に思い至ったのか、「確かに」と顎を引いた。

「思えば前内大臣さま親子も生きて都には入られず、すでに勢田で斬首なされた。されば兄君が亡くなられた今、三位中将さまも一刻も早く彼岸に渡して差し上げるのが、せめてもの功徳じゃろうしな」

「何と。前内大臣さま方は、京に送られたのではないのか」

範長の驚愕が愉快だったのだろう。叡勒は少し気をよくしたように、「それはあくまで方便だ」と頬をゆるめた。

「元よりお二人は、京に入る前に処断なされると決まっておった。今ごろはその首級のみが逢坂山を越えていよう」

「では重衡は東大寺に引き渡される以前に、同母兄たる宗盛の処刑に立ち会ったのか。

すべてを拒むが如きあの表情は、一族の死を目前にした諦念がもたらしたものなのかもしれない。

実際、自らの処刑を聞こえよがしに取り沙汰されながらも、重衡は虚空に目を据えたまま、身じろぎ一つしない。落ち着き払ったその姿を視界の隅に捉えながら、

「ならば、中将さまにはあれなる長堂にお移りいただこう。今宵のご寝所としていただくべく、すでに一間を整えてある」

と、範長は叡勧をうながした。

「東大寺衆のためには、裏の炭小屋を用意させていただいた。不寝番は我らが務めるゆえ、今宵はゆっくり休まれよ」

「そうはいかん。すべてを興福寺の御坊に任せて眠りこけたとあっては、わが寺の名折れだ」

肩を怒らせる叡勧に内心面倒なと思いつつも、「では、今宵は東大寺と興福寺の悪僧で、交替で不寝番に立っとしよう。よいな」と範長は提案した。

東大寺悪僧の一人が、重衡の腕を取って輿から降ろす。引きずられるように長堂に連れて行かれるその背は、まるで槍鉋で削いだかの如く薄い。

重衡が鎌倉の虜囚となって、約一年半。異郷の地での懊悩がにじみ出た後姿から眼を

引き剝がせば、空はいよいよ朱に染まり、川鳥が啼き交わしながら紫の雲間を翔けてゆく。

どうやら今日の処刑はなさそうだと踏んだ野次馬が、名残り惜しげに三々五々引き上げ始めた。その潮騒を思わせるざわめきに誘われたのか、空の鳥がいっそう高く啼いた。

重衡の到着を、勢田でじりじりと待っていた疲れが出たのだろう。夕餉を取ると、東大寺悪僧たちの瞼は、目に見えて重たげとなった。

「よければ、深更までひと眠りしてはどうだ。それまでは我らが中将さまの見張りを務めよう」

「おお、それはありがたい。じゃが、その後は必ずや我らが不寝番を致すぞよ」

喜ぶ東大寺衆と入れ替わり、範長たち三人は重衡に与えられた一間の入り口に居並んだ。とはいえ、範長がまたしても裏切るのではと疑っているのだろう。栄照ともう一人の悪僧は手許に薙刀を引きつけたまま、重衡の籠もる板戸ではなく、範長の横顔ばかり睨みつけている。

やがて夜が更け、夜風がわずかながら涼しくなり始めると、東大寺僧が三人、大あくびをしつつ暗い廊下を近づいてきた。眠気覚ましに川で顔でも洗ってきたのか、袖口からぽとぽとと滴った水滴が、暗い床に蛇の這い跡の如く続いていた。

「ご苦労じゃったな。また二刻（約四時間）ほどしたら、替わってくれ」

分かった、と諾って寝小屋代わりの炭小屋に踏み入れれば、残る東大寺僧はいまだごうごうと高鼾をかいている。

東大寺僧が見張っている以上、範長がなにを企んだとしても重衡が巻き込まれはしないと安堵したのか、栄照たちは横になるとすぐ、浅い寝息を立て始めた。

それでも四半刻ほどはじっと様子をうかがい、小さな鼾がその口から漏れ始めたのを確かめて、小脇差だけを手に臥所を抜け出す。栄照たちの頭をまたぎ越して長堂に向かえば、案の定、三人の東大寺僧は板戸にもたれたまま、すでに眠りこけていた。

木屋所に連れ込まれた際の態度から推すに、ここまでの道中、重衡はよほど従順な囚人だったのだろう。東大寺の人々もそれにすっかり油断しきっていると思ったのは、間違いではなかったらしい。

とはいえ、いつ誰が目を覚ますか分からぬ中、この場に留まるのは危険にすぎる。範長は踵を返して長堂を出ると、裸足のまま裏庭へと回り込んだ。

重衡の寝間に与えられた一間は板戸が立てられ、その根方に外から太い釘が打ちつけられている。月が昇りつつあるのだろう。東の稜線がわずかに明るみ、さらさらと流れる川面に一条の光を落としていた。

用心深く物陰を選んで簀子に歩み寄り、小脇差の鞘を払う。鴨か、それとも鷺か。折しも川辺で、夜鳥が絞め殺されたような声で啼く。懐に納めたままの公子の銅鏡を左手で押さえると、その声に紛らせて板戸の下に脇差の刃を差しこんだ。

「――誰だ」

思いがけぬほど近くで、澄んだ声がした。

突然の誰何に、びくりと身体が跳ねる。だがすぐに板戸に顔を近づけ、「お助け申します、中将さま」と囁いた。

「誰かと申しておる」

重ねて浴びせ付けられた詰問は、氷を含んだかのように硬い。意外の念に打たれ、範長は釘をえぐり出そうとする手を止めた。

「我が血縁の者か、六波羅で召し使っていた郎党か。いずれにせよ、わたしの命数はとっくに尽きておる。今更、心惑わす真似はするな」

四囲を閉ざされた蒸し暑い屋内、しかもすでに深更すぎにもかかわらず、その口調は驚くほど明瞭であった。優しげと映った重衡の芯の強さが、ありありとうかがわれた。

「なにを仰せられます。お命が惜しゅうはないのですか。このままでは、明朝には南都の衆の手にかかるのでございますぞ」

重衡は平家の敗色が濃厚になったこの三、四年、激しい懊悩の中に暮らし続けていたのだろう。戦で一人囚われ、虜囚の辱めを受けた上、一門の大半は西海に沈み、棟梁たる兄・宗盛までが斬首されては、もはや生きる望みを持てぬのは分からぬでもない。

範長は板戸の隙間に唇を寄せた。屋外とは比べものにならぬ生温かさを覚えながら、しんと静まり返った屋内に向かって言葉を重ねた。

「世の中には、生きたくとも生きられぬ者が数多おりまする。助かる命を擲とうとは、あまりに不遜な仰せではありませぬか」

生きながら劫火に焼かれた無数の道俗、御仏に仕えるはずの堂衆によって殺められた公子。重衡とて、もののふだ。諸国で戦を重ねる中で、死にたくないと足掻く者の姿を、数えきれぬほど見てきただろう。それにもかかわらず生きる道を自ら閉ざさんとする重衡への苛立ちが、範長の舌鋒を鋭くした。

「不遜、不遜か――」

その独言を最後に、室内からの声が絶える。重衡が板戸から遠ざかったのかと範長は案じた。だが山際を明るませていた半月が、稜線からその姿を見せるほどの時間が流れた後、「おぬしはわたしの何を知っておる」という低い問いが、板戸の隙間から香の煙のようにくゆり出て来た。

「何を、と仰せられますと」

「この数年、わたしは日夜、怯えと悔いに心さいなまれておった。一門にあっては、南都諸寺に火をかけた慮外者と謗られ、囚れの身となった鎌倉では、いつ首を斬られるやも知れぬ境涯に置かれてな」

「南都の焼き討ちを悔いておられるのですか」

返答はない。その代わり、「わたしは怖かったのだ」という細い声が、夜の静寂を震わせた。

「北陸道での敗走、都落ち……かつての栄光がおよそ信じられぬ逆境に見舞われる都度、これは己が南都諸寺を焼いた仏罰ではと思われてならなんだ。血縁の中にははっきりそう言葉にする者もおったし、実際、顕罰と信じねば辛くてならぬほど、我が一門の凋落は著しかったからな」

それゆえ摂津国一ノ谷で敵に捕らわれた時、まっ先に重衡が覚えたのは、これで地獄の如き苦しみからようやく解き放たれるという安堵だった。己に一番縄をかけた敵兵に、ありがたやと手を合わせたい心地すらした。

「ところが命あるまま鎌倉に送られたばかりか、一門が西海に沈んでもなお、こうして生き永らえておるとはな。御仏がわたしに与えたもうた冥罰は、この世に恥を晒して生き続けることなのやもとすら思うたほどだ」

されどありがたいことにその苦しみももうすぐ終わる、と続ける口調は、およそ自らの死を語るとは思えぬほどに澄んでいる。範長は己の指先が小さく震えるのを止められなかった。

今や重衡にとって、生きるとは後悔や世人からの罵倒と同義なのだろう。この四年間、南都の衆が憎しみの泥濘に溺れていたように、重衡もまた、かような血塗られた生の中で這いずり回っていたのだ。

だとすれば重衡を憎む南都の衆僧も虜囚となった重衡も、共に等しくこの世の修羅をさまよい歩く哀れな衆生なのではないか。そう、人が人を殺める戦の中においては、敵味方の別なぞありはしない。ただ人は己の内なる憎しみや悔恨に囚われ、それがゆえに終わることなき苦しみにもがき続けるのだ。

「おぬしが何者なのかは知らぬ。問おうとも思わぬ。ただ、どうかこのままこの場を立ち去ってくれ。ようやく手に入れられる平穏の時を、もはや逃したくはないのだ」

「心残りはないのですか」

心残りか、と繰り返した声には、少しだけ笑みが含まれていた。

「ここに参る道中、わずかに許され、西国で生き別れた妻と日野にて別辞の時を持てた。共に鎌倉を出た兄や甥もひと足先に彼岸に渡った以上、もはやこの世に名残なぞを留めては、一門の名折れだ。――いや、待て」

何かを思い出した様子で、重衡は急に口調を転じた。

「あえて言えばたった一つ、気がかりがある。まだ一門が栄華のただなかにあった頃、故あって養女にした娘がおってな。都落ちの際にはぐれて行方が知れぬが、いったいどこでどうしておるやら」

その瞬間、範長の視界が大きく揺らいだ。喉の奥がぐうと鳴り、堪えても堪えきれぬ熱いものが胸からこみ上げる。

これぱかりは昨日から変わらぬ懐の鏡の冷たさが、しんと肌に伝わってきた。仮に目の前にいる自分が公子の知己であり、彼女がもはや現世におらぬと知れば、重衡はさぞ嘆き悲しもう。現生にすでに悔恨しか抱いておらぬこの男を、これ以上苦しめてはならない。

　拳を口に押し込み、天を仰ぐ。懸命に息を整え、「それはご心配でございますな」と声を絞りだした。

「ああ。乳母もついておるゆえ、どこかで健やかに過ごしていると信じておるが。されどどのような心残りがあるにせよ、南都を焼き払った罪は、すべて我が身にある。ならば今のわたしにできるのは、その罪を己が身で雪ぐことだけだ」

　重衡に見えぬと知りつつも、範長はその場に両手をついた。

　思えば重衡が公子を養ったからこそ、彼女は般若坂に子供たちを養い得た。公子自身は無惨な死を遂げたとしても、その志は小萱や惟丸たちに受け継がれている。それらを重衡に告げたくても告げられぬ事実がひどくもどかしかった。

「――差し出がましい真似を致しました。お許しください」

　いや、という息だけの応えを聞きながら、範長は板戸の向こうの重衡に深々と頭を下げた。

　脇差を鞘に納めて立ち上がれば、明るい月影が辺りを皓々と照らし付けている。藪のただなかですだいているのは、気の早い秋の虫か。時ならぬ足音に驚いて鳴き止むいじらしさが、またしても範長の胸を熱くした。

　人の世はかほどに美しく静謐というのに、なぜ重衡も南都の衆もこれほどおびただしい怨みの渦に苦しめられねばならぬのだ。

公子の死に接してもこぼれなかった涙が、次々と頬を伝う。地面を叩くそのかそけき音に誘われたように、藪陰でまた虫がか細い声ですだき始めた。

翌日は、朝から雲一つない晴天となった。

京上道は夜明け前から大勢の人々であふれかえり、木屋所のぐるりにも十重二十重の人垣が生じた。

案の定、竹垣のそこここが破れ、木守が必死に奔走したものの、それを修繕する前にまたも他の箇所が壊される始末。しかたなく木守たちは一列になってお互い手をつなぎ、見物の衆を留めねばならなかった。

「使僧さま、どうにかしてくだされ。このままでは、木屋所が見物の衆に踏みつぶされてしまいます」

木守頭の悲鳴に、朝餉の粥をすすっていた範長と叡勒は顔を見合わせた。すでに栄照を含めた悪僧たちは広場に赴き、本日の支度を整えている。その様が更に野次馬たちを興奮させるのか、炭小屋の外から聞こえてくるざわめきは、刻々と激しくなる一方であった。

「しかたないのう。では、早いところ片付けるか」

粥の椀を放り出す叡勒に従って立ち上がれば、広場のそこここに積み上げられていた木材は綺麗さっぱり取り払われ、だだっぴろい砂地の真ん中に径三尺（約九十センチ）

ほどの穴が掘られている。その傍らに放り出された一枚の破れ蓆に、範長の目は釘づけとなった。

叡勒は眼光鋭く辺りを確かめ、「よし、お連れしろ」とうなずいた。

オウ、と応じて駆け出した東大寺の悪僧が、高手小手に縛られた重衡を長堂から引きずり出してくる。昨日と変わらぬ白麻の浄衣に澄んだ夏陽が弾け、野次馬たちのうわあッという喚声が空いっぱいに轟く。長堂脇の梅の木で啼いていた蝉の声が、その喧騒に一瞬、掻き消された。

明るい陽射しの中に、急に連れ出されたせいだろう。重衡はまっすぐ前を見つめつつも、幾度も目をしばたたいた。その様が死を前にしながらもひどく傲岸と映ったのか、縄尻を取る悪僧が聞こえよがしに舌打ちをした。

「刑吏は興福寺衆が務められるとうかがっておる。では、よろしく頼むぞ」

叡勒が当然のように言い置いて、一歩退く。その途端、腰の太刀が急に重く感じられ、範長はぐいと足を踏ん張った。

重衡自身が死を望んでいる以上、太刀を振るうことに否やはない。だが従容と死に就かんとしている彼に縄をかけた上、あまつさえあのような粗末な蓆に坐らせるとは何事だ。

「ぐすぐずするなッ」

慣れぬ砂地に足を取られ、重衡の身体がよろめく。それに罵詈を浴びせ付ける悪僧を、範長は「待て」と制した。

叡勒を含めた悪僧たちの視線が、一斉にこちらに注がれる。それには目もくれず、範長は腹巻の上に羽織っていた裳付衣を脱ぎ捨て、破れ薦に打ちかけた。重衡の肩を押さえていた悪僧を突き飛ばし、背後の一人の手から縄尻をひったくる。「どうぞこちらに」と告げ、うやうやしく頭を垂れた。

「おぬし――」

範長の声に、聞き覚えを感じたのか、玻璃玉の如く生気の乏しかった重衡の双眸に、小さな灯が点った。範長の顔をしげしげと眺め、ついで腰の太刀に目を移してから、「世話になる」と軽く目礼した。

とっさにどう応じるべきか分からず、範長は言葉に詰まった。すると重衡は「手を」と言いざま、わずかに己の背後を顧みた。

「もはや、何者の手も煩わせぬ。縄を解いてはくれまいか」

「承知しました」

範長から顎をしゃくられた悪僧が、渋々、小刀を手に近づいて来る。それに腕を差し向けながら、重衡は「西はどちらだろうか」と問うた。

「あちらの方角かと存じます」

小さくうなずいた重衡が、その場に膝をつこうとする。先ほどの裳付衣をあわててその前に差しだすと、重衡はおとなしくそこに坐し、両手を合わせて瞑目した。

それは御仏のおわす浄土を拝したのか、それとも西海に沈んだ一門に声なき祈りを捧げたのか。竹垣のぐるりはいつしか水を打ったように静まり返り、誰もが重衡の挙措を注視している。ただ、蟬の音だけが姦しい。

今朝早く、南都を発ってきたのだろう。見回せばおびただしい人垣の中には、玄実を始めとする悪僧や工人たちの顔が連なっている。運慶の姿が見えぬのは、きっと馬鹿馬鹿しいとでも嘯いて、仏所で造仏に励んでいるのだろう。その事実がいまの範長には、ひどくありがたかった。

だがその一方で、きっと信円や興福寺・東大寺の三綱衆もまた、どこかから自分たちに目を注いでいるはずだ。途端にぬらついてきた掌を、範長は腰で強く拭った。

人なぞ、数えきれぬほど殺してきた。命乞いをする敵兵を切り刻み、足蹴にした覚えもある。それなのにまるで初めて太刀を持ったかのように足が震え、喉がひりつく。

（——寺を出よう）

これまで考えもしなかった思いが、不意に胸底に湧き起こった。

重衡の死によって、南都は長らく囚われ続けてきた憎悪から解き放たれる。ならば人を怨み、己を憎むしかできなかった範長もまた、もはや御寺に必要ないはずだ。

これからかの寺を担うべきは、己が手で武具を取って戦う強き僧でも、他者を怨み、憎しみを糧に寺を守る、企みに長けた僧でもない。公子の如く、すべての恩讐を越えてただ誰かを救わんとする祈りこそが、かの寺には必要だ。

栄華を極めた平家は滅び、この国を見舞った激動は去った。思えば幼くして興福寺に入れられて以来、範長の身の上はすべて世の動乱とともにあった。だとすればこの国が――興福寺が新たに生まれ変わろうとしている今、自らの如き悪僧の居場所はどこにもない。

信円は、玄実は知るまい。彼らがただ憎しみに駆られ続ける中で踏みにじられた、一輪の花の如き女の願いを。自ら死を希求した、敗軍の将の懊悩を。ならばせめては、御寺の壊滅と再生の渦のただなかに消えた人々の血と歔欷を、自分だけは忘れてはならぬ。

「では、頼む」

自ら穴の傍らへ座を移し、重衡は白い首をついと伸ばした。

縄をかけられた際に、傷つけたのだろう。女と見まごうほど細い首に、真っ赤な縄目が刻まれている。

それを眼にした刹那、膝が小さく震え出すのを感じ、範長はあわてて太刀を鞘から抜いた。その刃が夏陽に輝き、人垣のあちこちでかすれた悲鳴が上がる。幾人かの男女が、顔を蒼ざめさせて踵を返すのが、視界の隅をかすめた。

逃げ去った者の場所を他の野次馬が占めんと押し寄せ、怒声と併せて人の波が大きくたわむ。彼らを押し留めていた木守までもが、怯えた面持ちで一歩退いた時、喧騒にまぎれるほど微かな声が範長の耳を打った。

「おぬしに礼を述べておらなんだな」

いえ、と息だけで応じ、範長は大きく太刀を振りかぶった。野分が吹きつけたように、どうと人垣が揺れた。

「——お許しくだされ、中将さま」

直後、喉の奥から迸った(ほとばし)のは気合か、それとも慟哭(どうこく)だったのか。

すべての音がかき消え、あれほどやかましかった蟬の音までが、一瞬、耳から去った。虚空に高く噴き上がった真っ赤な飛沫(しぶき)のただなかに小さな虹(にじ)が生まれ、瞬く間に灼熱(しゃくねつ)の陽射しに溶けて消えた。

終章

澄明な秋の陽が、一乗院の庭を温めている。

眼に痛いほどの朱色に染め上げられた椛の木は、一乗院落慶の折、京都の異母兄・兼実から直々に送られてきた名木である。遠い南都までの道中が悪かったのか、植え付けられた年は夏のうちからはらはらと葉を落とし、石立（園丁）を狼狽させたが、それから三年が経った今年は、まだ秋の浅いうちから美しい紅葉を見せ、その鮮やかさはまるで豪奢な錦を枝にかけたが如きであった。

しかしながら今の信円には、見事な紅葉を愛でる暇は微塵もなかった。

長い指先で文机を癇性に叩き、「それでは仁和寺の悪僧どもは、いまだ大覚寺から退いておらぬのですか」と、目の前の従僧に押し殺した口調で問うた。

「は、はい。都からの使いによれば、残念ながらそのようでございます」

怯えきった従僧の物言いが、かえって苛立たしい。首をすくめた彼を睨みつけ、「分かりました」と片手を振った。

「こうなれば異母兄上じきじきに御室（仁和寺）にお運びいただき、談判を願いましょう。本来ならば力ずくで大覚寺を取り戻すべきですが、洛西ではおいそれと悪僧を遣わしもできませぬゆえ」

都の西・嵯峨野に位置する大覚寺は、古来、一乗院の末寺。だが南都から遠く離れているだけに、院主である信円ですら一度も足を運んだことがないこの寺は、今年三月、近隣の仁和寺の悪僧からの襲撃を受けた。驚き騒ぐ僧を叩き出した彼らは、そのまま寺内に住みつき、あっという間に大覚寺の荘園の支配権まで掌中にしてしまったという。

現在の仁和寺門跡は、当今・尊成の伯父に当たる守覚法親王。後白河法皇の愛息である彼からすれば、いまだ復興半ばの摂関家氏寺の威光なぞ歯牙にかける必要すらないのだろう。この年、摂政・藤原氏長者となった異母兄の兼実を通じてたび重なる抗議を行なっても、一向に大覚寺を明け渡そうとしない。

（こんなときに、範長どのがいてくだされば――）

無駄な夢想と知りつつも、信円は胸の中で溜め息をついた。

そうだ。昨年、微塵のためらいも見せず、三位中将の首を落とした範長であれば。薙刀の反りを打って、単身、大覚寺に乗り込み、有無を言わせず仁和寺僧を叩き出してくれたであろうに。

「では早速、都に使いを送りまする」

あたふたと退く従僧から眼を逸らし、信円は薄雲のたなびく空を仰いだ。秋にしてはいささか濃すぎる空の青が、目が眩むほどに陽が炒りつけたあの夏の日を思い出させた。

「――なぜでございます、範長どの。なぜ出奔なぞいたされました」

範長が忽然(こつぜん)と行方をくらましたのは、昨年六月二十三日。泉木津(いずみきづ)で斬られた重衡の首が、般若寺(はんにゃじ)門前に掲げられた日の夕刻であった。

あまりに思いがけぬ出奔に、興福寺の者たちはみな、狐につままれたような心持ちで、互いの顔を見合わせた。もしや範長はいまだに、平家の女を殺されたことを怨(うら)んでいたのか。いやそうだとすれば、あれほど重衡の処刑役を見事に務めるはずがない。

考えれば考えるほど理由は分からず、悪僧の中には重衡斬首(ざんしゅ)を陰ながら見守った平家の残党が、報復として範長を略取したのではと語る者すら現れた。

とはいえあの範長が、さような輩(やから)に易々と屈するものか。それであれば、範長が自ら南都を離れたと考える方が、よっぽど理屈が通る。

かねてより、範長の言動を忌々しく感じていた玄実(げんじつ)などは、

「乙(おっ)法師はもはや、虚(うつ)けておった。三位中将さまを殺(あや)め、かろうじて保っておった心の糸が切れたのじゃろう。かような腰抜けなぞ、御寺にはおらぬ方がましじゃ」

と吹聴(ふいちょう)し、悪僧たちを得心させた。

しかし、信円は知っている。少なくとも自分が重衡斬首を命じた時の範長は、間違いなく正気であった。それだけにどうしても従兄(いとこ)の出奔に納得がゆかぬ信円は、門前郷や二条大路界隈(かいわい)に人を遣わして、その足取りを探らせた。だがせいぜい得られたのは、同日の夜、三条東五坊大路の経師屋に勤めていた小女が行方知れずになったという話ぐら

いで、範長の行方は杳として知れなかった。

彼は、いったい何が不満だったのだ。自分を許してくれればこそ、三位中将重衡を手にかけたのではないのか。

塀の向こうからの工人の声が急に高まり、信円の物思いを破った。一度ならず二度、三度と沸き起こる歓声に、信円は苦々しく歯噛みした。

両の手を打ち鳴らして、控えの間の従僧を呼び、「塀の外の奴らを追い払いなさい。まったくやかましくてしかたがありません」と、不機嫌に命じた。

「それにしても、いったいどこの工人です。ここが一乗院であると知らぬのでしょうか」

「はあ、先ほどあまりのやかましさに見て参りましたが、どうやら都の仏所から来た仏師どものようでございます。あと二、三日もすれば、東金堂の造仏始め。その下見に来たのでございましょう」

まったく都の仏師どもは物知らずでございますなあ、と従僧がわざとらしく詠嘆する。確かにあの運慶がおとなしく東金堂の造仏を引き受ければこんな事態にはならなかったと思うと、なおさら苛立ちが募る。信円は強く眉根を寄せた。

運慶の手になる木造釈迦仏像が西金堂本尊として安置されたのは、範長が行方をくらませた半年後。その予想以上の出来栄えに信円は驚き、褒賞として馬一匹を与えた。それは西金堂に引き続き、東金堂の諸仏の造像も運慶に任せようと考えての計らいであったが、その矢先、運慶は突如、東国に行くと言い出し、止める暇もなく南都を発った。

謝罪のために飛んできた康慶によれば、その東下は伊豆国韮山の私寺の造像のためと言う。さりながらそれであればわざわざ足を運ばずとも、興福寺内の仏所で造仏し、完成した御像を送れば済む話だ。

興福寺では、すでに東西両金堂の建立が済み、講堂、食堂、南大門の作事が間もなく始まろうとしている。だが、失われた経典や法典を作り直し、全ての堂舎に仏像を備えるには、まだまだ歳月がかかる。五重塔や四方の大門の造営も未定の最中、なぜ誰も彼もが自分を置き去りにして、興福寺を去るのだろう。まるで自分だけが深い水底に沈められるにも似た淋しさに、信円はまたも範長の不在を呪わずにはいられなかった。

しかも苛立つ信円を翻弄するかのように、年が改まっても、仁和寺は一向に大覚寺から撤退しなかった。それどころか、大覚寺に住まう仁和寺僧の数はむしろ増すばかりとの報せに、信円は数珠を握り締めて、北の空を睨みつけた。

仁和寺は興福寺をどれだけ怒らせたとて、大覚寺に悪僧が攻め寄せはすまいと踏んでいるのだ。地の利とこちらの手の内をそこまで読まれている事実がますます腹立たしく、また情けなくてならない。

せっかく興福寺の伽藍が復興しつつあっても、こんな形で寺の権威に傷をつけられては、無様この上ない。こうなれば東西両金堂の堂衆に命じ、悪僧を久方ぶりに都に乗り込ませるか。だが、いくら仁和寺側に非があるとはいえ、ようやく平穏を取り戻した都でまた騒擾を起こしては、叱責されるのはむしろこちらだ。

（――いや、待て）

仁和寺は本寺たる興福寺が手も足も出せぬと思えばこそ、このような狼藉を働いている。ならばいっそこの大和国内で、かの寺にひと泡吹かせてやればいいのではなかろうか。そうすれば、仁和寺はもちろん都の諸寺も、この寺がかつての法難から逞しく立ち上がりつつあると思い知るはずだ。

信円は壁際の櫃に駆け寄った。中に収められた書物を片端から引きだして、慌ただしく帖を繰った。

――大和国内所在、仁和寺末寺。

との項目を見つけると、大きくうなずきながらその帳面を文机に広げた。

大和国内には千とも二千とも言われる寺があり、信円もすべての寺の本末関係までは把握していない。とはいえ、御室御所の異名を取る仁和寺だ。この近くにも、一寺や二寺ぐらい係累の寺があろう。

仁和寺が京にある興福寺の末寺を脅かしたのであれば、こちらもまた大和国内の仁和寺の末寺を襲えばよい。それで先方がなおも態度を改めぬとなれば、またどこかの末寺を陵虐するまでだ。

「手近な寺は、平群の高津寺と忍海の慶雲寺か」

どうせ襲う以上は、仁和寺の者があっと驚く寺がよい。由来も古く、出来れば寺領も豊かであれば、なおふさわしかろう。

慌ただしく帳面を繰る手がふと止まる。これだ、という呟きが、我知らず唇から洩れた。

「城下郡、山田寺――」

一瞬、虚空に目を据え、信円は「誰か、誰かいますか」と手を打った。簀子に膝をついた従僧に、

「悪僧どもを集めなさい。これより大覚寺の敵を取りますぞ」

と、高らかに告げた。

幼くして興福寺に入り、間もなく院主に任ぜられた信円は、興福寺からほとんど出たことがない。しかしそれでも山田寺が正しき由緒を持ちながら、現在は見るも無惨な貧乏寺と化している古寺であるぐらいは仄聞している。

ろくな寺領は所有しておるまいが、本邦屈指の古刹である山田寺を奪われれば、仁和寺は臍を噛んで悔しがろう。場合によってはあちらから、交換に大覚寺を返すと言い出すやもしれぬ。

平家は滅んだ。一昨年末、朝堂は源頼朝に守護・地頭の諸国配置を許し、今や源家の権勢はかつての平氏にも劣らぬほどだ。なるほど世は治まり、戦乱は去ったのだろう。さりながら畢竟、人とは相争う存在。どれだけの時が経ったとて、人の世から戦が無くなるなぞ、決してありえない。だとすれば未曾有の苦難に苦しめられた興福寺が、天下にその存在を示すべく諍いに諍いを以って報いて、何の不思議があるものか。これは決

して戦ではない。興福寺の威信を賭した蹶起なのだ。

「大覚寺の敵討ち……でございますか」

「そうです。仁和寺の末寺を奪い、御寺の力を告げ知らせるのです。行く先は城下郡山田寺。貧しい破れ寺と聞きますが、意趣返しにはもってこいでしょう」

信円の言葉の意味がようやく理解できたのだろう。従僧がぱっと頬を紅潮させて、身を翻す。

待つまでもなく、「武具を調えよ。弓矢も忘れるではないぞッ」「馬だ、馬を曳けッ」という叫びが境内に錯綜し、金物の触れ合う音や厩から曳きだされた馬の嘶きがそこに重なった。

そうでなくとも興福寺の悪僧は、この一年、仁和寺悪僧の非道に腹を立て続けている。そんな彼らにとって、信円の下知は熾火を煽る風の如きもの。支度の調った悪僧から順次、寺を飛び出しているのか、雷鳴の如き足駄の音がけたたましく天を衝いた。

「信円さま、玄実坊がお目通りを願いたいと申しております」

「分かりました。庭に通しなさい」

間もなく古希を迎えんとする玄実は、三月前に足を痛め、以来、床に臥せり続けている。

久方ぶりの戦に、矢も楯もたまらず起き出して来たのだろうが、すでに胴丸鉢巻で身ごしらえをした面差しは、以前とは別人のように痩せこけていた。

すでに腰には太刀を帯び、薙刀まで掻い込んだ老僧に、信円は思わず、「玄実、その身体で城下郡まで参るのは厳しいでしょう。今日のところは寺に留まりなさい」と命じた。

「それはありがたきお言葉、御礼申し上げます」

ただ、と続けつつ、玄実は目脂のこびりついた目をしょぼつかせた。

「そうなりますと、寄せ手の指揮はいったい誰が執ればよろしゅうございましょう。なにせこの数年、悪僧どもの頭はこの玄実が務めておりますれば」

確かに、と考え込んだ信円を、玄実は瞬きもせずに仰いだ。

「正直申して、山田寺に悪僧がおるとの噂は、とんと聞いた覚えがありませぬ。されど仮に敵陣に攻め入らずとも、やはり拙僧が共に参らねば、御寺堂衆は自在に立ち働けますまい」

久方ぶりの戦に興奮しているのか、色艶の悪い頬には血の色が透け、双眸も潤んだように光っている。

この分では来るなと命じても、玄実はそれに宜わぬだろう。それに老いたりとはいえ、玄実はこの寺きっての悪僧。彼がいるのといないのとでは、悪僧たちの士気も変わってくるはずだ。

「そういう次第であれば、わたしも共に行くとしましょう。輿を調えさせますので、おぬしはわたしとともに、ゆるゆると悪僧どもの後に付いてゆきなされ」

「信円さまも山田寺にお運びになるのですか」

口をぽかんと開けた玄実を見下ろし、「足手まといでしょうか」と信円は問うた。

「い、いいえ、その。あまりに思いがけなかったもので」

見回せば玄実ばかりか簀子に居並んだ従僧までが、そろって驚愕の表情を浮かべている。それを振り切るように、信円はぐいと顎を上げた。

信円とてこれが並みの諍いであれば、かような真似は思いつかなかった。しかし興福寺末寺への暴虐は、長きに亘ってこの日を護持してきた藤原氏氏寺への侮蔑。そしてそれへの対抗策たる山田寺襲撃は、興福寺の威信復興の布告と同義である。とはいえこの件が都に伝われば、京の人々はさぞ驚き騒ぐだろう。それがただの悪僧の乱行ではないと天下に知らせるためには、別当たる自分が同行するのがもっとも確実である。

それに同じ藤原氏の子弟でありながら、範長はあれほど頻繁に戦場に赴いていたのだ。ならば自分とて一度ぐらい、それに倣ってもいいはずではないか。そうすることで、もはや戻らぬであろう従兄の面影に、何らかの区切りが付けられる気すらした。

「お待ちください。別当さまが自らお出ましになるなぞ、古来、先例がございませぬ」

止めようとする従僧を振り切って、信円は庭に運び込まれた手輿に乗り込んだ。恐懼する玄実を共乗りさせると、悪僧に四囲を固められ、寺の西門を飛び出した。

興福寺が全寺を挙げて山田寺を攻めたと知れば、都の兼実はきっと腹を立てよう。だが政を行なう公卿には公卿なりの事情があるように、寺には寺の道理がある。兼実がなかなか仁和寺を説き伏せられぬのであれば、自分たちは己で寺名を守るしかないのだ。

駕輿丁がよほど急いだのか、横大路を越えた頃には、先発した悪僧たちの立てる土煙が大路の果てに望まれた。

興福寺からまっすぐ南へ走る街道は、藤原に都が置かれていた古に整備された上ッ道。奈良と三輪・桜井を結び、宇陀の室生寺や長谷寺への参詣道の役割も果たしているだけに、折からの上天気と相まって、人の往来は激しい。

「なんだ、なんだ。えらく物々しいな」

薙刀を掻い込み、太刀を帯びた一行の姿に、沿道の人々が恐ろしげに首をすくめる。開けかけた木戸をぴしゃりと閉ざす翁、子供の腕を摑んで家の中に引きずり込む母親……。物見高く駆け付けてきた野次馬が、悪僧と彼らに先導されて進む輿を不思議そうに見比べている。

「南都の悪僧じゃ」

「近年、珍しいな。いったいどこに行くのだろう」

好奇、恐怖、憧憬……様々な感情の入り混じった沿道からの眼差しに、腹の底が熱くなる。あの従兄はいつもこのような思いをしながら、薙刀を掻い込んでここを疾駆していたのか。

範長どの、と唇だけで呟き、信円は元来た道を振り返った。青々とした若葉のきらめく春日山の麓にひときわ高くそびえ立っているのは、作事半ばの講堂の心柱。ちらちらと光る鮮やかな丹の色は、東西両金堂の柱の輝きだ。

あの従兄とともに御寺を守りたい、そう思っていた。だがそんな願いにもかかわらず範長は去り、自分だけが取り残された今、これでよかったのかとのためらいがともすれば胸底にたゆたう。

もし般若坂の女子を殺さなければ、範長はいまだ御寺にいてくれたのか。それとも重衡を彼に斬らせたのが過ちだったのか。

寺を守るためには、ああするより他なかった。そう己に言い聞かせながらも、どこかで自分は間違ってしまったのかもしれぬとの不安が胸の隅をよぎる。信円は強いてそれを忘れようと、どどどどッという悪僧たちの足音に耳をそばだてた。

青葉のきらめく三輪山の麓を駆け抜けると、往来の家々は一度に減った。上ツ道を逸れ、なだらかな丘の麓へと踏み入れば、色あせた丹塗りの堂舎が低い木立の奥にわずかに覗いた。

「あれだ、あれが山田寺だぞッ」

どこからともなく湧き起こった喊声が一行を押し包み、足駄の音がいっそう高く鳴り響く。狭い小道いっぱいに広がって道を駆けるうち、古びた楼門が正面に見えてきた。

折しも門前で芥を拾い集めていた老僧が、雲霞の如く押し寄せる悪僧の姿に、喉を絞められたような悲鳴を上げて、その場に立ちすくんだ。

「我らは南都興福寺より参ったッ。本日これより、この寺は我らのものとなる。寺内の衆は、疾く立ち去れッ」

悪僧の一人が歩み出て、薙刀の石突でとんと地を打つ。老僧はぎょっと目を見張り、「興福寺じゃと」と呻いた。

「な、なんたる愚かを申す。この寺は山田大臣（蘇我倉山田石川麻呂）さまがお建てになった由緒ある御寺。だいたいわが寺の者からすれば、大臣を陥れた藤原氏は忌々しき宿敵ぞ」

顔を蒼ざめさせながら言いつのる老僧に、「やかましいッ」と悪僧は叫んだ。

「何百年も昔の怨み言なぞ、聞いてはおらん。おとなしく寺を明け渡せば、無体はせぬ。だいたいかような貧乏寺であれば、御寺の末寺になった方がよほど身のためであろう。さっさと三綱に我らの訪れを告げてこいッ」

山田寺を創建した蘇我倉山田石川麻呂は、中大兄皇子・中臣鎌足による乙巳の変（大化の改新）に加担し、その後、右大臣に任ぜられたものの、やがて謀叛を疑われて自害した。これは蘇我氏の勢力を恐れた鎌足の陰謀とも推測されており、その意味では確かに山田寺と興福寺は宿敵同士と言っても間違いではない。

四囲の丘にこだまするほどの大音声に、老僧は足をよろめかせて後じさった。そのまま片開きされていた楼門の内側に歩み入ると、内側から扉を閉ざした。直後、閂をかける音が響くのに、悪僧たちは顔を見合わせた。

「門を閉めよった。手向かうつもりかもしれぬぞ」

「まあ、慌てるな。いざとなればこんな古門、総がかりで破ればよかろうて」

突如、山田寺を押し囲んだ悪僧に驚いたのだろう。顧れば、泥まみれの男女が十数人、恐々とこちらをうかがっている。

いずれも鋤(すき)や鍬(くわ)を手にし、日よけの笠(かさ)をかぶっている。どうやら寺の周囲にわずかに点在する寺領の民のようだ。

まだ十歳になるかならずかの少年がその人垣から走り出て、「あんたら、何をするんだ」と甲高い声を上げた。

「この寺を襲うつもりか。だったら、おいらが捨てておかねえぞッ」

その言葉は勇ましいが、ひょろりと細長い体軀(たいく)は頼りないことこの上ない。子犬がきゃんきゃんと吼(ほ)えるに似た声に、堂衆の間から失笑が漏れた。

「お、お許しを。お許しくださいッ」

この時、狼狽しきった叫びとともに、ほっそりとした娘が飛び出してきた。

「道理を弁(わきま)えぬ子供の戯言(たわごと)です。何卒、お許しを」

「けど、小萱(こがや)姉ちゃん――」

少年の抗弁を封じるように、今度は少年と年の変わらぬ少女が走り寄り、彼の頭をぽかりと打った。痛えッと喚く口を両手で塞(ふさ)ぎ、「惟丸(ただまる)の馬鹿ッ」と怒鳴りつけた。

顔つきはあまり似ていないが、姉弟だろうか。惟丸と呼ばれた少年を二人がかりで引きずってゆく彼女たちの横顔には、明らかな恐怖が浮かんでいた。

女子供を相手にするのも大人げないだけに、悪僧たちは興味を失った顔で静まり返った寺に目を移した。およそ開く気配のない楼門に焦れた口振りで、玄実が「いかがいたしましょう」と問うた。

「どうも、おとなしく寺を明け渡しそうにはありませぬな。思いがけず、抗うつもりと見えまする」

建物を取り壊す際に用いる巨大な木槌を背負った悪僧が二人、その声に促されたように一歩前へ歩み出る。「やむをえませんね」と、信円は応じた。

「あちらがその気なら、力ずくで押し入るだけです。大覚寺もそうやって門を破られたと聞いておりますので、こちらも同じ手段を使うまでです」

待っていたとばかり、木槌を手にした悪僧が楼門に駆け寄る。門扉のうち、鋲の打たれておらぬ場所を狙い、一斉に門を破りにかかった。

どおん、と腹に響く音とともに、古びた楼門が前後に揺れる。木っ端と埃がばらばらと音を立てて地面に降り注いだ。

「どけどけどけッ」

目立って身体の大きい悪僧が、半町も離れたところから走り出し、そのまま門に体当たりを食らわせる。

もともと、木が腐っていたのだろう。二度、三度とそれを繰り返すうちに、めりめりと音を立てて門扉が裂け始めた。やがて一抱えもある穴が開いたかと思うと、その向こうに古びた堂舎がちらりとのぞいた。

「よおし。誰か中に入れッ」

玄実の号令より早く、小柄な一人が穴をくぐって門を抜く。寺門が内側から大きく開かれ、喊声とともに悪僧たちが境内へと乱入しようとした刹那、「痛ッ」という悲鳴を上げて、先頭の一人がもんどり打った。

矢でも射かけられたのかと誰もが警戒を漲らせる中、更にその隣の悪僧が呻きながら倒れ込む。見れば正面に建つ金堂の階の陰に数名の僧がひそみ、拳ほどの石をこちらに向かって次々と投げつけていた。

「で——出て行けッ。このならず者がッ」

石を握り、ひときわ大きな声で喚いているのは、先ほどの老僧だ。山門を閉ざしている間に、乏しい武具をかき集めたらしく、僧の中には胴丸を着し、古びた刀を帯びている者もいた。

「おのれッ」

額からたらたらと血を流した悪僧が、背負っていた弓に矢をつがえた。激しい風音とともに飛んだ矢が階の踏板に射立ち、ひっと悲鳴を上げて、老僧がへたり込む。

「信円さま、お下がりください。万一のことがあってはなりませぬ」

玄実がそう叫んで輿から飛び降り、同時に駕輿丁が楼門の外へと退く。激しく揺れる身体を勾欄を掴んで支え、信円は石を投げる老僧たちを見据えた。

武具の乏しさから推すに、到底、山田寺に勝ち目があるとは思いがたい。しかしそれでもなおも手向かいをするのであれば、こちらも人死にを覚悟せねばならなかった。

「敵はろくな備えすら持っておらぬ。ひと息に押しひしげッ」

ぶんぶんと両手を振り回す玄実の差配におおっと応じながら、悪僧たちが金堂に押し寄せようとした、その時である。

「おぬしら、しばし待てッ」

楼門の外で、激しい怒号が響いた。悪僧たちを恐ろしげに遠巻きにしていた近郷の衆のただなかから、一人の男が飛び出して来たかと思うと、手近な悪僧に体当たりを食らわせた。

先ほどまで、田畑で働いていたのだろう。括(くく)り袴(ばかま)を泥で汚し、目深に笠をかぶっている。さりながらその挙動は敏捷で、およそただの領民とは思い難かった。

不意を突かれて倒れた悪僧が、がしゃっという音とともに薙刀を取り落とす。それを敏捷(びんしょう)に拾い上げるや、男はとっさに飛びしさった悪僧たちの間を駆け抜けた。

木の間から降りこぼれた陽が、男の構えた薙刀の刃の上で弾(はじ)ける。虚空に鋭い光を刻んで踵(きびす)を返し、彼は金堂を守るように立ちふさがった。

「世を二分した戦が去ったというに、なぜまた諍いを起こすッ。それでも御仏に仕える悪僧かッ」

その怒声に、信円は目を見開いた。

てひた走った。

「お——下ろしなさいッ、輿を下ろすのですッ」

と駕輿丁を怒鳴りつけ、転がるように輿から降りる。足袋裸足のまま、寺内に向かっ

「うるさい。邪魔立てすると、俗人とて容赦はせぬぞ」

いきり立った悪僧たちが、口々に罵り声を上げる。その途端、男が薙刀の柄で笠の縁を押し上げ、鋭い目で四囲を眺めまわした。やはり、と信円は唇を震わせた。

「は——範長どのッ」

その髪は伸び、真っ黒に日焼けした顔は別人のように痩せこけているが、従兄の顔を見忘れるわけがない。

信円はどよめきを上げる悪僧たちをかき分け、範長に向かって駆け寄ろうとした。だがそれよりも早く、玄実が「別当さまをお止めしろッ」と叫ぶ。はっと我に返った数名が、信円の行く手を塞いだ。

「おぬし、生きておったのか」

玄実が身体をわななかせながら、傍らの悪僧の手から薙刀をひったくった。怖けた風もなくそれを凝視し、「これはなんの騒ぎでございます」と範長は低く問うた。

「これなる山田寺の衆は、ただ御仏に仕えることのみを望む清貧の御僧。そこに楼門を破って押し入るとは、およそ御寺の衆の業とは思えませぬ」

「うるさいッ。寺を捨てたおぬしに、口出しされるいわれはない。そこをどけッ」

髪を無造作に一つに結わえた範長の衣は、そこここに継ぎが当てられている。素足にぼろぼろの足半をひっかけただけのその姿に、信円は言葉にならぬ呻きを洩らした。

仮にも範長は自分の従兄にして、悪左府・藤原頼長の末子。世が世であれば、綺羅に身を包んで興福寺を担っていた男が、このような片田舎で泥にまみれている事実がおよそ信じがたかった。

「山田寺の本寺たる仁和寺はな、我らが末寺である大覚寺を襲い、その寺領まで勝手にしておるのだぞ。ならば我らが仁和寺の末たるこの寺を奪ったとて、なんの文句があるものかッ」

仁和寺が、と呟いて、範長は眉根を寄せた。その表情に嵩にかかった様子で、玄実は更に声を荒らげた。

「興福寺の名を守るためにも、我らは何としてもこの寺を掌中にせねばならぬ。さあ、分かったなら、さっさとそこをどけ」

範長は薙刀を構えたまま、険しい表情でぐるりを見まわした。

「すまんな、少しどいてくれぬか」

このとき突然、悪僧たちの背後でそんな声が起き、一人の男が杖をつきつき、無造作に歩み出てきた。範長同様、野良仕事をしていたのか、笠をかぶり、からげた両の袖から太い腕を突き出した大柄な男であった。

あまりに気負いのない彼の態度に、悪僧たちが虚を突かれた面になる。男はそれを一顧だにせぬまま範長に歩み寄り、耳元に何やら囁いた。

いったい何を言われたのか、範長が驚いた面持ちで軽く目を見開く。男はその手から薙刀をひったくり、範長の肩をぐいと押した。目顔でうなずき、階裏の老僧の元に小走りに近付く範長を見送ってから、薙刀を杖代わりにして、悪僧に向き直った。

それまでの間延びした挙措とは比べものにならぬ、素早い動きであった。

「おぬしらの相手は、しばしわしが務めさせてもらうぞ」

笠の下に輝くその眼光は範長に劣らず鋭いが、その右足は膝から下が欠けている。

「おぬし、永覚坊か」

目を見張った玄実に軽く片頰を歪め、男は「お久しゅうございますな」と目をすがめた。

「いったいどういう仔細じゃ。なぜおぬしらがこの寺におる」

「今更隠してもしかたがありませぬが、あれなる老僧はわが伯父。範長坊は一昨年、わしを頼ってこの寺に来たのでございます」

吐息とも呻吟ともつかぬものが、玄実の口をつく。その面をじろりと見やり、「玄実さまは、般若坂ではずいぶんな非道をなさったそうでございますな」と永覚は硬い顔で言った。

「わしとて一度は源家の軍勢に交じって、戦で働いた身。余人のことは申せませぬ。されど罪のない女子供を家ごと焼き払おうとは、およそ御仏に仕える身の行ないではありますまい」

「お、おぬしに何が分かる。範長が匿っておった女子は、平家の一門ぞ。されば共に暮らしていた子供は、六波羅殿の禿髪に決まっておろう」

「ふん、とうとう事の是非も見極められなくおなりあそばされましたか」

喚き散らす玄実に、永覚は憐れむ目をした。

「般若坂にて範長が養うておった子らは、まぎれもなくただの子供でございますぞ。なにせあの日、奴らを助けたのは、ここなわし。それでもなお、かような愚蒙を仰せられますか」

「なんだと——」

平家滅亡が告げ知らされたあの日、般若坂で見つかった亡骸は計四体。幾人がその家に暮らしていたかは分からねど、どうやら無事に逃げおおせた者がいるらしいとは、あの頃から囁かれていた。だがそれを助けたのが、まさか目の前の男とは。

わなわなと身を震わせる玄実に、「わしはあの日、たまたま、所用のために南都におりましてなあ」と永覚は続けた。

「御寺の衆が血相を変えて寺を飛び出して行くのに、これはただ事ではないと後をつけたのでございます。坂上の家までたどり着き、範長と悪僧がたのやりとりで、おおよその次第が知れましたわい」

物影伝いに身を潜めながら、悪僧に知られぬまま踏み込める場所はないかと探し、ありあう材を貼ったと覚しき板壁を見つけたのは、家に火が放たれた直後。範長が連れ去られ、誰もが油断した隙を見澄して裏手に回り、力任せに壁を破れば、男女二人の童が幼児をひっかかえ、泣きながら飛び出してきた。そのまま裏庭の切り立った崖を手助けして下り、無事に三人を助け出した、と永覚が語り終えたその時、範長が階の脇からのっそりと立ち上がった。

薙刀を片手に摑んだまま、永覚の横に立つや、「信円」とためらいのない口調で呼びかけた。

「折り入って、おぬしに相談がある。しばし、二人で話は出来まいか」

四囲の悪憎などおらぬかのような範長の物言いに、生死すら定かではなかった従兄の無事に対する歓喜が胸をよぎった。だが瞬く間にそれは、その身を流れる藤原の血には目もくれず、興福寺からさして隔たらぬ山田寺に起き居していた彼への怒りにとって代わった。

こんな間近に暮らしていたのであれば、この一年あまり自分が興福寺のためにどれほど奮闘していたのかも見聞きしていたであろう。それに知らぬ顔を決め込みながら、今さら何の話があるのだ。

ことここに及んでの相談となれば、山田寺から退いてくれという請願か。だが何であれ、聞き入れてなぞやるものか。御寺の名のためにも、自分たちは最早、退けぬのだ。

「興福寺にとっても、決して悪い話ではないはずだ。おぬしにだけ、話がしたい。わたしについてきてくれ」

一人決めに言い放ち、範長が踵を返す。そのまま塔の裏手に向かって歩みかけ、くるりと振り返った。

「なにをしている。珍しく寺から出て来たくせに、悪僧がおらねば何も出来ぬのか」

その声はしんと澄み、嘲りの気配はまったくない。それがかえって自分を試しているかのようで、信円は引き留めんとする玄実の腕を振り払った。

「わたしが戻るまで、手だししてはなりません。いいですね」

「ですが、別当さま」

無理やり後に続こうとした玄実の前に、永覚が薙刀を構えて立ちはだかる。刃を反らせて四囲を睥睨し、「範長の邪魔をするのであれば、わしが相手になるぞ」と胴間声で喚いた。

その間にも範長は金堂の傍らをすり抜け、今にも崩れ落ちそうな回廊を斜めに横切ろうとしている。もつれる足を励まし、信円はその後を追った。

回廊の左右には、元は僧房や食堂だったと思しき堂舎が幾棟も軒を連ねているが、そのいずれも屋根が落ち、中には四方の柱まで露わになっているものもある。

そのうちの一本の上に腰を下ろしていた猿が、物怖じもせずこちらを見下ろし、ギャッと啼きつつ歯を剝き出した。

耳障りなその声につい身をすくめたのを悟られまいと、信円は「――ここでの暮らしはいかがでございます」と問うた。

「永覚が助け出した子供たちとともに、里人の手伝いをしながらかつかつ暮らしておる。取り立てて不便もなし、これはこれで悪うはない」

淡々とした口調で語り、範長はかろうじて建物の形を留めた一棟へ踏み入った。大きさからして講堂のようであるが、これまたほうぼうの壁は崩れ、竹で組んだ木舞が露わになっている。

ぷんと饐えた臭いが鼻をついたのは、屋根裏で鼠か狸でも死んでいるからだろう。躊躇を押し殺して範長の後を追えば、外の明るさに慣れた目に屋内は暗く、足元すらも定かに見えない。

「待ってください、範長どの」

不安に駆られながら忙しく瞬きを繰り返すうちに、目の前のものがぼんやりと形を成した。ほんの目と鼻の先の距離に巨大な基壇が据えられ、金銅の薬師如来像が安置されている。その巴旦杏形の眼が、まっすぐ自分に向けられていると気付き、信円は「これは——」と呟いた。

左右に脇侍を従えた坐像は全身に薄く鍍金の跡を留め、それが暗い堂内で微かな明かりを放っている。少年のように張りのある頬や形のよい目は冬の湖の如く静謐であるが、くっきりとした鼻梁がそこに落ち着いた威を添えている。これまで一度も、火災に遭ったことがないのか、眼を凝らせば、眸の群青、唇の朱色までがうっすらと望まれた。

もっと近くで見たいとの思いに突き動かされ、御像の台座に軽く手を触れる。その途端、範長が「ああ、駄目だ。やめろ」と信円の腕を強く引いた。

「台座は檜らしいが、ずいぶん虫食いが進んでいる。下手に触ると、御像がこちらに倒れてくるぞ」

天井の一角には穴が開き、そこから落ちる雨水に打たれてか、薬師如来像の右肘だけ、鍍金が薄くなっている。この場に似合わぬほど美しく磨き抜かれた八稜鏡が一面、本尊の膝前に捧げるように置かれている。その傍らの水瓶に挿された小さな野の花が、朽ちた堂のうら寂しさをかえって際立たせていた。

興福寺にも鋳造仏は数多あるが、これまで幾度となく火災に遭ったため、完全な姿を留めているものは一体とてない。在るべき御寺にふさわしい御像がなく、このような破れ寺にかような作が荒れるに任せて残されている。まったく何たる皮肉か、と信円は嘆息した。

「すでにおぬしも知っておろうが、山田寺は寺領も乏しく、近郷の里の者からの寄進で細々食っておる有様だ。御像はもちろん、見ての通り、堂舎にも到底手が回っておらぬ。──そこでだ」

ちらりと範長がこちらを見たのが、暗い堂内でも分かる。とっさに身構えた信円に、

「おぬし、この御像が欲しいと思わぬか」と範長はゆっくりと続けた。

「風の噂によれば、御寺では西金堂の造仏こそ終わったものの、東金堂の御像はまだ皆

目手つかずだそうではないか」

よく知っているものだ、という思いがちらりと脳裏をかすめる。しかし今はあまりに意外な申し出に、それを声に出す余裕はなかった。

「運慶より以前、東金堂の御像は旧像に新しい胴を鋳継ぐことになったと聞いたが、どうやらそれもうまくいかなんだそうだな。それであれば、どうだ。この御像を持ち帰り、東金堂のご本尊に据えはせぬか」

「なにを——なにを仰っているのでございます」

かすれた声で尋ねながら、信円は目の前の御像を改めて見つめた。大きさは丈六、左右の脇侍はそれより一回り小さい程度。なるほどそう思って眺めれば、目の前の三尊像は確かに東金堂に安置するのにうってつけではある。

だが本来、本尊は寺の魂。ましてや本日こうして武力を以って攻め寄せた興福寺に、なぜ大切な御像を譲ろうとする。もしやこれは、自分たちを陥れんとする罠か。

激しい混乱に立ち尽くす信円を尻目に、範長は堂の入り口に頭を転じた。

「これでよろしゅうございますな、御坊」

その眼差しの先を追えば、永覚の伯父という老僧が戸口に立ち、本尊に向かって頭を垂れている。範長の声にゆるゆると顔を上げ、「おお」とうなずいた。

「有体に申せば、我らとて決してご本尊を他にやりとうはない。ましてや、それが興福寺となればなおさらじゃ」

されど、と続けながら、老僧は深い溜め息をついた。

「このままこの寺にご安置申し上げていては、いつ堂宇が崩れて、御像が下敷きになられるかもしれぬ。さすれば、これまで山田大臣を始め、何百何千もの人々がこの御像に籠められた願いも、共に朽ちてしまおうでな」

老僧自身、宿敵たる興福寺に御像を渡すことを、完全に得心したわけではないらしい。粘りつくような眼で信円を仰ぎ、「しかたない……そう、しかたないのじゃ」と独りごちた。

「わしがこの寺に入って、三十余年。御像を引き受けてくれる御仁がいれば、とは思うておった。かねて範長どのや永覚にも、どうにか策はなかろうかと漏らしてはおったが、それがまさか興福寺になろうとは、幾ら範長どのの勧めとは申せ、いささか口惜しいのう」

「どこの寺に御遷座あそばされようとも、この御像に捧げられた祈りは変わりませぬぞ」

範長の控えめな口添えに、「ああ、そうじゃな」と老僧は首肯した。

「きっと――きっと、これでよいのじゃ。訪れる者もおらぬこの破れ寺には、これほどの御像はあまりにもったいないでなあ」

風が出て来たのだろう。板戸の向こうに覗く木の梢が揺れたと思った次の瞬間、ぎい、と鈍い音がして、屋根が軋む。ばらばらと埃が舞い落ち、薬師如来像の肩に降りかかった。

寺にとって、本尊は魂、伽藍は身体。それだけに寺の窮乏により、本尊と堂舎が共に朽ちつつあるとなれば、寺僧の哀しみは筆舌に尽くしがたかろう。しかしだからといってそれを、他寺に引き渡そうとはやはり奇妙にすぎる。

範長どの、と信円は従兄に目を据えた。

「我らは山田寺を襲うべく、この寺に来たのです。それなのに御像をもらい受けて帰れとは、いったい何を企んでおいでなのです」

その瞬間、真っ黒に日焼けした範長の面上に、哀しみとも怒りともつかぬ激情が膨れ上がった。こればかりは以前と変わらぬ屈強な肩が、大きく揺れる。だが、二、三度荒い息をついて、元の平静な表情を取り繕うと、「何も企んでなぞおらん」と範長は乾いた声で言った。

「わたしはただ、おぬしらにおとなしく退いてもらいたいだけだ。先ほど玄実さまは、仁和寺に末寺を奪われたゆえ、この寺を襲うと申されたな。かような憎しみに憎しみで抗うのはたやすい。されどそれではいつまで経っても、この世から戦は絶えぬではないか」

わたしはな、と続けながら、範長は薬師如来像に近付いた。御前に捧げられた鏡に向かって手を伸ばし、指先で静かにその表を撫でる。

また風が吹き、梁から舞い落ちた埃が、屋根の隙間より射す陽を受けて、きらきらと輝く。哀れなほどうら寂れた堂内にあって、それは場違いなほどに美しかった。

「物心ついて以来、まず自らの境遇を厭い、次に南都を脅かす平家を憎んだ。そして更にはおぬしらを憎み、遂にはかような自らを怨みもした。されど顧みれば、かような日々の中で、わたしは僧であるはずなのに、弱き者の一人すら救えなんだのだ」

弱き者、との言葉に、焼き討ちの夜、境内に難を避けながらも焼け死んだ奈良の善男善女が思い出される。それとも、範長は般若坂の廃屋に住んでいた女子供のことを言っているのか。

彼女たちを悪僧に殺させたことを、信円は悔いていない。だが人が人を憎むという、世にありふれた行ないが、この従兄をそれほどまでに苦しめていたとは。

「怨みごころは——怨みごころは怨みを捨てることによってのみ消ゆるとか、申しますな」

信円のかすれた相槌に、範長はゆるゆるとこちらを顧みた。

「ああ、そうだ。覚えておったのか」

「当たり前でございましょう。わたくしは御寺の別当でございますぞ」

そうだったな、と淡い笑みが範長の頰に浮かぶ。負けた、との思いが、その途端、信円の胸の底でことりと音を立てた。

この六年間、自分は興福寺復興に血眼になり、何が正しく、何が間違っているかすら考えようとしなかった。そんな中で範長だけは、一人の僧として、人の世の生きる道のみを探していたのだ。

だが思い返せば、それも当然だ。眩しくも誇らしきこの従兄は、どんな時も信円の――
――いや、御寺の意すらを軽く超え、自在に天を翔けていた。自分は同じ藤原氏の血ゆえに、そんな範長を御寺に引き留め、彼の翼を捥がんとしていた。しかしながら闊達なるその翼は御寺を軽く凌駕し、憎しみに憎しみで応じんとする現世に手を差し伸べんとしていたのだ。

「御像を持ち帰れ、信円」

範長はそう言って、斜めに傾いだ板戸を両手で押し開けた。明るい陽が頭上近くから三尊像を照らし付け、彫りの深い尊容にくっきりとした影を落とした。

「この貧しき寺を我が物にしても、御寺には何の利にもなるまい。ならばいっそ御像を南都に運び、東金堂の本尊と据えた方が、堂衆どもも喜ぼう」

玄実を筆頭とする悪僧が、他者への憎しみを容易に捨てられるはずがない。だが山田寺の本尊を御寺に持ち帰れるとなれば、彼らはその憤懣を渋々ながらも収めよう。一方で、山田寺は決して興福寺に屈したのではなく、ただ後の世に守り伝えんがためだけに、本尊を引き渡す。憎しみに憎しみで応じるのではなく、ただ平穏を望もうとする範長の横顔は不思議なほど静かで、心なしか目の前の本尊に似ているかに映った。

「わたしはな、もはや二度と、人と争おうとは思わぬ。怨みごころは怨みを捨てることによってのみ消ゆる。ましてや憎しみの輪廻に成り代わり、人の祈りを引き受けるべき御像が御寺に移るのであれば、それは賀すべき出来事ではないか」

その祈りとは、火炎に喘ぎながら亡くなっていった衆生の救済の祈りか、それともようやく来たった平穏の長かれと願う人々の思いか。

いや、はるか飛鳥の古から、移り行く世を何百年にも亘って眺めてきたこの御像は、世の人々の愛別離苦をも飲み込み、数えきれぬほどの祈りをその身に受け続けてきた。そしてこの先、信円や範長が世を去ってもなお、御像だけは現世に残り、数えきれぬほどの人々と向き合うはずだ。

世人は常に相争い、定かなるものは世に乏しい。さりながらそんな不定の浮き世にあっても、何かを希う人の祈りだけはいかなる時も変わりはしない。

ああ、と信円は呻いた。

範長の出奔の理由が、ようやく分かった。この男は憎しみの代わりに祈りをと願えばこそ、興福寺を後にしたのだ。

範長だけではない。諦念の表情を浮かべ、泉木津で斬られた重衡。人の祈りを受ける御像をその手から生み出すべく、新たなる地へと旅立った運慶。彼らもまた血塗られた戦乱のただなかで、一人また一人と怨嗟の輪廻から解脱していったのではないか。

ならば自分もまた、憎しみの代わりにと差し出されたその御像をどうして受けぬことがありえよう。目の前にいるのは、もはや自分の従兄たる乙法師範長ではない。この濁世の中で、憎悪の輪廻を離れた、生ける仏の如き男というのに。

「……後の世の人は、興福寺堂衆が乱行を働き、御像を東金堂に移座したと謗りましょうな」

「しかたあるまい。真とは、案外、余人には解されぬものだ」

だが、それでいい。いつの世も憎しみは血を塗ったかの如く際立ち、他者を思う祈りは柔らかであるがゆえに野辺の花の如く小さい。しかし他者には知られずとも、春の野には必ず花が咲き、そこには確かに次なる世へと至る尊き種が撒かれる。

寺に戻る気はありませぬか、と尋ねそうになって、慌てて口を閉ざす。問うまでもない。そう訊くこと自体が、もはや血縁を恃みにした愚かな妄執だ。

怨みごころは怨みを捨てることによってのみ消ゆる。長い時が経てば、いつか遍く衆生が等しくこの言葉を口にする日が来るのだろう。はるかに遠いその日まで、この御像は静かなる笑みを湛え、愚行に満ちた現世を見守り続けるに違いない。

範長が仏前から、八稜の鏡を取り上げた。己の片袖を引き裂くと、花を抜き、水を捨てた水瓶と鏡をくるみ、それを信円の胸元に押しつけた。

「では、これらは御寺でも同様に、御前に捧げることにいたしましょう」

軽く目を伏せた範長に告げて、包みを強く抱く。降り注ぐ陽射しを追うかのように、信円は講堂を歩み出た。

草生した境内、崩れた堂舎。さりながらそこには確かに、人を思う祈りが刻まれている。そしてその思いを託された御像を、これから自分は御寺に運ぶ。

自分はきっと、最早一人ではない。この御像が御寺に在る限り、範長の志と人々の祈念は常に我が身に寄り添うのだ。

空を仰ぎ、雲を見つめる。埃っぽい大気を、胸いっぱいに吸い込む。

「御像を、この御寺の御像を、興福寺に持ち帰りますぞ——ッ」

喉も裂けよとの絶叫に、一瞬の沈黙の後、おおっという悪僧たちのどよめきが地を揺るがす。

それが渦巻く戦火の中に消えて行った数えきれぬ人々の祈りの如く、信円には聞こえた。

―主要参考文献―

・書籍

塩澤寛樹『仏師たちの南都復興』（吉川弘文館、２０１６）

根立研介『運慶』（ミネルヴァ書房、２００９）

河内祥輔『日本中世の朝廷・幕府体制』（吉川弘文館、２００７）

高山京子『中世興福寺の門跡』（勉誠出版、２０１０）

大橋直義『転形期の歴史叙述』（慶應義塾大学出版会、２０１０）

・論文

薮中五百樹「鎌倉時代に於ける興福寺の造営と瓦（上）」佛教藝術２５７（２００１）

薮中五百樹「鎌倉時代に於ける興福寺の造営と瓦（下）」佛教藝術２５８（２００１）

戸花亜利州「山田寺講堂薬師三尊像移座について」奈良学研究８（２００６）

徳満 悠「中世都市木津（山城国）の研究」都市文化研究15（２０１３）

塩山貴奈「『平家物語』重衡説話成立の一背景」学習院大学大学院日本語日本文学10（２０１４）

根立研介「院政期の「興福寺」仏師」佛教藝術２５３（２０００）

原 浩史「興福寺蔵旧山田寺仏頭再考」佛教藝術３２２（２０１２）

近本謙介「中世初頭南都における中世的言説形成に関する研究」『日本古典文学史の課題と方法—漢詩和歌物語から説話唱導へ—』（和泉書院、２００４）
横内裕人「『類聚世要抄』に見える鎌倉期興福寺再建」佛教藝術２９１（２００７）
泉谷康夫「鎌倉時代の興福寺と国司・守護」高円史学１（１９８５）
角田文衞「聖武天皇陵と興福寺僧信実」『橿原考古学研究所論集』（吉川弘文館、１９７５）
神谷文子「15世紀後半の興福寺堂衆について」史論39（１９８６）
大原眞弓「菩提山本願信円の夢」史窓58（２００１）

—謝辞—

本書を執筆するにあたり、京都芸術大学通信教育部非常勤講師の森井友之さん、興福寺・執事の辻明俊さんに貴重な資料の提供や助言などでご協力いただきました。謹んで御礼を申し上げます。

解説

佐藤　優（作家・元外務省主任分析官）

「平和を造る人々は、幸いである
その人たちは神の子と呼ばれる。」（「マタイによる福音書」5章9節）

澤田瞳子氏の小説は、徹底的な史料研究に基づいている。しかし、作品にする際は、実証的研究の成果を全て捨てて、登場人物を自由に動かす。こうして創作のような事実と事実のような創作が織り成す澤田瞳子ワールドが生まれる。

この小説は平重衡（１１５７もしくは58～１１８５年）による南都焼討（１１８１年）を題材にしている。平氏政権にまつろわない奈良の寺社勢力の討伐を目的とするものだ。特に藤原氏の氏寺であった興福寺は、武装した僧侶を擁する一大抵抗勢力だったので標的にされた。

火には全てを破壊する悪魔的な力がある。象徴的なのが東大寺大仏殿の焼け跡だ。〈昨夜、般若坂から駆け戻った道を逆にたどれば、東大寺の長い築地塀は焼け落ち、広い境内が露わになっている。いたるところに瓦礫の山が生じたそのただなかで、大屋根と焼け焦げた柱ばかりが剝き出しになった幅二十九丈の大仏殿は、骨だけを残して喰い尽くされた獣の骸にひどくよく似ていた。

かつて、訪れる者たちを睥睨していた大仏の尊容はなぜか基壇にはなく、代わって石造りの基壇の下に、巨大な鉛色の塊がわだかまっている。淡い冬陽を映じて鈍い光を四囲にふりまいているそれが、劫火によって煮溶けた毘盧舎那大仏のなれの果てであると、不思議にはっきり分かった。〉(100~101頁)

末法の世であることが形になって表れたのだ。

この末法の世において慈悲の心を失わずに必死になって生きて、死んだ人々の姿を澤田氏は見事に描いている。

この物語の主人公である範長は、興福寺の悪僧(僧兵)で、重衡による南都焼討を許してしまったのは、自らの作戦計画に瑕疵があったからと深く悔いている。範長は、般若坂に京都から高貴な身分の若い女性が訪れ、戦乱による孤児たちを養っていることを知る。この女性は重衡の養女公子だ。許し難き敵の一族であるが、公子のヒューマニズムに感化され、範長も密かに公子を支援するようになる。

平氏の没落と共に再び奈良は戦乱に巻き込まれる。その過程で公子も死ぬ。勝者となった範長であるが、自分の気持ちを整理することができない。

範長には、重衡を斬首する役が回ってくる。公子に対する想いから、範長は牢から重衡を逃がそうとする。しかし、重衡は逃亡しようとしない。このときの2人のやりとりが興味深い。

〈「おぬしはわたしの何を知っておる」という低い問いが、板戸の隙間から香の煙のようにくゆり出て来た。

「何を、と仰せられますと」

「この数年、わたしは日夜、怯えと悔いに心さいなまれておった。一門にあっては、南都諸寺に火をかけた慮外者と謗られ、囚れの身となった鎌倉では、いつ首を斬られるやも知れぬ境涯に置かれてな」

「南都の焼き討ちを悔いておられるのですか」

返答はない。その代わり、「わたしは怖かったのだ」という細い声が、夜の静寂を震わせた。

「北陸道での敗走、都落ち……かつての栄光がおよそ信じられぬ逆境に見舞われる都度、これは己が南都諸寺を焼いた仏罰ではと思われてならなんだ。血縁の中にははっきりそう言葉にする者もおったし、実際、顕罰と信じねば辛くてならぬほど、我が一門の凋落は著しかったからな」〉（284〜285頁）

　範長の「南都の焼き討ちを悔いておられるのですか」という問いに対して、重衡は答えなかった。平清盛に命じられて、重衡は南都焼討をしたに過ぎない。清盛の命令は絶対だ。重衡にそれを拒否する選択肢はなかった。それが武士としての宿命であり、職業的良心なのだ。重衡にとって武士としての筋を通すことが命よりも重要だ。だから「悔いている」とは言えないのだ。このときに重衡は、養女のことだけが気にかかると言った。公子は無残な死を遂げたが、彼女が（範長とともに）養った子供たちは生きている。そして、公子の慈愛の心はこの子供たちに継承されている。しかし、範長はこの事実を重衡に伝えることができない。範長も興福寺の僧侶としての立場に縛られているからだ。人間は社会的動物である。社会的動物として人間は群れを作る。誰もが群れの掟に従わなくてはならない。これは、南都焼討から840年経った現下日本の会社や役所においても同じだ。誰もが自分の立場に縛られ、自らの真意を実現することができない。しかし、そのような制約の中でも何かできることがあるはずだ。

泉木津で斬られた重衡の首が般若寺門前（公子が孤児を保護していた般若坂はこのすぐそばにある）に掲げられた元暦2年6月23日の夕刻、範長は姿を消した。

その翌年のことだ。興福寺は、仁和寺に属する山田寺を自らの傘下に奪おうとする。興福寺から山田寺を襲撃する部隊には、範長の従弟である信円も加わった。山田寺で信円は範長と遭遇する。範長は信円に山田寺の三尊像を渡すので、撤退せよと提案する。

〈「わたしはな、もはや二度と、人と争おうとは思わぬ。怨みごころは怨みを捨てることによってのみ消ゆる。ましてや憎しみの輪廻に成り代わり、人の祈りを引き受けるべき御像が御寺に移るのであれば、それは賀すべき出来事ではないか」

その祈りとは、火炎に喘ぎながら亡くなっていった衆生の救済の祈りか、それともようやく来たった平穏の長かれと願う人々の思いか。

いや、はるか飛鳥の古から、移り行く世を何百年にも亘って眺めてきたこの御像は、世の人々の愛別離苦をも飲み込み、数えきれぬほどの祈りをその身に受け続けてきた。そしてこの先、信円や範長が世を去ってもなお、御像だけは現世に残り、数えきれぬほどの人々と向き合うはずだ。

世人は常に相争い、定かなるものは世に乏しい。さりながらそんな不定の浮き世にあっても、何かを希(こいねが)う人の祈りだけはいかなる時も変わりはしない。

ああ、と信円は呻いた。

範長の出奔の理由が、ようやく分かった。この男は憎しみの代わりに祈りをと願えばこそ、興福寺を後にしたのだ。〉(３２３~３２４頁)

信円は範長の提案を受け入れ、戦闘は回避された。

公子の慈愛の心が範長を感化した。そして、範長の慈愛の心が信円を感化したのである。憎しみの因果を断ち切るために必要なのは、平和を作り出す信仰で、それは即行動となって表れるのだ。

(２０２１年8月1日記)

本書は、二〇一八年九月に小社より刊行された単行本を加筆修正のうえ、文庫化したものです。

本作品はフィクションです。